Kapitel 1

Er ist es.

Die Gewißheit erleuchtet Sie wie ein Blitz.

Sie waren gerade dabei, friedlich Ihre Zeitung zu lesen. (Sofern in diesen bewegten Zeiten von friedlicher Lektüre die Rede sein kann.) Nach einem Tag, an dem Sie gerade die Hälfte der Dinge erledigt haben, die als dringend auf Ihrer Liste vorgemerkt waren. An dem Sie drei Viertel eines für den folgenden Tag versprochenen Artikels geschrieben haben. (Sie hoffen auf einen Geistesblitz in der Nacht, damit Sie den Artikel dann im Morgengrauen beenden können.) Sie sind zum Supermarkt gerannt. Haben vergessen, Lauch zu kaufen. Sind noch einmal hingesaust. Haben Roquefort, Ihren Hund, spazierengeführt. Sie haben den gigantischen Familienverhau aufgeräumt. Sie haben staubgesaugt. Schlampig. (Sie hassen Staubsaugen.) Sie haben ein hartgekochtes Ei gegessen (auch das hassen Sie, aber man kann es wenigstens schnell hinunterschlingen!). Sie haben hundert Telefonate geführt. Endlich haben Sie beschlossen, sich göttliche fünf Minuten Ruhe zu gönnen, bevor Ihre geliebte kleine Familie wieder über Sie hereinbricht. Dann erfolgt nämlich zuerst der lautstarke Bericht über die Qualen, welche die Henkersknechte von Lehrern Ihrer jüngsten Tochter zugefügt haben. Als nächstes der wütende Bericht über die

Folterqualen, welche die sadistischen Finanzbeamten Ihrem Mann zugefügt haben. Danach der erbarmungslose Bericht über alles Unglück dieser Welt, den einem der Mann ohne Unterleib von den Fernsehnachrichten aufzwingt. Kurz, das Leben, der atemlos hektische Alltag.

Und nun wird brutal die Wohnungstür aufgerissen. Verdammt. Wer kommt denn jetzt schon zurück? Aus ist's, Ihr egoistisches Ruhepäuschen verflüchtigt sich wie ein Regenbogen. Die Tür wird wieder zugeknallt. Päng! Unmittelbar darauf ertönt der Schrei des Säugetierchens: MAMAAAAAH!!!

Sie lieben dieses Rufen, das in den Tiefen Ihrer mütterlichen Eingeweide eine primitive Freude weckt.

Sie plärren den Erkennungsruf des Muttersäugetiers zurück: JA – AAAH!!!

Die Wohnzimmertür geht einen Spalt auf.

Klein-Schätzchen steckt den Kopf herein.

Ein durchtriebenes Fuchsgesicht.

Das fällt Ihnen sofort auf.

»Marc ist da ...«

Hinter ihr erkennen Sie die vagen Umrisse eines männlichen Wesens.

Marc? Was denn für ein Marc?

Ein Marc halt. So wie es einen Michel, zwei Nicolas und drei Jean-Philippes gibt.

Der besagte Marc tritt herein. Endlos lang, sehr mager, blaß wie ein Engerling, mit einer äußerst kuriosen Frisur die Haare sind auf beiden Seiten abrasiert, aber eine lange, grüngefärbte, struppige Mittelsträhne fällt ihm in die Stirn und bedeckt sogar die Nase. Außerdem trägt er eine erstaunlich dunkle Brille mit kleinen kreisrunden Gläsern in einer Lederumrandung. Sie fragen sich, ob er ein Außerirdischer ist oder der letzte Überlebende der Komantschen.

Aber Sie haben als Mutter schon Schlimmeres erlebt. Sie lächeln also tapfer. Der Komantsche reicht Ihnen eine schlaffe Hand, im blassen Gesicht mit den schwarzen Löchern anstelle der Augen einen leicht angespannten Ausdruck (eine Plage, diese Mütter!).

»Marc hat seine Notizen vom Geschichtsunterricht dabei«, erklärt Joséphine aufgeregt. »Wir wollen die Klassenarbeit vorbereiten.«

Der Komantsche gibt ein Knurren von sich. Sieh an, er spricht ja Französisch.

»Hatte grad' was zu tun um die Ecke«, brummt er.

Aha! Ganz zufällig ging er also an unserer Haustür vorbei, ausgerechnet mit den Geschichtsnotizen in der Tasche. Aber beim Stamm der dunkelbebrillten Engerlings-Komantschen sollte man sich über nichts wundern.

»Fabelhaft!» hören Sie sich rufen. Begeistert nehmen Sie zur Kenntnis, daß Ihre Tochter neuerdings Interesse für französische Geschichte zeigt – in der sie bisher ganz unbekümmert Richelieu (den Vater der weltweit bekannten Schuhe) mit Voltaire (dem Erfinder der nicht weniger bekannten Sessel) verwechselte.

Joséphine und der Komantsche verlassen hastig Ihr Wohnzimmer. (Eine Minute lang kann man sie ja ertragen, die Mütter, drei Minuten sind bereits zuviel!) Und verziehen sich in Klein-Schätzchens Zimmer.

Und Ihre Seelenruhe fliegt in tausend Fetzen.

KLEIN-SCHÄTZCHEN IST VERLIEBT.

Unverkennbar. Sogar für eine Mutter wie Sie, die soviel Spürsinn besitzt wie ein Sack Mehl.

Niemals macht sich Ihre vielgeliebte Jüngste die Mühe, die Anwesenheit eines Michel, zweier Nicolas oder dreier Jean-Philippes in Ihrer Wohnung zu erklären. Sie kommen einfach und gehen wieder, wie die anderen Mitglieder der Clique auch.

Tja, die Clique!

Eine Herde von Halbwüchsigen – sorry, von männlichen und weiblichen Jugendlichen zwischen fünfzehn und achtzehn Jahren, die merkwürdige Kleider tragen, eine oft unverständliche Sprache sprechen, die seltsame Riten pflegen und sich in Ihrem Flur, Ihrer Küche und im Zimmer Ihres Nesthäkchens zu jeder Tages- und Nachtzeit ergehen.

Den Stamm bilden die beiden seit dem Kindergarten heißgeliebten Freundinnen Ihrer Tochter Joséphine: Stéphanie und Laurence. Wenn Klein-Schätzchen sich nicht bei ihnen aufhält, dann weilen sie bei Klein-Schätzchen: ins Konklave zurückgezogen, in der ach so unordentlichen Tempelkammer, über welche Ihre Jüngste herrscht. Falls Sie zufällig einmal den Raum betreten, finden Sie die drei jungen Geschöpfe auf dem Bett liegend, hingegossen wie drei Odalisken und eifrig flüsternd. Oder aber sie lesen kichernd das Horoskop in Ihren geschätzten Frauenzeitschriften. Oder sie stehen dicht gedrängt vor dem Waschbeckenspiegel und probieren mit leidenschaftlichem Ernst die Kosmetika, die Joséphine pfundweise (ihr ganzes Taschengeld wird auf diese Weise investiert) von der Zugehfrau kauft, die ihren Besen auch in einer Kosmetikfabrik schwingt, wo man ihr Vorzugspreise gewährt, wovon wiederum Ihre Jüngste mitprofitiert. Ihnen kommt zuweilen der Gedanke, daß das einzige, was Klein-Schätzchen im Falle einer Feuersbrunst retten würde, ihr Kosmetiktäschchen wäre.

Wenn Sie die Höhle betreten wollen, wo sich Ihre Tochter verborgen hält, klopfen Sie demutsvoll an die Tür. Die Unterhaltung gerät auf der Stelle ins Stocken. Stéphanie und Laurence lassen sich ganz artig ein Küßchen auf die Wange drücken, warten aber ungeduldig darauf, daß Sie wieder gehen, um mit Klein-Schätzchen ihr endloses geheimes Getuschel weiterführen zu können.

Seit einem Jahr hat es sich eingebürgert, daß die beiden Damen das Wochenende bei Ihnen verbringen: Auf diese Weise umgehen sie es, ihre jeweilige Familie aufs Land begleiten zu müssen, wo man sich angeblich rasend langweilt. Nach ziemlich bewegten Diskussionen haben ihre Eltern schließlich nachgegeben. Wozu soll man auch am Wochenende Märtyrerinnen durch die gesunde Luft mitzerren? Das hält man nervlich nicht durch.

Die jungen Damen schlafen also zu dritt, zusammengedrängt, auf Joséphines großem Ausziehsofa. Oder vielmehr reden sie, sie reden und reden und reden. Als ob sie sich nicht die ganze Woche jeden Tag gesehen hätten.

Falls Sie oder der Mann nachts zufällig aufstehen, um ein Glas Wasser zu trinken, hören Sie ein Summen, als seien Bienen am Werk, die statt Honig Worte produzieren.

Der Mann ist empört.

»Zu dieser Nachtzeit sollten sie schlafen!«

»Das ist absolut meine Meinung.«

»Warum sagst du es ihnen nicht?«

»Weil es sinnlos wäre. Geh du doch hin.«

Aber der Mann ist feige.

»Was haben die sich denn bloß zu erzählen?«

Das fragen Sie sich selbst nicht selten. Zumal das Trio, wenn es nicht gerade bei Ihnen zu Hause oder in der Schule am Quasseln ist, auch noch das Telefon dazu hernimmt. Abends, kaum ist das Essen beendet, stürzt sich Klein-Schätzchen – eben war sie noch »ganz erledigt von dem abscheulichen Schultag« – auf den Apparat. Und seltsamerweise ist plötzlich aller Elan wieder vorhanden. Schnell muß sie Stéphanie ihre intimsten Geheimnisse mitteilen, wo sie sich doch schon drei Stunden lang nicht mehr gesehen haben. Dann hängt sie ein, damit Laurence sie anrufen und ihr die ihrigen anvertrauen kann. Wehe, wenn das Telefon mal für Sie läutet! Das nervös verzerrte Gesicht Ihrer Jüngsten gibt Ihnen zu verstehen, daß sie über jenes Gerät, das Sie gerade blockieren, höchst wichtige Botschaften zu verkünden hat.

Als Sie erfuhren, daß Sie nicht die einzige Mutter in dieser Lage sind, war das ein kleiner Trost. Eine Ihrer Freundinnen, die mit drei Töchtern gesegnet ist, mußte einen zweiten Anschluß beantragen, da sie zwischen siebzehn Uhr dreißig und dreiundzwanzig Uhr für niemanden erreichbar war. Ihr Ehemann mußte regelmäßig ein Telegramm schicken: »Sofort einhängen. Stop. Muß wegen Abendessen mit Eurer Mutter sprechen.«

Einmal haben Sie Klein-Schätzchen mit Nachdruck darauf aufmerksam gemacht, daß ihre Telefongespräche zu lange dauern. Das war beileibe keine gute Idee. Klein-Schätzchen hat Sie daran erinnert, daß Ihre Telefongespräche mit Älterer Tochter sich oft über eine Stunde ausdehnen.

Stimmt.

Sie haben sich verteidigt: Sie sehen Ältere Tochter so selten, weil sie ebenso vielbeschäftigt ist wie Sie selbst und eher wenig Lust hat zu Familienbesuchen. Also gibt es wichtige Dinge, die man sich mitzuteilen hat. Wohingegen es Ihnen schleierhaft sei, was Joséphine und ihre Freundinnen unermüdlich zu tratschen hätten, den lieben langen Tag lang und auch noch nachts.

Diese Frage hat Klein-Schätzchen zur Weißglut gebracht. »Mit welchem Recht fragst du mich das?« hat sie gerufen, aggressiv wie eine junge Löwin, der man ohne Narkose einen Zahn zu ziehen versucht.

»Nur so, nur so!« haben Sie beschwichtigend gestottert.

»Wir reden über alles, wenn du's genau wissen willst«, hat sie überheblich hinzugefügt. »Über Musik, Politik, die Schule, das Leben im allgemeinen, über alles eben!«

Da Sie aber von eher mißtrauischem Charakter sind, denken Sie sich, daß sie in Wirklichkeit über die »Jungs« reden.

Seit einem Jahr nämlich (aha, zufällig stimmt das mit dem Zeitpunkt überein, wo Stéphanie und Laurence anfingen, sich zu weigern, mit ihren lieben Papas den Garten umzugraben) hat sich die Dreierclique erweitert und männliche Elemente hinzugezogen.

Das hat sich so zwanglos ergeben, daß Sie die Sache nicht einmal haben kommen sehen.

Eines Nachmittags haben Sie plötzlich in Ihrer Küche ein junges männliches Individuum angetroffen, das einen kuriosen kleinen Hut und einen zu langen Mantel über zu kurzen Hosen trug. In aller Seelenruhe stand dieser Mensch vor Ihrem Kühlschrank und öffnete eine Coca-Cola-Flasche. Er hat Sie sehr freundlich gegrüßt und angefangen zu trinken, ohne sich weiter um Sie zu scheren.

Danach tauchten zwei weitere Knaben in der Nähe Ihres Fernsehers auf. Angetan mit englischen Offiziersmützen und Fliegerjacken. Seitdem geistern ein halbes Dutzend Jungzombies in Ihrer Wohnung herum.

Diese jugendlichen Vertreter des männlichen Geschlechts haben alle eines gemeinsam.

Sie besitzen keinen Familiennamen.

Zumindest gelingt es Ihnen nicht, diesen Familiennamen herauszubringen.

Anfangs haben Sie's versucht.

»Wer ist dieser Typ?« (Der mit einer grüngefärbten Haarsträhne . . . der mit dem kleinen Rattenschwanz im

Nacken . . . oder der, der seine Hosenträger lässig auf dem Hintern baumeln läßt?)

»Hm . . . das ist Maurice.«

»Maurice wie noch?«

»Was meinst du mit: Maurice wie noch?«

»Er hat ja wohl einen Familiennamen, oder?«

»Ja, vielleicht . . ., aber ich hab' keine Ahnung.«

»Ich dachte, der sei in deiner Klasse?«

»Stimmt auffallend . . . ist er.«

»Sag nicht immer ›stimmt auffallend‹, dafür gibt es ein Wort und das heißt ›ja.«

»Mhm . . . Ja, ja, iss' schon gut: Ja! Wenn du unbedingt darauf bestehst!«

»Nennt man euch denn in der Schule nicht beim Familiennamen?«

»Nein. Doch. Weiß nicht. Hab' nie aufgepaßt. Und überhaupt: Wozu mußt denn du seinen Familiennamen kennen?«

»Es würde mich interessieren.«

»Interessieren, aha! Wozu eigentlich?«

Ja, wozu eigentlich? Wie könnte man Klein-Schätzchen auch wohl eingestehen, daß ein so abscheulich altmodisches Wesen mit hoffnungslos solidem Familienhintergrund, wie Sie es sind, vollgestopft ist mit Vorurteilen: den Familiennamen eines Freundes zu wissen vermittelt den Eindruck, daß er doch nicht mehr so ganz fremd ist. Natürlich ist das albern. Also begnügen Sie sich in Zukunft damit, höflich guten Tag zu sagen, wenn man Ihnen einen Michel, zwei Nicolas, drei Jean-Philippes vorstellt.

Sie haben jedoch versucht – ziemlich hinterlistig, zugegebenermaßen –, am Telefon Rache zu nehmen.

»Hallo! Ist Joséphine da?« fragt eine Jungmännerstimme.

»Nein, sie ist noch nicht zu Hause.«

Jungmännerstimme (unzufrieden): »Ach so!«

Sie (die Gelegenheit beim Schopf packend): »Von wem kann ich was ausrichten?«

Jungmännerstimme (nach einem Augenblick deutlichen Zögerns): »Von Pierre.«

Sie (ungeschickt): »Pierre . . . wie noch?«

Jungmännerstimme (hörbar empört: zur Hölle mit den Müttern!)

»Pierre von ihrer Schule . . . Sie weiß schon Bescheid.«

Knack! Schon hat Pierre eingehängt, Ihrer ganzen Neugierde zum Trotz.

Daraufhin ist Ihnen etwas absolut Ekelhaftes eingefallen.

2. *Jungmännerstimme:* »Hallo? Kann ich Joséphine sprechen?«

Sie (honigsüß): »Nicht da! Von wem kann ich was ausrichten?«

2. *Jungmännerstimme* (ebenfalls empört): »Von Bernard . . .«

Sie: »Welchem Bernard?«

Ihre verlogen unschuldige Stimme suggeriert, daß das Leben Ihrer vielgeliebten Tochter von zahllosen Bernards bevölkert ist. Qualvolle Zumutung, mit seinem Familiennamen herausrücken zu sollen (vielleicht ist er ihm auch entfallen, wo er ihn doch seit einiger Zeit nicht mehr benutzt!), jedenfalls murmelt der Unglückliche etwas, was Sie aber gar nicht mehr hören wollen. Knack, haben Sie diesmal zuerst eingehängt. Sie triumphieren. Natürlich haben Sie es nie gewagt, Joséphine zu gestehen, welch eine grausame Rabenmutter sie hat.

Dafür aber führen Sie einen gnadenlosen Kampf, seitdem Klein-Schätzchen Ihnen angekündigt hat, sie sei kommenden Samstag zu einer »Fete« eingeladen – »Ich hab' dir schon mal gesagt, daß kein Mensch mehr ›Fete, sagt. Jetzt geht man auf ›Feste‹ . . .« – »Ach so? Das ist aber doch dasselbe?« – »Na ja. wenn du so willst!«

Sie: »Bei wem ist denn das Fest?«

Joséphine: »Guillaume.«

Sie (hartnäckig): »Guillaume wie noch?«

Joséphine (niedergeschlagen: wie kann man nur eine so zurückgebliebene Mutter haben, ein Jammer!): »Guillaume halt! Du kennst ihn. Das ist der, der immer Sneakers mit orangefarbenem Muster trägt.«

Sie: »*Was* trägt er?«

Joséphine: »So 'ne Art Turnschuhe mit dicken Sohlen, also hör mal . . .«

Sie: »Ich habe nun mal 'ne schlechte Angewohnheit: Ich schau den Leuten ins Gesicht und nicht auf die Füße.«

Joséphine (der die Unterhaltung allmählich zu lang wird): »Also, was ist? Darf ich hingehen, zu Guillaume, am Samstag?«

Sie (das Gesprächsthema ausschöpfend, um Bedenkzeit zu schinden, ob Ihre fünfzehneinhalbjährige Tochter am Samstag zu einem Fest bei einem trotz *Sneakers* unbekannten Guillaume gehen kann): »Wer geht da noch hin?«

Joséphine: »Stéphanie, Laurence und die *ganze* Klasse.«

Sie: »Gut, einverstanden, unter der Bedingung, daß ich den Namen, die Adresse, die Telefonnummer dieses Guillaume erfahre – und die Uhrzeit, wann du nach Hause kommst.«

Joséphine wird bleich: »Wie soll ich das alles wissen?«

Sie (unerbittlich): »Um zu ihm hinzugeben, mußt du ja wohl seinen Namen und seine Adresse kennen, nehme ich an!«

Joséphine (sichtlich verlegen): »Nun ja, aber vielleicht findet das Fest auch bei einem seiner Freunde statt, die ich nicht kenne.«

Sie (immer unerbittlicher): »Du wirst nicht zu jemandem gehen, von dem ich weder Name noch Adresse, noch Telefonnummer kenne, hörst du? Erst recht nicht, wenn ich nicht weiß, wann du nach Hause kommst.«

Joséphine ist am Boden zerstört.

»Dann halt nicht! Dann bleibe ich eben ganz allein zu Hause!« ruft sie, wahrhaft schmerzlich berührt.

Sie antworten nichts. Scheinbar ungerührt, reiben Sie weiter den Schweizer Käse für die Spaghetti.

»Ich habe die reaktionärste Mutter von ganz Paris«, läßt Klein-Schätzchen aus der tiefsten Tiefe ihrer Depression verlauten.

Anfangs hat Ihnen diese Anschuldigung das Herz durchbohrt. Eine »reaktionäre« Mutter zu sein: welch eine Schande! Dann haben Sie aber festgestellt, daß die Mütter von Stéphanie und Laurence mit demselben Problem konfrontiert waren. Daraufhin haben Sie einen geheimen Pakt geschlossen: Sie würden die drei reaktionärsten Rabenmütter von Paris sein, sei's drum. Ein großes Unglück für Ihre unterdrückte Nachkommenschaft. Aber wer hat schon das Glück, kein Handicap im Leben zu erfahren? Das haben Sie Klein-Schätzchen auch beiläufig hingerieben.

Sie stehen also zu Ihrem Image als reaktionäre Mutter, und so kommt es, daß Sie an Party-Abenden, o Verzeihung, an Fest-Abenden, ein kleines Zettelchen von Joséphine auf dem Nachttisch liegen haben. Die Rechtschreibung ist recht ausgefallen (dem heutigen Schulwesen sei Dank!): »Das Fest findet stadt bei Olivier Durand, Tel. . . ., Adresse . . . Kome mit Stéphanie und Laurence mit der ersten U-Bann zurük . . .«

Das Nach-Hause-Kommen hat Ihr Familienleben erheblich verkompliziert. Anfangs bestand der Mann darauf, seine kostbare Jüngste selbst abzuholen. Ihn aber nachts um eins zu wecken war ein solcher Kraftakt, daß Sie den Rest der Nacht nicht wieder einschlafen konnten. Außerdem war der Augenblick, in dem der schlaftrunkene Vater seine Erbin wieder in Besitz nahm, nie der passende. Entweder war der Abend *eine Pleite* gewesen, und er wurde von einem griesgrämigen Klein-Schätzchen samt ebenso griesgrämigen Freundinnen empfangen (die er dann auch gleich nach Hause fuhr, das ging in einem Aufwasch!), die sich beklagten, er komme viel zu spät. Oder aber der Abend war super, und die kleinen Weibsbilder wollten partout nicht nach Hause.

»Immer, wenn es gerade anfängt, lustig zu werden, holst du uns ab«, riefen sie niederträchtig. »Wir gehn jetzt alle in 'ne Disco! 'n Freund hat 'ne Freundin, die 'ne Freundin hat, die am Eingang vom *Palace* ist, und die läßt uns rein.«

»Kommt nicht in Frage, Joséphine, du bist zu jung, um in Nachtlokalen herumzulungern. Das verbiete ich dir.«

Daraufhin brachte der Vater eine wildgewordene Wespe nach Hause.

»Ich hab's satt. Ich hau ab aus diesem Haus!«

»Recht so! Und womit, mit welchem Geld wirst du leben, armes Mäuschen?«

»Geld, Geld ist euer einziges Argument!«

»Jaja, ich weiß, wir sind schlimme Spießer.«

Die Diskussionen und im Anschluß die Schmollorgien vergifteten so sehr das Familienleben, daß Sie schließlich einen Kompromiß geschlossen haben. Dann würden die jungen Damen eben tanzen oder auf Stühlen – möglicherweise sogar auf dem Fußboden – schlafen, bis zur ersten Metro. Also genießen Sie fortan im Morgengrauen den Anblick einer Tochter, die mit hohlem Blick und im zerknitterten Kleid auftaucht, in ihr Bett fällt und dort bis fünf Uhr nachmittags verweilt – bis zur hochheiligen Stunde der Hausaufgaben für Montag. Sie warten ungeduldig auf den Zeitpunkt, wo die Jungen der Clique alt genug sein werden, das Auto (den sogenannten Schlitten) des jeweiligen Herrn Papa zu fahren. Und wo Sie dann gar nicht mehr schlafen werden, weil Sie an den hohen Prozentsatz jugendlicher Opfer von Autounfällen denken.

Zuweilen versuchen fremde männliche Elemente in die Clique einzudringen. Eines Tages, als Sie gerade Besorgungen auf den Champs-Élysées machten, haben Sie zufällig und zu Ihrem größten Schrecken gesehen, wie Klein-Schätzchen eine Truppe von tätowierten, mit Fahrradketten bewaffneten Irokesen küßte (vier Küsse auf die Wangen eines jeden Irokesen!).

»Das sind Freunde«, hatte sie in aller Ruhe geantwortet, als Sie sie verstört befragten. »Mach dir nichts draus, die sind ganz nett.«

Sie können trotzdem nicht umhin, sich vorzustellen, wie diese Hottentotten Ihnen abends in der Metro die Handtasche entreißen.

»Aber wie hast du ihre Bekanntschaft gemacht?«

»Hm, wir haben halt mal miteinander gesprochen, als ich mit Stéphanie und Laurence auf den Champs-Élysées spazierenging.«

»Du weißt doch, mein Rehlein, daß man nicht einfach mit Leuten redet, die man nicht kennt, vor allem wenn sie wie Rowdies aussehen.«

Das Rehlein schaut Sie staunend und nicht ohne Verachtung an.

»Du bist wahnsinnig versnobt! Man sollte ganz im Gegenteil mit allen Leuten reden. Auf diese Weise lernt man neue Leute und das Leben kennen. Im übrigen hast du mir immer erzählt, du hättest Papa in einem Zug kennengelernt.«

»Dein Vater lungerte nicht im Zug herum mit einem überdimensionalen grünen Haarbüschel auf dem Kopf, mit einer Dracula-Bemalung im Gesicht und Sicherheitsnadeln in den Ohren.«

»Die können doch nix dafür ... Wenn es die Arbeitslosigkeit nicht gäbe ...«

Sie zweifeln allerdings sehr daran, daß die jungen Rohlinge, die Sie kurz gesehen haben, jemals darauf bedacht waren, jeden Tag in die Fabrik oder ins Büro zu gehen. Aber vielleicht haben Sie die Klassenvorurteile einer bornierten egoistischen Spießerin?

Nichtsdestotrotz beruft sich die bornierte, egoistische Spießerin auf den Rest an Autorität, über den sie verfügt, um es ihrer Tochter ab-so-lut (hörst du Joséphine?) zu verbieten, besagte Typen in ihrem Vorstadtkeller zu besuchen, wo sie angeblich *einen draufmachen,* indem sie psychedelische Sphärenmusik hören. Sie nehmen an, aus gestohlenen Kofferradios, dazu stellen Sie sich vor, daß sie gestohlenes Bier trinken und hin und wieder ein paar Mädchen vergewaltigen.

Zum Glück ist dieser Spuk bald vorbei, und von den Punkern ist nicht wieder die Rede. Aber diesen Sieg schreiben Sie lieber nicht Ihrem mütterlichen Einfluß zu. Vielmehr dem Rivalitätskampf, in den die männlichen Cliquenmitglieder jeden Fremdling hineinziehen, der in die Herde einzudringen versucht. Wissenschaftler haben aufgezeigt, wie wichtig jungen Büffeln ihr eigenes Territorium ist. Ebenso wissenschaftlich belegt sind deren Gewohnheiten, an die Sie sich nun einigermaßen gewöhnt haben. Nur an eine nicht.

Diese besteht darin, sich massenweise nicht etwa in

Vorstadtkellern anzusammeln, sondern in Klein-Schätzchens Zimmer.

Da mögen Sie sich noch so sehr Vernunft einreden, Ihre reaktionäre Seele bebt insgeheim. Als Sie so alt waren wie Klein-Schätzchen – das liegt also Lichtjahre zurück –, betraten die Jungen niemals das Zimmer eines Mädchens, den heiligen Tempel der Jungfräulichkeit.

Heute sperren sie sich dort stundenlang ein. Eng zusammengerückt hocken sie da, in jener fabelhaften Unordnung, die den Bau Ihrer kleinen Jüngsten nahezu in einen orientalischen Bazar verwandelt.

Eine Bemerkung dazu konnten Sie sich nicht verkneifen. »Du kannst doch deine Freunde nicht mit in dein Zimmer nehmen ... vor allem mit dem ungemachten Bett und deinen Sachen, die überall herumliegen; deine BHs hängen ja sogar an den Lampen herum.«

»Du müßtest mal ihre Buden sehen«, erwiderte Klein-Schätzchen, »die sind viel schlimmer!«

Sie können es nicht glauben.

Und überhaupt: Wie kann sie das wissen?

Sie rufen Ihre Freundin Sophie an, ebenfalls Mutter von zwei Töchtern.

»Was machst du denn, wenn deine Clique – männliche Teile eingeschlossen – die Bude deiner Jüngsten stürmt und es sich dort stundenlang gemütlich macht?«

»Nun ... nichts!« antwortet sie. »Ich weiß, was du empfindest. Aber als ich mit Julie darüber gesprochen habe, hat sie mich wüst beschimpft. Ich sei ekelhaft, weil ich immer nur an das eine denke, weil ich kein Vertrauen zu ihr habe, eine widerwärtige Person, die überhaupt nichts kapiert hat, und so weiter. In Zukunft halt ich also lieber die Klappe. Wir müssen uns daran gewöhnen, daß die jungen Leute in Herden leben, Jungen und Mädchen zusammen, schon vom Kindergarten an. Und was die

Unordnung betrifft, so kenne ich keinen, der auch nur eine Jeans vom Boden aufheben kann.«

Aber es übermannt Sie dennoch. Sie versuchen, Ihre eigene Horde ins Wohnzimmer zu locken. In erster Linie zur Tränke, das heißt zu den Coca-Cola-Reserven. Erfolglos. Sobald sie getrunken haben – in Windeseile –, stürzen die jungen Büffel zu ihrer natürlichen Weide: Joséphines Zimmer. Wo sie ganze Samstage lang Kartoffelchips verdrücken und hingebungsvoll dem unsäglichen Lärm ihrer heißgeliebten Musik lauschen. Das hat Sie auf eine Idee gebracht.

Sie haben einen Videorecorder gemietet, sich im nächsten Videoclub eingeschrieben und Klein-Schätzchen dazu ermuntert, Videoparties zu veranstalten. Allgemeine Begeisterung. Endlich hat sich die Clique in Ihrem Wohnzimmer versammelt – Turnschuhe, Creepers oder Weston malerisch auf Ihre Sessel drapiert, aber wegen solcher Details werden Sie doch nicht gleich ausflippen – und Sie haben triumphiert.

So lange, bis Ihnen Ihr Irrtum bewußt wurde.

Unmöglich für Sie, die Filme auch anzuschauen. Das ist Ihnen an dem Tag aufgegangen, als Sie den berüchtigten Exorzisten, Joséphines Leidenschaft, sehen wollten und das Wohnzimmer betraten. Acht verblüffte Augenpaare, acht vor Staunen offene Münder haben Ihnen auf der Stelle zu verstehen gegeben, daß Ihr Platz nicht inmitten der Herde ist. Sie haben sich in Ihr Schlafzimmer getrollt, in das sich Ihr weiserer Gatte schon früher zurückgezogen hatte, um seine Zeitung zu lesen.

»Ich glaube«, seufzen Sie, »ich täte besser daran, wenn ich an den Lammkoteletts sparen und mir einen zweiten Fernseher mieten würde.«

»Es kann dir nur guttun, wenn du liest, statt dir diese Albernheiten anzuschauen«, sagt der Mann, ein Feind der audiovisuellen Medien. (Er neigt dazu, vor dem Fernseher einzuschlafen, und merkt beim Aufwachen nicht, daß Sie mittendrin auf einen anderen Film umgeschaltet haben.) Aber mit seiner Ruhe ist es dann doch nicht weit her. Denn die jungen Büffel rauchen wie die Rollschwanzaffen. Und der Mann, der sich selbst seit geraumer Zeit den Glimmstengel versagt, schreit wie ein zorniger Stier, wenn er nach Abzug der Horde das nach kalter Marlboro stinkende Wohnzimmer betritt.

»Ich verbiete dir und deinen Freunden, hier in MEINEM Haus zu rauchen!« wettert der Vater.

»Faschist!« schluchzt Klein-Schätzchen – man merke den stark politisierten Wortschatz.

»Ich, ein Faschist?« brüllt der Mann. Die Heldentaten seines Vaters in der Résistance machen ihn bei diesem Thema kitzlig.

Aus der anschließenden, sehr heftigen Diskussion halten Sie sich heraus. Sie kennen sie nur zu gut, mit der Ältesten Tochter hat sie sich oft genug abgespielt. Im übrigen ist Ihnen der Geruch nach kalter Marlboro immer noch lieber als der nach Hasch. Sie hoffen nur, daß die eine Duftnote nicht einfach die andere überlagert. Sie begnügen sich damit, die Fenster aufzureißen und den Sonntagabendfilm unter einer Wolldecke im Skianzug anzusehen. Ein weiterer Nachteil des Videofilms: Er macht durstig. Sobald er abgelaufen ist, stürzt sich die Clique in die Küche und trinkt alles Trinkbare aus. Nur Wasser vom Hahn wird verschmäht – bekanntlich schmeckt es ja abscheulich. Der Coca-Cola-Vorrat verschwindet innerhalb von wenigen Minuten, selbst die Flaschen, die noch im Einkaufswagen versteckt waren. Ein Seeräuber mit zwei Barthaaren auf dem Kinn, Spitzenmanschetten und einem kleinen Goldring im Ohr erweist sich als Spezialist für frisch gepreßten Orangensaft, den er am Fließband zubereitet. Für das Frühstück des Mannes am andern Morgen bleibt nicht eine einzige Orange übrig. Es ist Ihnen auch nie gelungen, jenes Individuum auf frischer Tat zu ertappen, das Ihre Milchpakkung so aufschlitzt, daß der kostbare Inhalt durch die Gegend spritzt – natürlich wischt ihn kein Mensch auf. Und das Alkoholische – Bier, Wein, Whisky, Wodka, die von Ihrer Mutter in Schnaps eingelegten Pflaumen – das halten Sie schon seit langem in Ihrem Schuhschrank versteckt.

Ja, jetzt wo Sie auf Ihrem Sofa sitzen und darüber nachdenken, jetzt fällt Ihnen auf, daß Ihre Wohnung seit ein paar Wochen von den männlichen Wesen der Clique nicht mehr heimgesucht wird. Nur Stéphanie und Laurence lungern da noch herum.

Und plötzlich: dieser Engerlings-Komantsche mit der dunklen Brille . . .

Weitere Indizien, die Sie bisher nicht beachtet hatten, springen Ihnen jetzt ins Auge.

Als erstes – und das ist das Allerunglaublichste: morgens geht Klein-Schätzchen nicht nur ohne Verspätung, sondern *früher* zur Schule. Absolut verblüffend, wenn man jahrelang miterlebt hat, wie überaus schmerzlich die jüngste Tochter das Aufwachen empfand. Vor ein paar Jahren öffneten Sie in überschäumender mütterlicher Zärtlichkeit ihre Zimmertür einen Spalt und flüsterten mit engelsanfter Stimme: »Klein-Schätzchen, es ist Zeit!« Ein haßerfülltes Knurren war die Antwort. Dann nichts mehr. Zehn Minuten absolute Stille. Da Sie fürchteten, das Kind müßte vielleicht wegen Zuspätkommens nachsitzen, streckten Sie noch einmal den Kopf hinein. Wieder Ihre schmelzende Stewardessen-Stimme: »Klein-Schäääätzchen, du wirst zu spät kommen!« Ein Stöhnen, fast wie im Kreißsaal, ringt sich unter einem Gewirr von Decken hervor. Es war für Ihre Nerven dermaßen strapaziös, jeden Morgen zu lauern, ob sich im Zimmer der jugendlichen Heldin etwas rührt oder nicht, dermaßen anstrengend, sich zurückzuhalten, nicht hinzulaufen, ihr die Decken wegzureißen und zu schreien: »So-fort-aufstehen, faules Miststück!«, daß Sie eines Tages Ihre Prinzessin gewarnt haben, Sie würden sich fortan um ihr Lever nicht mehr kümmern. Sie waren nämlich kurz vor dem Durchdrehen. Sie haben einen amerikanischen Wekker erworben, der auf dem Nachttisch unermüdlich, mit näselnder Roboterstimme wiederholt: *It is seven o'clock ..., it is one past seven. Quick get up! It is two past seven ... Quick!* So lange, bis Klein-Schätzchen – immerhin hat sie beiläufig ein paar Worte Englisch gelernt, Sie hoffen es zumindest – sich wütend auf das Gerät stürzt und es abstellt.

Indessen lesen Sie friedlich Ihre Zeitung, trinken Ihren Tee und hören die Morgennachrichten. Sie sind um zehn Jahre verjüngt. Der Mann ist schon im Morgengrauen wie ein Wahnsinniger davongestoben zu seiner Fabrik, die ja über Nacht hätte vom Erdboden verschluckt sein können. Sie wissen jedoch, daß sich Klein-Schätzchen erst im letzten Augenblick ihrem geliebten Bett entreißt, um dann wie ein Meerestier in Richtung Waschbecken zu driften. Dort schminkt sie sich minuziös. Danach zieht sie sich an und wirft zu diesem Zweck sämtliche Kleider aus ihrem Schrank auf den Fußboden, wo die meisten zurückbleiben. Danach hören Sie sie hereinrennen, wie von der Tarantel gestochen. (So, jetzt kommt sie zu spät!); sie schmeißt ihre Hefte und ihre Bücher (die falschen natürlich) in ihre Tasche und stürmt zur Tür. Dort angelangt, schreit sie:

»Tschü-üüs!«

Weder ihren Orangensaft noch die von Ihnen liebevoll bestrichenen Toasts hat sie angerührt.

Aus Ihrem Bett schreien Sie ihr noch nach:

»Joséphine! Du kannst nicht zur Schule gehen, ohne zuvor etwas gegessen zu haben.«

Aus dem zweiten Stockwerk unten kommt die Antwort: »Keine Zeit!«

Sie können eine Wette abschließen, daß sie in fremden, von ihren Freundinnen geborgten Kleidern losmarschiert ist – während die Freundinnen umgekehrt in denen Ihrer Tochter herumspazieren. Das ist auch noch so etwas, was Ihnen maßlos gegen den Strich geht. Diese Manie der jungen Leute, untereinander ihre Klamotten auszutauschen. Gut, okay, Sie wissen, wie engstirnig und kleinlich Sie hier denken. Aber jeder muß für seine Fehler geradestehen. So hassen Sie zum Beispiel den Einkaufsstreß. Und Sie haben sich eine Tochter herangezüchtet, die – ein Sonderfall anscheinend, aber damit müssen gerade Sie geschlagen sein! – auf Ihrer Begleitung besteht, wenn sie am Samstagnachmittag die Warenhäuser unsicher macht. Die schiere Hölle! Sie haben ja, zugegeben feigerweise, versucht, ihr Geld in die Hand zu drücken, mit dem Argument, sie sei doch nun alt genug, um sich ihre Klamotten selbst auszusuchen. Oder in Begleitung ihrer Freundinnen, die sowieso besser Bescheid wissen in puncto Mode.

»Nein, nein, Mamilein, du ganz allein kannst mir sagen, was mir steht«, erklärt das perverse kleine Luder mit Nachdruck.

Und dieses Luder weiß genau, daß Sie beim geringsten Anlaß Schuldgefühle entwickeln, weil Sie nicht »die perfekte Frau und Mutter sind, die alles für ihre lieben Kleinen macht«. Also verbringen Sie ihre Samstagnachmittage in den Geschäften, wo Sie im Rahmen der Kampagne »Laßt uns ideale Mütter sein« ihrem strahlenden Sprößling hinterherlatschen.

Sie glaubten einen Ausweg zu finden, indem Sie den Mann an Ihrer Stelle mitschickten. Welcher seltsamerweise leidenschaftlich gern einkaufen geht. Natürlich nicht die banalen Tageseinkäufe, das sind Haushaltspflichten, und die sind nicht unter einen Hut zu bringen mit der Männlichkeit des Stammeshäuptlings. Aber der Herr Vater ist entzückt, sein kleines geliebtes Nesthäkchen anziehen zu dürfen. Sie versuchen lieber nicht darüber nachzudenken, was Freud davon halten würde. Im übrigen pfeifen Sie auf Papa Freud. Bei ihm ist man nie sicher vor den schamlosesten Verdächtigungen, nicht einmal dann, wenn es nur darum geht, im Supermarkt Joghurt auszusuchen. Wehe, Sie wählen Kokosnuß- und nicht Bananengeschmack! Oder umgekehrt. (Dahinter steckt immer Penisneid, was sonst?)

Der Mann zieht also los. Begeistert.

Sie noch mehr. Sie leisten sich heimlich einen Kinobesuch.

Die Rückkehr am Abend ist weniger ruhmreich. Vater und Tochter kommen gerädert und schlecht gelaunt zurück. Kaufhäuser am Samstag: die Hölle! Ach tatsächlich? Sie tun so, als seien Sie erstaunt, als zerflössen Sie vor Mitleid. Die beiden haben eine Menge vollkommen nutzloser Dinge erstanden. Zum Beispiel brauchte Klein-Schätzchen dringend ein paar Schuhe, aber kommt zurück mit einer Sommerbluse aus englischer Spitze. Oder mit einer grauenvollen Kutscherpelerine aus grünem Plastik.

»Um Himmels willen, Joséphine, was soll denn dieses Wahnsinnsstück?«

»Papa war es, der mir das blöde Ding unbedingt andrehen wollte«, brummelte Klein-Schätzchen zwischen den Zähnen.

»Originell, was?« sagt der Mann, offenbar sehr stolz auf sich.

»Und wie!« beteuern Sie, ohne mit der Wimper zu zukken. Sie werden ja nicht gleich eine Eheszene riskieren wegen einer Kutscherpelerine aus grünem Plastik. Soll Joséphine sich doch mit ihrem Papa auseinandersetzen, nicht wahr, Mister Freud?

»Und die Schuhe?«

Schuhe gab es keine. Es machte dem Herrn Papa keinen Spaß, Schuhe zu kaufen.

Also werden Sie am nächsten Samstag zum Schuhkauf verdonnert. Und wenn Sie dann schon mal unterwegs sind, warum nicht gleich einen Cacharel-Rock, einen Benetton-Pullover, eine Levis 501, ein indisches Tuch, nicht wahr, Mamilein! Ich hab' nichts mehr anzuziehen. Alle meine alten Sachen sind zu klein.

Kurz: Ihre Jüngste kommt zurück mit einer Garderobe, die einer Lady Di würdig wäre. Sie tanzt vor Freude. Springt Ihnen an den Hals. Danke, danke, Mamilein.

Daraufhin hat die junge Person nichts Eiligeres zu tun, als die »phantastischen Klamotten« ihren Freundinnen zu borgen, im Tausch gegen deren alte verwaschene Jeans und aus der Form geratene Sweatshirts, mit Ärmeln, die ihr über die Hände und bis über die Fingernägel hängen. »Ein Wahnsinnslook. Total heiß, findest du nicht?«

»Aber wo ist denn dein entzückender Pullover aus rosa Angorawolle von letzter Woche, Joséphine?«

»Oh, ich hab' ihn Stéphanie geborgt, sie findet ihn irre toll.«

»Wie? Diesen Pullover habe ich nicht für Stéphanie, sondern für dich gekauft. Und zwar gerade, weil du nicht mit verwaschenen Jeans und ausgebeulten Sweatshirts herumlaufen sollst!«

»Keine Sorge, sie gibt ihn mir schon wieder zurück.«

»Und was ist mit deinem Lederblouson?«

»Es ist mir ein bißchen eng.«

Von wegen. Das Lederblouson trägt Georges. Das werden Sie nie wiedersehen. Außer an Georges jugendlichem Leib. Dem es ganz gut steht, ja doch, danke.

Älteste Tochter hatte Ihnen diese Nummer auch schon gebracht. Sie hatte versucht, Sie mit Lederkleidern im Indianerlook in den Ruin zu stürzen – ihrer englischen Freundin June standen sie prächtig. Bis zu dem Tag, wo sie Geld brauchte, um per Anhalter nach Spanien zu fahren: Da hat sie auf dem Flohmarkt von Montreuil alles zu einem Spottpreis verramscht. Aber das ist eine andere Geschichte. Oder vielmehr eine alte Geschichte, die von vorn anfängt.

Nun, seit einigen Wochen – ganz plötzlich wird es Ihnen bewußt, kommt Joséphine in ihren eigenen Kleidern zur morgendlichen Teestunde in Ihr Zimmer. Dabei weiß sie ganz genau, daß Sie es hassen, wenn Sie zu dieser Tageszeit aus Ihrer meditativen Stimmung herausgerissen werden. Aber die Angelegenheit ist wichtig.

»Meinst du, ich kann diesen lila Gürtel zu meinem rosa karierten Kleid tragen?«

Wie bitte? Was ist los?

»Ja ja, mein Liebling«, murmeln Sie und blicken kaum auf von Ihrer Presseübersicht, »es ist entzückend. Vergiß aber nicht, dir die Zähne zu putzen.«

Und wenn sie in dem anstrengendsten Leitartikel steckt, eine Mutter bleibt eine Mutter und hat Mutterreflexe.

Klein-Schätzchen rast in ihr Zimmer. Hat sie sich etwa

Ihren Rat zu Herzen genommen? Nein, sie kommt zurück, noch immer in Trance.

»Wie, wenn ich mich ganz in Schwarz kleiden würde, mit roten Stiefeln?«

»Himmlisch, mein Liebling, aber vergiß deinen Schal nicht!« (Es ist Winter.)

Der Schal ist Ihre fixe Idee. Sie haben sich zwei Töchter herangezogen, die bei polaren Temperaturen ihren nackten Hals leidenschaftlich gern dem Wind aussetzen, so daß sie abends prompt mit Angina nach Hause kommen. Und Angina bedeutet ein fiebriges, unleidliches Wesen mit gebrochener Stimme und verstopfter Nase. Und dies einmal die Woche, jeden Winter, seit zwanzig Jahren. Sie bieten der nächstgelegenen Apotheke drei Viertel ihrer Existenz mit Ihrem permanenten Bedarf an Hustensaft, Zäpfchen, Inhaliermitteln, Honigbonbons, Halsumschlägen, Gurgelflüssigkeiten etc. ... Also sagen Sie jeden Morgen – außer im Hochsommer: »Vergiß den Schal nicht, Liebling«, aber es ist absolut hoffnungslos.

»Du spinnst wohl, bei dem schönen Wetter!« erklärt Ihre Tochter und übersieht großzügig, daß es gerade in dicken Flocken schneit.

»Nein, es schneit. Nimm wenigstens einen Schirm mit.«

»Ich glaube, du hast 'se nich' alle? Ich zieh' doch nicht los wie 'ne alte Tante. Und überhaupt: Du weißt genau, daß ich sie alle verlier.«

Sie seufzen. Angina heute abend.

Doch heute erleben Sie ein beunruhigendes Wunder: Klein-Schätzchen ist ohne zu murren mit dem Schal einverstanden (sie wird ihn auf der Treppe abnehmen!). Sie saust zwei-, dreimal in Ihr Zimmer, um sich sorgfältig im Dreifachspiegel zu betrachten, dem einzigen dieser Sorte im Haus. In welchem Sie selbst das Glück genießen, Ihr niedliches Doppelkinn und Ihr breites Hinterteil zu bewundern. Was Sie deprimiert. Warum nur sind Sie nicht eine jener ranken, schlanken Gerten, die man auf jeder Seite der Frauenjournale zu bewundern hat? Gäbe es je eine Kosmetikfirma, die mit Rubensfrauen Werbung macht, Sie würden zur bedingungslosen Dauerkundin, das wissen Sie.

Klein-Schätzchens letztes Vorbeihuschen ist parfümiert. Edelparfümiert. Edler als Ihr eigener Duft. Klein-Schätzchen stürzt sich in ungeheure Unkosten für auserlesene Düfte – auch dies über die Vermittlung der Putzfrau.

»Du hast dich viel zu stark eingesprüht«, erklären Sie unfreundlich schnuppernd, »die ganze Schule wird den Erstickungstod sterben.«

Zu spät. Klein-Schätzchen ist auf ihrer Duftwolke bereits davongeflogen. Das Haus hat sie bis in den Keller eingenebelt.

»Joséphine! Dein Frühstück!«

Die Parfümwolke ist bereits auf der Straße.

Sie schauen auf die Uhr. Das kann doch nicht wahr sein:

Klein-Schätzchen ist eine halbe Stunde früher als nötig zur Schule losgezogen.

Jetzt verstehen Sie, warum.

Sie hat ein Stelldichein mit dem Komantschen im Café gegenüber von der Schule. Dort verzehren sie beide vor dem Mathe-Unterricht einen Berg von Croissants.

Sie versuchen sich damit zu trösten, daß Ihre Heranwachsende sich jetzt wenigstens morgens ernährt.

Joséphine verläßt das Haus zwar früher am Morgen, aber sie kommt dafür abends auch später nach Hause. Viel später. Naiv, wie Sie sind, haben Sie Protest angemeldet. »Du weißt genau, daß ich es nicht leiden kann, wenn du nach der Schule auf der Straße herumlungerst.«

»Ich lungere nicht herum, Mama, ich arbeite mit Freunden zusammen im Café.«

Was kann eine Mutter, die darauf bedacht ist, daß ihr Sprößling eines Tages doch noch sein Abitur macht, angesichts einer so tugendsamen Einstellung schon sagen? Nichts. Sie sagen nichts. Bei Ihnen zu Hause hat man großen Respekt vor dem Wort Arbeit. Eines Abends versuchen Sie dennoch, sich aufzulehnen – schwach.

»Warum eigentlich im Café? Ihr hättet's viel angenehmer bei einem von euch zu Hause.«

Klein-Schätzchens Augen glitzern vor Verachtung für Ihre Verständnislosigkeit. (Mein Gott, sind Mütter schwer von Begriff!)

»Wir gehn *alle* ins Café. Sogar die Lehrer. Und wenn wir was nicht kapieren, helfen sie uns schnell mal.«

Sie sind liebend gerne bereit zu glauben, daß Klein-Schätzchen in dem biederen Straßencafé glänzende Studien treibt, daß sie strebsam über ihre Hefte gebeugt sitzt, gemeinsam mit anderen, arbeitswütigen blonden Köpfen, während ein sympathischer Vertreter des Lehrerstandes ihnen zu Hilfe eilt, ein Glas Mineralwasser in der Hand. Selbstverständlich läßt Sie Ihre negative Veranlagung hin und wieder vermuten, daß diese Jugendlichen allesamt um einen winzigen Bistrotisch herumhocken – nicht ein einziges Buch oder Heft in Griffweite – und vor Lachen brüllen, daß sie rauchen wie die letzten Schlote (Liebes Jesulein, mach, daß es guter, amerikanischer, krebsfördernder Tabak ist und nicht Hasch!), während ihre Lehrer in einer anderen Ecke sitzen und vor einem Pernod über die nächsten Ferien diskutieren oder Flipper spielen und nebenher Schweinigeleien vor sich hin murmeln.

Von Zeit zu Zeit entschlüpft Klein-Schätzchen ein Satz, der Sie in dieser pessimistischen Vision bestätigt.

»Ob du es glaubst oder nicht« (empörter Tonfall), »man hat uns aus dem Café rausgeschmissen! Angeblich machen wir zuviel Lärm. Eine Frechheit, wenn man das mit dem Radau der Arbeiter von der Baustelle nebenan vergleicht! In dieser Kneipe schreit sowieso jeder. Nur die Zuhälter halten die Klappe.«

»*Wer?*«

»Na ja, die arabischen Zuhälter. Die solltest du mal sehen mit ihren Pelzmänteln, ihren Ringen an den Fingern und ihren Straßenkreuzern . . . Und wie sie mit den Mädchen umgehen, das darf nicht wahr sein!«

»Was erzählst du denn da, Joséphine? Im Café gegenüber von der Schule gibt es Nutten und Zuhälter?«

»Mhm, die gibt's! Wie in allen Kneipen in der Gegend. Aber weißt du, eigentlich sind die Zuhälter ja ganz nett, sie hindern die portugiesischen Gastarbeiter daran, uns in den Hintern zu zwicken.«

Sie haben dem Mann nie zu eröffnen gewagt, daß sein Herzblättchen von Zuhältern beschützt wird gegen sexuelle Belästigungen durch portugiesische Maurer, und dies im Café vis à vis von der sehr elitären und überaus teuren Privatschule, wo er sie hinschickt. Sie belassen den Herrn Vater irgendwie im Glauben, seine anmutige Erbin komme abends mit niedergeschlagenen Augen in Begleitung einer schwarzgekleideten Anstandsdame nach Hause.

Fortan müssen Sie sich mit einer erschreckenden Hypothese vertraut machen: Joséphine kommt sehr spät nach Hause, weil sie sich wilden Umarmungen mit ihrem dunkelbebrillten Komantschen-Engerling hingegeben hat. Auf der kunstlederbezogenen Eckbank des biederen Straßencafés. Womöglich küssen sie sich sogar wie zwei Staubsauger unter den belustigten Blicken der Freunde, die schon Aufregenderes erlebt haben. Der Gedanke schnürt Ihnen die Kehle zu, dreht Ihnen den Magen um, verwirrt Ihren Geist (aber ja doch, lieber Sigmund!).

Woraufhin Klein-Schätzchen, die sich weigert, eine Uhr zu tragen – darin folgt sie dem Beispiel ihrer flippigen großen Schwester (was sie aber beide niemals daran gehindert hat, rechtzeitig zum Makkaroniauflauf nach Hause zu kommen) –, die Uhrzeit am Arm ihres Auserwählten entdeckt, aufschreckt und zur Metro rast.

In Begleitung des Engerlings.

Das erfahren Sie später von der Milchfrau, dem Zeitungshändler, dem Buchladenbesitzer, dem Metzger, der Concierge, die Joséphine alle seit ihrer Geburt kennen. Ach, wir haben die Kleine mit einem komischen Kerl gesehen: Der hatte 'ne komische Frisur und eine komische dunkle Brille.

Eine letzte wilde Umarmung im Schutz der Toreinfahrt nebenan. Zumindest vermuten Sie das. Zu Recht. Der Concierge gelingt es nach einem Monat Spionagearbeit, sie zu erwischen. (Joséphine, würdest du so freundlich sein und deinen Verehrer in einem anderen Stadtviertel küssen?)

Und außer Atem kehrt Klein-Schätzchen in den Hort der Familie zurück, den Schal hat sie sich schnell auf der Treppe wieder umgebunden.

Schrei des kleinen Säugetiers: MAMAAAAAH!«

»JAAAAA!«

Mama Säugetier hat schon fünfzigmal auf die Uhr geschaut (denn sie trägt eine, sogar in Stoppuhrversion ...). Was macht sie denn bloß, die Kleine? Es ist gleich Zeit zum Abendessen. Der Mann kann jeden Moment nach Hause kommen. Und wenn der erscheint, möchte er, daß seine Frauen einsatzbereit im Frauentrakt warten und das Abendessen warm halten.

»Joséphine, du kommst zu spät!«

»Ich springe noch schnell in die Badewanne«, lautet Klein-Schätzchens geschickte Antwort; auf diese Weise hofft sie, das Gewitter abzuwenden.

Sie weiß, daß Sie es schätzen, wenn sie sich wäscht. Denn Sie haben die zwei Jahre, in denen Ältere Tochter jeglichen Kontakt mit Wasser und Seife ablehnte, noch in lebhafter Erinnerung. Ebenso weigerte sie sich, ihren griechischen Hirtenmantel auch nur eine Sekunde abzulegen, der ihr dann schließlich regelrecht vom Leib, beziehungsweise zu Staub zerfiel.

Klein-Schätzchen hingegen liebt es, sich in mannigfaltig duftende Schaumbäder zu tauchen – vom grünen Apfel über Magnolienblüte bis zur Vanille –, und zwar in einem dunklen, nur von Duftkerzen erleuchteten Badezimmer. Dazu etwas Musikberieselung aus dem Kassettenrecorder. Und schon schwebt ihre Jüngste lustvoll in einen Wachtraum. Als Sie die dampfheiße, duftende Höhle mit flackernder Beleuchtung zum erstenmal betreten haben, ist Ihnen ein Angstschrei entfahren. Was, eine Woodoo-Zeremonie bei Ihnen zu Hause?

»Unsinn! Ich entspanne doch nur«, hat Joséphine friedlich geantwortet.

Darauf ist Ihnen keine Antwort eingefallen. Es wäre auch sinnlos gewesen, ihr zu erzählen, daß Sie, als Sie so alt waren, im Internat im langen Nachthemd badeten – und das Wasser war eiskalt. Jahrhunderte liegen dazwischen.

Neuerdings hat Joséphine kaum Zeit mehr, ihre nach Sandelholz duftende Kerzen anzuzünden, schon klingelt das Telefon.

Es ist der Komantsche. (Mittlerweile wissen Sie's.)

Unglaublich. Es muß von der Zelle an der Ecke unten anrufen, anders kann es gar nicht sein. Sie wollen gerade den Mund aufmachen und ihm erklären, er möge doch etwas später noch einmal anrufen. Nach Beendigung von Klein-Schätzchens Waschungen. Aber letztere ist aus ihrem Woodoobad geschossen und steht triefend wie ein Seelöwe im Wohnzimmer; das Handtuch, das nicht ihr eigenes ist, hat sie sich flüchtig um den Bauch gewickelt (alle Familienmitglieder haben in bezug auf Handtücher und Waschlappen eine bestimmte Farbe zugeordnet bekommen, aber Sie sind die einzige, die diese kleinliche Regelung einhält). Sie reißt Ihnen den Hörer aus der Hand wie ein Bankräuber die Geldtasche und stürzt in ihr Zimmer, die Schnur hinter sich herziehend, die sich beiläufig um den Schirmständer wickelt und ihn umreißt. Auch das Handtuch fällt der Seelöwin vom Leib. Sie brüllt »Scheiße!« an sich selbst gerichtet, und Ihnen ruft sie zu: »Mach dir nix draus, nix passiert!« – und verkriecht sich in ihren Bau – wo sich auf dem Teppichboden ein See bildet –, ohne das Gespräch zu unterbrechen: »Nein, nein! Ach warte doch! Ich kann noch nicht reden . . .«

Die Zimmertür fällt ins Schloß.

In diesem Augenblick kommt der Mann. Feierlich kehrt er aus seinem Tempel, sprich seiner Fabrik, zurück. Im Fahrstuhl noch hat er begonnen, die Zeitung zu lesen. Das nasse Handtuch, das die Seelöwin im Flur hat fallen lassen, registriert er gar nicht. Wo seine Tochter ist, fragt er, ohne von seiner Zeitung aufzublicken. Wo Sie sind, *weiß* er. Obwohl er nicht danach gefragt hat. Sie sind in der Küche und machen das Abendessen. Manchmal packt Sie die Lust, sich im Besenschrank zu verstecken und abzuwarten, wie lange es dauern würde, bis der

Mann merkt, daß Sie fahnenflüchtig sind, und wie er reagieren würde. Vermutlich würde er in aller Ruhe die nächste Pizzeria aufsuchen, nach wie vor in Begleitung seiner Gazette, und er wäre nicht eine Sekunde beunruhigt über Ihre Abwesenheit, die er nicht einem möglichen Unfall, sondern einer weiblichen Laune zuschreiben würde. Immer wenn Sie ernsthaft sauer sind, nehmen Sie sich vor, sich von einer anderen Frau vertreten zu lassen, um festzustellen, wann Ihr Mann die Unterschiebung bemerken würde. Vielleicht überhaupt nicht. Ehe Sie sich jedoch zu diesem faszinierenden Experiment entschließen, rufen Sie fröhlich:

»Deine Tochter steht nackt in ihrem Zimmer und telefoniert.«

Falls Sie gehofft hatten, der Mann würde nun fragen: »Warum nackt?« werden Sie enttäuscht. Er hat nur den Anfang Ihres Satzes gehört. Das reicht ihm. Seine kleine Welt ist komplett. Wunderbar.

Sie klopfen an Klein-Schätzchens Tür.

»Würdest du bitte im Bad aufräumen und den Tisch decken?«

»Ich muß sofort einhängen!« schreit Joséphine hysterisch ins Telefon, als ob Sie ihr eine Pistole an die Schläfe gehalten hätten. »Ich ruf' dich später wieder an.«

Und dies tut sie auch. Dreimal. Der Auserwählte seinerseits zweimal. Zwischendurch müssen Stéphanie und Laurence beide unbedingt auf dem laufenden gehalten werden. Worüber? Das wissen die Götter.

Um elf Uhr abends drohen Sie, den Telefonstecker aus der Wand zu ziehen. (Diese Rabenmütter!)

Und es ward Licht in Ihrem engen, trüben Geist, wenn auch mit erheblicher Verspätung! Joséphine ist bis über beide Ohren verliebt in den Komantschen aus der Sippe der dunkelbebrillten Engerlinge. Sechzehneinhalb ist sie, und jetzt geht es los

- auf der Achterbahn der Verführung
- im Riesenrad der Leidenschaft
- mit der Geisterbahn durch die Seelenlandschaft
- im schaukelnden Traumboot auf dem Zauberfluß
- im Autoscooter auf Kollisionskurs gegen die Eltern
- und die große Rutschbahn der Zensuren hinab, dem Abitur entgegen.

Hereinspaziert, hereinspaziert! Die Vorstellung beginnt! Anfangs tun Sie so, als hätten Sie von dem großen Ereignis nichts bemerkt. Eine moderne Mutter muß ein Affenweibchen sein, das nichts sieht, nichts hört, nichts sagt, wenn sie will, daß ihr Kind sich ihr anvertraut.

Was genau dann passiert, wenn Sie das gebratene Huhn – wie jeden Montag – aus der Röhre holen und sich dabei wie gehabt verbrennen. Klein-Schätzchen deckt gerade mit besonderer Sorgfalt den Tisch in der Küche. Ihr Unbewußtes hat irgendwie wahrgenommen, daß sie Messer und Gabeln heute sanft hinlegt, anstatt sie mit Getöse auf den Tisch zu schmeißen, so als müsse sie diese Objekte, ekelgeschüttelt, schnellstens loswerden. Danach kommt sie angeschlichen und küßt Sie seitlich auf den Hals. Vor Verblüffung fällt Ihnen das Huhn fast aus den Händen. Nicht etwa, daß Ihr Baby sonst nie Zärtlichkeitsanfälle hätte. Aber es passiert eigentlich nie in dem Augenblick, wo sie ein gebratenes Huhn vor Augen hat. Die Erklärung folgt stehenden Fußes. Denn Klein-Schätzchen ist noch nicht sehr gerissen. Erfreulicherweise.

»Kann ich morgen Marc zum Mittagessen mitbringen? Wir haben erst um drei wieder Unterricht. Das wär toll, wenn wir mal nicht in die Kantine müßten!«

Ihr Herz hüpft vor Freude. Klein-Schätzchen beweist

ihr Vertrauen, indem sie Ihnen den Auserwählten anschleppt wie eine Taubenfrau ihren Täuberich. Ihre schweigende Geduld wird belohnt. Ihre Neugierde siedet.

Am folgenden Tag sind Sie wie aufgescheucht. Bei der Arbeit verhalten Sie sich entsprechend unkonzentriert. Sie geben es auf. Statt dessen laufen Sie zum Metzger und kaufen riesige Steaks. Sie wissen zwar nicht genau, was ein dunkelbebrillter Engerling-Komantsche ißt, aber in Anbetracht seiner Blässe und seiner Dünne ist Ihnen klar, daß ein wenig Rindfleisch ihm nicht schaden kann. Ausnahmsweise holen Sie Ihre hübsche Tischdecke – die mit den Blumen – heraus. Sie sind so aufgeregt, als würden Sie die Königin von England empfangen. Aufgeregter sogar. Die Königin von England spielt in Ihrem Leben eine geringere Rolle als der Liebste Ihrer Tochter.

Und nun sitzen Sie also zu dritt am Tisch. Die Unterhaltung in Gang zu bringen fällt Ihnen zu. Keine leichte Aufgabe. Der Komantsche hat alle Züge seines Stammes aufzuweisen. Er redet in ausgewählten Naturlauten. Mhm, mhm, mm . . . hm . . . aha. M-M. Was er mag, sein Leben, seine Familie (immerhin erfahren Sie – ein aufregendes Detail –, daß er einen Vater und eine Mutter hat), die Schule, die Ferien, seine Neigungen, all das bleibt Ihnen hartnäckig verschlossen. Er beschränkt sich darauf, Ihr Steak mit sichtlicher Befriedigung zu verschlingen. (Aha! Offenbar bekommt er selbst in seinem Wigwam keine so guten!) Und dazu einen Riesenberg Pommes frites. Seine dunkle Brille hat er aufbehalten, und in regelmäßigen Abständen fährt er sich durchs Haar, um es zu zerzausen.

Klein-Schätzchen macht den Mund überhaupt nicht auf. Ihren Märchenprinzen überschüttet sie mit verzückten Blicken, reicht ihm überschwenglich das Brot hinüber und beobachtet Sie diskret wie ein junges Tigerweibchen eine alte Antilope. Sie haben geglaubt, sie führt Ihnen den Auserwählten vor, damit Sie ihn einer Eignungsprüfung unterziehen können. Weit gefehlt.

SIE werden geprüft. »Eine schrille Sache mit den Müttern. Aber's geht. Deine ist ganz passabel.« Ein solches Urteil wäre ein rauschender Erfolg für Sie.

Trotz Ihrer lächelnden Konversationsbereitschaft tritt schießlich ein langes Schweigen ein. Eine Zeitlang schauen auch Sie auf Ihren Teller, dann spielen Sie Ihre letzte Karte aus: die Musik. Rockmusik natürlich. Sie haben sich im Umgang mit der Clique ein paar Kulturbegriffe der Jugendszene angeeignet. Sie sind in der Lage, Namen von Rockgruppen, die gerade »in« sind, ins Gespräch zu werfen.

»Umph!« knurrt der Komantsche. »Ich bin hauptsächlich für E-Musik.«

»Marc spielt Geige«, erklärt Joséphine, und ihre Stimme zittert vor Stolz und Anbetung.

»Geige? Klassische Geige?«

»Mhm. Richtig.«

»Marc studiert Geige«, wiederholt Joséphine geduldig für ihre geistig behinderte Mutter. »Er will Geiger werden. Konzertgeiger.«

Schnell klappen Sie Ihren Mund zu und geben sich Mühe, damit Ihnen die Augen nicht aus dem Kopf fallen. Sie reißen sich zusammen und versuchen, Ihr gestörtes Weltbild zu ordnen.

Joséphine, die Ihre Verwirrung bemerkt hat, fügt herablassend hinzu:

»Du weißt schon, hm: Bach, Mozart, Brahms und so.«

Sie schauen sie sprachlos an. Sie hätten wetten können, daß Klein-Schätzchen vor einem Monat diese Namen noch nicht einmal kannte, Bach, Mozart, Brahms und so.

Trotz der verzweifelten Versuche des Mannes, einem großen Liebhaber klassischer Musik, der bei der Geburt seiner Töchter schon davon geträumt hatte, sie eines Tages in die Oper mitnehmen zu können, in die Mailänder Scala, zu den Bayreuther Festspielen, zum Florentinischen Mai und so weiter. Aber leider hat Ältere Tochter – vielleicht aus natürlicher Opposition der Elterngeneration gegenüber – sich stets geweigert und die fast täglichen väterlichen Einweihungsversuche weit von sich gewiesen. Joséphine trat in ihre Fußstapfen. Schlimmer noch: Sie verkündete Ihre Leidenschaft für laute Rockmusik.

»Das ist doch überhaupt keine Musik!« brüllte immer wieder der indignierte Vater. »Barbarisches Tamtam, mehr nicht!«

»Halte davon, was du willst«, erwiderte Klein-Schätzchen schmerzlich berührt (die Märtyrermaske steht ihr seit jeher gut zu Gesicht!), »du, du magst Klassik, und ich fahre ab auf Rockmusik. Jedem das Seine.«

Sie waren immer vorsichtig genug, sich aus solchen Diskussionen herauszuhalten, die meist damit endeten, daß sich der Vater wütend in sein Zimmer zurückzog, die Tür zuknallte und schrie, die Welt sei vollkommen aus den Fugen geraten.

Eine verrückte Idee schießt Ihnen durch den Kopf, während Sie den Auserwählten mit Obstkuchen vollstopfen (so eine Glückssträhne: auch den mag er!).

»Mein Mann hat zwei Karten für *Aida* bekommen«, verkünden Sie. »Hätten Sie Lust, mit Joséphine hinzugehen?«

»Das wäre total geil!« ruft er.

»Total geil!« wiederholt Klein-Schätzchen begeistert, obwohl sie mit Sicherheit keinen blassen Schimmer hat von *Aida*.

»Eine Oper«, erklären Sie ihr, eine Spur Sadismus in der Stimme.

»Und warum sollte ich nicht in eine Oper gehen?« fragt sie und stellt ihr Gefieder auf wie ein wütendes Huhn.

Ja, warum nicht? Aber Schätzchen, doch nur, weil du immer gegrinst und gesagt hast, du hättest keine Lust, diesen Damen, die schrille Aaahs und Iiiihs von sich geben, in den Schlund zu schauen. Du hattest sogar geschworen ... Nein, es ist sinnlos, dich daran zu erinnern, daß du geschworen hattest. Du hast deine Meinung geändert, das ist alles. Das macht die Liebe aus uns – aus dir, aus mir, aus den Frauen, mein Herzchen.

Ihr Herz jedenfalls zerfließt.

Einer, der erstaunt sein wird am Abend, ist der Mann.

»Deine Tochter möchte in *Aida* gehn«, rufen Sie ihm zu, während er sich die Zähne putzt.

»Wer?« gibt er gurgelnd von sich.

»Joséphine.«

»Was will Joséphine?«

»In die Vorstelllung von *Aida* gehn, für die du zwei Karten hast.«

Der Mann verschluckt sich. Schluckt aus Versehen Zahnpastawasser. Und kommt aus dem Bad mit rosarot umrandetem Mund.

»Ich verstehe kein Wort von dem, was du mir erzählst.«

»Deine vielgeliebte jüngste Tochter J-o-s-é-p-h-i-n-e wünscht, in Begleitung eines ihrer Schulfreunde die Vorstellung von *Aida,* A-i-d-a-, zu besuchen.«

»Ist sie krank?« fragt der Mann besorgt.

»Nein. Von der Gnade berührt. Sie hat einen Komantschen-Geiger als Freund.«

Der Mann ist wütend.

»Wenn ich daran denke, daß ich jahrelang versucht habe, sie an die klassische Musik heranzuführen«, erklärt er zornig, »und jetzt feststellen muß, daß ein kleiner Dummkopf mit Hahnenkamm genügt, damit sie in *Aida* rennt, geht mir der Hut hoch.«

Er legt sich ins Bett, zieht sich das Laken übers Gesicht und schläft ein – gramgezeichnet verläßt er diese Welt, wo kleine Mädchen seltsame junge Trottel ihren wundervollen Papas vorziehen.

Dennoch händigt am besagten Abend der Mann dem Komantschen zwei Opernkarten aus. Die Aufmachung des Auserwählten läßt ihn allerdings zusammenzucken: Schwarze Jacke mit stark wattierten Schultern, orangefarbenes Tüchlein in der Brusttasche, weite Hose mit Bundfalten, farblich zum Tüchlein passende Tennisschuhe – und natürlich die kunstvoll zerzauste grüne Riesensträhne und die ewige dunkle Brille.

Was Klein-Schätzchen betrifft, so ist sie in Parfümwolken gehüllt und strahlt vor Glück. Sie hat den Tag damit verbracht, sich umzuziehen, sich zu schminken, sich bei Ihnen Geld zu borgen, um zum Friseur zu laufen. Sie hat nichts essen wollen.

Und nun ziehen die beiden los.

Der Komantsche hat versprochen, Joséphine bis vor die Tür zurückzubegleiten.

Die Eltern bleiben allein zurück, etwas ratlos.

Mit düsterer Miene sitzt der Vater da.

»Glaubst du wirklich, in dieser Aufmachung geht er in die Oper?«

»Das ist doch ganz in Ordnung: Keine Fahrradketten, keine Sicherheitsnadeln in den Ohren, keine ›Es-lebe-Idi-Amin-Dada‹-Tätowierungen.«

»Hast du keine Angst, daß sich unsere Tochter in *so was* verliebt?«

Der Mann ist dermaßen aus dem Gleichgewicht, daß Sie es nicht wagen, ihn in seinen Sorgen zu bestärken:

»Ach was, ich glaube, der ist vorläufig nichts als ein netter Freund.«

»Ich mag ihn nicht«, sagt der Mann vehement. »Er ist größer als ich.«

Und geht voller Bitterkeit ins Bett.

Am andern Morgen, sobald Klein-Schätzchen aufwacht – so gegen Mittag –, eilen Sie ihr entgegen, um zu hören, was sie von *Aida* hält.

»Ganz große Spitze«, antwortet sie ruhig.

Mehr werden Sie nie erfahren.

Sie haben ganz andere Probleme.

Der Komantsche hat nämlich Ihr Haus besetzt.

Er ißt in Ihrer Küche. Sitzt vor Ihrem Fernseher. Hilft Ihrer Tochter bei den Schulaufgaben.

Zieht sich mit ihr in ihr Zimmer zurück.

Dort herrscht dann absolute Stille.

Diese Stille durchbohrt Ihnen das Herz. Was geschieht hinter dieser Tür? Die Phantasie geht mit Ihnen durch. Sie wissen nicht, wie Sie sich verhalten sollen. Plötzlich ins Zimmer eindringen? – Um die zwei jungen Leute über ihr Französischbuch geneigt vorzufinden? Der Eindruck, den Sie dann machen, wird genau dem entsprechen, was Sie sind: eine Rabenmutter, voll unanständiger Vermutungen. Und wenn Sie trotzdem hineinstürmen und sie bei einem atemberaubenden Kuß ertappen? Was tun Sie dann? Werden Sie schreien: »Himmel! Meine Tochter! Monsieur, verlassen Sie diesen Raum!« Werden Sie soweit gehen und die junge Dame ohrfeigen? Unmöglich. Solche Szenen passen nur ins Boulevardtheater.

Haben Sie übrigens nicht selbst, wenn Sie sich recht besinnen, ja Sie selbst, als Halbwüchsige heiße Küsse mit Ihrer ersten großen Liebe getauscht, heimlich oben auf dem Dachboden? Ja, aber Sie waren keusch. – Keusch, wirklich? Nicht die Bohne. Aber Sie haben nichts anderes getan als geküßt. Sie haben nicht in Ihrem Zimmer, fünf Meter von Ihrer Mama entfernt, mit dem Jüngling geschlafen. Halt, was für seltsame Phantasien ... Ihr kleines Mädchen ist viel zu jung, um ... Gewiß, alle Ihre vielgeschätzten Frauenzeitschriften schreiben über sexuelle Beziehungen bei Mädchen ab dreizehn. Das mag ja sein, bei den anderen. Nicht bei Klein-Schätzchen.

Die Gedanken kullern Ihnen wie Murmeln durch den Kopf. Also entwickeln Sie eine Strategie. Um die Verliebten an Ihre respekteinflößende Gegenwart zu erinnern, machen Sie ununterbrochen Lärm. Wie eine Taubstumme hauen Sie auf Ihrer Schreibmaschine herum, bei sperrangelweit geöffneter Arbeitszimmertür. Mit hohen Absätzen klappern Sie über den Flur. Zur Befremdung Ihrer Gesprächspartner schreien Sie ins Telefon. Sie singen sogar lauthals – falsch –, was Ihnen seit Ihrer Kindheit nicht mehr passiert ist.

Eines Tages halten Sie es nicht mehr aus.

Sie betreten Joséphines Zimmer, nachdem Sie zweimal kurz geklopft haben. Sie gehen einfach hinein, mit Anklopfen, das ist alles.

Und Sie treffen den Komantschen vom Stamm der dunkelbebrillten Engerlinge an, wie er gerade damit beschäftigt ist, die lange Haarpracht Ihrer Tochter sanft zu bürsten.

Sie bleiben wie angewurzelt stehen.

»Ich hab' lauter Knoten in der Perücke!« erklärt Joséphine seelenruhig. »Marc bürstet sie mir raus.«

Abends, nachdem der Auserwählte gegangen ist (er neigt dazu, wie Sie bemerkt haben, das Haus vor der Rückkehr des Mannes fluchtartig zu verlassen), unterziehen Sie Klein-Schätzchen einem hektischen Verhör:

»Sag mal, bürstet dir dieser Junge oft die Haare?«

»Ja, echt irre: Er findet das einfach super. Er findet es auch ganz heiß, mir die Fingernägel zu machen und mich zu schminken.«

»Ach was? Ist das nicht merkwürdig für einen Jungen?«

»Wieso eigentlich? Ist doch wahnsinnig nett!«

Sie fühlen sich wie eine Rhinozerosdame, die eine Siamkatze zur Welt gebracht hat.

Niemals haben die jungen Freier, und nicht einmal der Mann Ihres Lebens, Sie in Ihrer Jugend gekämmt oder gar geschminkt.

Nie und nimmer.

Auch nicht dreimal am Abend angerufen.

Das erinnert Sie übrigens daran, daß Ihr lieber Ehemann Sie seit Jahren nicht mehr tagsüber vom Büro aus anruft. Am Anfang Ihrer Ehe hat er es ständig getan. Einfach so. Nur um zu hören, wie es Ihnen geht.

Am Abend teilen Sie das dem Mann mit. Er schaut Sie verblüfft an.

»Wo soll ich denn die Zeit hernehmen, dich anzurufen, bei der vielen Arbeit, die ich habe?«

»Die Zeit hast du dir doch früher auch genommen.«

»Da hatte ich weniger Verantwortung. Was ist denn plötzlich in dich gefahren? Wenn ich dir etwas Wichtiges mitzuteilen hätte, würde ich dich schon anrufen.«

»Vielleicht ist es wichtig zu wissen, ob ich dich noch liebe«, murmeln Sie mit bebender Stimme.

Der Mann betrachtet Sie besorgt.

»Du wirst mir doch nicht eine Szene machen?«

»Nein, nein«, lügen Sie jetzt schnell. Denn Sie hatten durchaus die Absicht. »Aber ich wünsche mir, daß du dir einmal, nur ein einziges Mal, die Frage stellst, ob du mich am Abend zu Hause vorfinden wirst.«

»Warum zum Teufel sollte ich dich am Abend nicht zu Hause vorfinden?« fragt Ihr Gatte etwas bestürzt.

»Weil ich dich ja verlassen könnte.«

»Ach so, du willst mich verlassen?« fragt der Mann ruhig (viel zu ruhig, dieses Scheusal!).

»Nein . . . aber so was kann doch passieren!«

»Dir nicht«, sagt der Mann und gähnt. »Das ist nicht deine Art.«

»Sag doch gleich, ich bin eine langweilige Tante.«

»Ich hatte recht: Du willst eine Szene machen.«

»Nein, ich will ganz ruhig mit dir reden und dich fragen, ob du wirklich weißt, wer ich bin. Mein tieferes Wesen war dir immer Wurscht.«

Mittlerweile schreien Sie einfach los.

»Aha, nur zu«, schimpft Ihr Gatte, »jetzt wirst du mir mit deiner weiblichen Identität in den Ohren liegen. Ich bitte dich inständig, hör auf, das Gequatsche in deinen feministischen Zeitungen zu lesen!«

»Du hast mir nie die Haare gebürstet«, werfen Sie ihm jetzt schluchzend vor.

Der Mann ist vollkommen aus den Angeln gehoben.

»Wie bitte? Was soll denn diese Haargeschichte? Seit einiger Zeit bist du wirklich komisch. Was ist denn los mit dir?«

Was haben Sie? Ihre Tochter ist verliebt, und Sie sind von Panik ergriffen.

Das können Sie dem Mann unmöglich eingestehen. Er würde Ihnen ins Gesicht lachen. Oder damit drohen, den Verführer niederzuschießen. Ja, die Reaktionen des Vaters in bezug auf sein geliebtes Klein-Schätzchen sind allzu unberechenbar, als daß Sie das Risiko eingehen könnten, ihm Ihre Qualen mitzuteilen.

Zumal Joséphines Leben sich scheinbar glatt und ruhig abspielt, abgesehen von des Komantschen Gegenwart. Und ihr regelmäßiges Verschwinden am Samstagnachmittag.

Von nun an verbringt sie ihre Nachmittage bei ihren Freundinnen. Horrorfilme ansehen (einen von denen, die Sie schlechtweg in Ohnmacht versetzen). Oder mit Stéphanie, dem flotten Klamotten-Freak. (Ihre Dienste sind nicht mehr gefragt, nanu, siehe da!)

Kann man ihr glauben?

Sie tun Ihr Bestes.

Aber eines schönen Samstagnachmittags (Mütter können einfach nicht umhin, hinterlistig zu sein) rufen Sie bei Stéphanie an, um Klein-Schätzchen daran zu erinnern, daß sie sich Kniestrümpfe kaufen muß.

»Oh«, antwortet Stéphanie leicht nervös. »Sie ist gerade weg. Sie führt den Hund und meine kleine Schwester spazieren. In fünf Minuten ruft sie zurück.«

Wie merkwürdig! Joséphine haßt es wie die Pest, Ihren eigenen Kläffer Gassi zu führen. Sie verlangen es auch nie von ihr. Denn als Ältere Tochter eines Abends mit Roquefort an der Leine durch die Gegend zog, traf sie Herrn Schwiegersohn. Was absolut unglaublich ist, wenn man bedenkt, daß Ältere Tochter ganz Frankreich, drei Viertel von Europa und halb Indien zu Fuß, zu Pferd und per Motorrad durchquert hat. Aber ihren zukünftigen Mann hat sie kennengelernt, als sie um die Ecke promenierte und den Hund ausführte. Der spätere Ehemann führte seinerseits Mamis Wauwau Gassi. Unter der freundlichen Straßenlaterne bat Herr Schwiegersohn in einem Anfall von Mut, Ältere Tochter im Auftrag von Fräulein Lola, um Herrn Roqueforts Telefonnummer. Und Sie sind Großmutter geworden. Seitdem führen Sie Ihren Hund selbst um den Block.

Auf jeden Fall kommt Ihnen die Geschichte von Joséphine, die sich angeblich mütterlich um Stéphanies kleine Schwester kümmert, spanisch vor: denn Klein-Schätzchen legt normalerweise für kleine Kinder keine besondere Zärtlichkeit an den Tag, sehr zum Leidwesen von Älterer Tochter, die sich ihre jüngere Schwester ganz gern zur Dauer-Babysitterin herangezüchtet hätte.

Sie glauben also kein Wort von dem, was die muntere Stéphanie Ihnen da erzählt.

»Joséphine soll mich sofort zurückrufen, wenn sie wieder oben ist«, sagen Sie perfide.

Und Sie warten.

Sieben Minuten.

»Du wolltest mich sprechen?« kommt Joséphines ruhige Stimme aus dem Hörer.

»Ja, ich wollte dich daran erinnern, daß du Kniestrümpfe kaufen sollst. Ich dachte, du wolltest mit Stéphanie einkaufen gehen ...«

»Nee ... wir haben umdisponiert.«

Sie wissen nicht, was Sie am meisten bewundern sollen: das gute Funktionieren des Telefonnetzes in Frankreich, die perfekte Organisation der Freundinnen, die unter einer Decke stecken, um ihre Mütter an der Nase herumzuführen, oder die erstaunliche Kaltschnäuzigkeit von Klein-Schätzchen.

Denn für Sie gibt es keinen Zweifel.

Klein-Schätzchen befindet sich irgendwo in Paris, an der Seite des Komantschen. Vielleicht sogar in seinen Armen. Küßt er sie gerade in den Nacken und deutet er ihr an, sie solle die Unterhaltung mit ihrer nervtötenden Mutter doch möglichst kurz machen? Liegen sie gar nackt in einem Bett?

Eine höllische Vision. Unmöglich. Sie sind ganz einfach dabei, sich bei einem Freund eine Platte anzuhören. Ja, das ist es.

Sie verkneifen sich das Ansinnen, Joséphine möge Ihnen Stéphanie noch einmal an die Strippe geben, damit Sie über die nächsten Ferien plaudern können. Vor allem aber um zu prüfen, wie Klein-Schätzchen sich aus dieser Falle herauswinden würde. Vermutlich würden Sie vernehmen, Stéphanie habe soeben das Haus verlassen, um Brot zu holen.

»Mach dir keine unnötigen Ängste wegen deines Komantschen«, so versucht Ihre Freundin Sophie Sie zu trösten. »Länger als bis zum Schuljahresende machen es die Knaben bei unseren Töchtern kaum.«

Aber so ein Schuljahr ist lang.

Daran denken Sie gerade, während Sie glückselig in Ihrer Badewanne liegen. Auch so ein wonniger kleiner Augenblick, den Sie sich hin und wieder mal tagsüber gönnen. Das Haus ist leer. Stille. Sie sind allein mit Roquefort, der unter Ihrem Bett liegt und träumt. Sie plätschern entspannten Gemütes in einem hinreißenden Eisenkrautschaum, den Sie Joséphine geklaut haben.

Geräusch der Wohnungstür, die geöffnet wird.

Ungewöhnlich zu dieser Tageszeit.

Klein-Schätzchen platzt wie eine Bombe ins Badezimmer herein.

»Ich habe mein Arbeitsheft vergessen. Du mußt mir 'ne Entschuldigung schreiben, sonst muß ich nächsten Samstag nachsitzen.«

Sie erinnern sie daran, daß man es eben verdient, am Samstag nachzusitzen, wenn man morgens wie eine Rakete losschießt und Bücher und Hefte wild durcheinander in die Schultasche schmeißt – wo doch die liebe

Mama einen seit zehn Jahren bekniet, besagte Schultasche möglichst am Vorabend zu bestücken. Vielleicht werden ihr nun endlich die Augen aufgehen. So. Insgeheim beglückwünschen Sie sich für Ihre erzieherische Strenge.

»Das Nachsitzen ist mir scheißegal«, verkündet Joséphine ganz cool. »Ich bin nicht wegen meines Arbeitsheftes nach Hause gekommen. Ich muß dich dringend sprechen.«

Na also. Dies ist eine Präambel, die Sie absolut hassen. Sie kündet auf jeden Fall eine Sturzflut von Verdrießlichkeiten an. Unmöglich, die Flucht zu ergreifen. Sie sind in Ihrer Badewanne blockiert, Ihre Tochter sitzt daneben auf einem Hocker. Eine echte Manie Ihrer Familienmitglieder, Ihnen alles Unglück mitteilen zu wollen, wenn Sie gerade friedlich im warmen Wasser herumplanschen. Einmal haben Sie versucht, ein Schloß an der Badezimmertür anzubringen. Der Mann hat selbiges zerstört, als er eines Tages ohne anzuklopfen hereinstürzte, um Ihnen von seiner stürmischen Auseinandersetzung mit dem Steuerprüfer zu berichten.

Was wird nun heute wieder auf Sie herunterrasseln?

Rausgeschmissen!

Ja, ganz sicher ist Joséphine von der Schule gewiesen worden.

O Graus! Ein anderes Institut ausfindig zu machen, jetzt, nach Schulbeginn, das ist ein Ding der Unmöglichkeit. Sie werden sich gleichgültigen Direktoren zu Füßen werfen müssen. Tränen einsetzen müssen. Oder den Bruder der Schwägerin des Buchhändlers anrufen müssen, der den Persönlichen Referenten des Schulministers kennt.

»Wieso denn? Ich bin nicht aus der Schule geflogen«, erklärt Klein-Schätzchen fröhlich. »Du machst immer gleich in die Hose!«

»Was mach ich?«

»Du hast immer solche Ängste, irr, wie du dich verrückt machst.«

Und das Fräulein schenkt Ihnen ein Lächeln, daß Ihnen das Herz schmilzt. O Gott, wie entzückend sie doch ist, Ihre kleine Tochter, mit ihrem sanften Gesicht, ihren großen schwarzen Augen und ihren schön gebürsteten Haaren (man weiß zwar von wem, aber immerhin). Eine wahre florentinische Madonna.

»Ich will die Pille nehmen«, erklärt Ihnen Ihre florentinische Madonna in aller Ruhe. »Du mußt mit mir zum Gynäkologen gehen.«

Sie ertrinken fast in Ihrer Wanne.

Kapitel 2

Als sie wieder einigermaßen zu sich kommen, haben Sie das Badewasser zur Hälfte ausgetrunken, und der Eisenkrautschaum kommt Ihnen zu den Nasenlöchern und den Ohren wieder heraus.

Klein-Schätzchen beobachtet, wie Sie wieder auftauchen. Sie sitzt noch immer auf ihrem Hocker neben der Badewanne mit ihrem kindlichen italienischen Madonnenlächeln auf den Lippen.

Sie sind wütend auf sich selbst. Eine Mutter, die sich von den Ereignissen überrumpeln läßt, ja, das sind Sie. Sie hätten von sich aus Joséphine die Pille verpassen müssen, und zwar heimlich im Milchkaffee, sobald dieser unheilvolle Komantsche in Ihrem Wohnzimmer aufgetaucht war. Ja, so ist das, leider hat Sie Ihre Erziehung nicht darauf vorbereitet, mit solchen Situationen konfrontiert zu werden. Klein-Schätzchen kann sich nicht eine Sekunde lang vorstellen, daß Sie als Jungfrau und ohne Antibabypille in die Ehe gegangen sind. Um nichts in der Welt würden Sie ihr dies gestehen. Sie würde Sie staunend ansehen, mit der Neugier einer japanischen Touristin, die im Louvre die griechisch-römischen Antiquitäten besichtigt. Ältere Tochter zumindest hat Sie nie um etwas Derartiges gebeten.

Jetzt spucken Sie etwas Schaum aus:

»Glaubst du nicht, daß du noch etwas jung bist, um ... (Umschreibungen, o ihr hilfreichen Umschreibungen, wo seid ihr denn?) um ... (ein Königreich für eine dezente Untertreibung) ... um mit einem Mann zu schlafen? ...« Klein-Schätzchen betrachtet Sie empört.

»Ich glaub', du spinnst! Ich bin sechzehneinhalb. Stéphanie und Laurence haben es schon lange hinter sich.«

»Ach so.«

Heute morgen purzeln Ihnen die Überraschungen wie eine Geröllawine auf den Kopf.

»Ich kenne sogar ein Mädchen aus meiner Klasse, die mit zwölfeinhalb angefangen hat.«

Was hätte die Schwester Oberin von Ihrem Mädchenpensionat davon gehalten? Sie wollen es lieber nicht wissen. »Ach, ihr erzählt euch solche Geschichten sogar gegenseitig?«

»Klar. Worüber sollen wir denn reden?«

Sie hatten also recht. Natürlich reden die kleinen Freundinnen unermüdlich, seit Menschengedenken, von der Liebe und von den Jungs. Plötzlich knallt Ihnen ein weiterer Kieselstein auf den Kopf: Gerade denken Sie nämlich daran, daß Sie in drei Tagen mit dem Mann nach Mexiko reisen!

Sie hätten darauf gefaßt sein sollen. Das Leben hat Sie gelehrt, daß ein Mißgeschick *immer* nach Möglichkeit vor einem Urlaub passiert. Bei Ihnen zu Hause hat man die Gabe, Sie zur unpassendsten Stunde des Jahres vor ein schwieriges Problem zu stellen. Sogar dem Hund Roquefort kommt in den Sinn, zwanzig Minuten vor Beginn einer Premiere auszureißen, zu der Sie ausnahmsweise eingeladen sind und zu der Sie sich ebenso ausnahmsweise ein ausnehmend schickes Kleid zugelegt haben. Und in diesem Kleid kämmen Sie – bei strömendem Regen versteht sich – das ganze Viertel durch. Und dann kommen Sie zur Pause in die Vorstellung; Ihre Plätze sind selbstverständlich besetzt.

Sie geben Joséphine zu bedenken, daß ihr Traum, in Paris innerhalb von drei Tagen einen Termin bei einem Arzt zu bekommen, ziemlich extravagant ist. Die Ärzte, die Sie kennen, haben Wartezeiten von vierzehn Tagen bis drei Wochen. Der eine verlangt sogar drei Monate Geduld und ein weiterer, ein berühmter Rheumatologe, neun Monate. Lange genug, um inzwischen ein Kind und drei Hexenschüsse zu bekommen.

»Hat das nicht wenigstens noch Zeit bis zu meiner Rückkehr aus Mexiko?« versuchen Sie zu handeln. »Ich bin doch nur für acht Tage weg.«

»Nein«, antwortet Klein-Schätzchen entschieden. »Marc besteht darauf, daß ich die Pille schnellstmöglich nehme.«

»Wieso Marc? Hast du mit ihm darüber geredet?«

Eine Frechheit: zuerst mit ihm, dann erst mit der Mutter!

»Klar! Es geht ihn ja auch was an, oder?«

Mein Gott! Mein Gott! Mein Gott! Es kommt Ihnen vor, als wäre es gestern gewesen, daß Ihr kleines Mädchen Sie nachmittags um ein Schokoladenhörnchen bat. Und heute verlangt sie ihr Ovanon oder ihr Triquilar. Vielleicht macht der liebe Gynäkologe, der Joséphine zur Welt gebracht hat, mal eine Ausnahme, wenn es so sehr pressiert. Aber siehe da – der Vormittag ist mit Überraschungen nicht geizig! –, Klein-Schätzchen weigert sich, Ihren alten Doktor zu konsultieren. Sie will zur Gynäkologin ihrer Freundinnen gehen. Aha, nehmen Stéphanie und Laurence auch die Pille? Na klar! Und ihre Mütter, wissen die Bescheid? Na klar – aber die von Laurence hat Schwierigkeiten gemacht.

»Und stell dir vor, Laurence ging mit David. Der

wollte, daß sie die Pille nimmt. Aber sie hatte Angst, ihre Mutter würde Terror machen. Wahnsinn!«

»Ja und dann?« fragen Sie atemlos nach dem Fortgang der hochdramatischen Ereignisse.

»Dann hat sie zwei Monate gewartet, und schließlich hat sie mit ihrer Mutter gesprochen. Und ihre Mutter hat gesagt gut, okay, einverstanden. Aber ihr Vater durfte nichts erfahren. Der ist nämlich, was die Jungfräulichkeit seiner Tochter betrifft, schlimmer als ein Araber. Total behämmert. Aber bis Laurence dann die Untersuchungen hinter sich hatte und die Pille endlich bekommen hat, hatte David die Fliege gemacht.«

Einen Augenblick lang denken Sie über diese traurige moderne Liebesgeschichte nach.

Tja, die Liebe! Wie wär's, Sie würden sie vorsichtig aufs Tapet bringen?

Sie wissen ja: Für eine Frau aus dem Mittelalter, wie Sie eine sind, sind intime Beziehungen stets der finale Höhepunkt einer Liebesgeschichte. Für die jungen Mars-Menschen hingegen, die Sie in die Welt gesetzt haben, sind Sie nur der Anfang. Sie können aber nicht umhin – es überkommt Sie einfach –, die Vertrauensfrage zu stellen:

»Bist du sicher, daß du Marc liebst?«

Merkwürdigerweise scheint Klein-Schätzchen, die sonst ja nicht zimperlich ist und ohne Hemmungen über Verkehr und Pille spricht, eher verlegen, wenn es um Gefühle geht.

»Tja ... ich denke schon«, antwortet sie vorsichtig wie eine alte Füchsin.

»Du kennst ihn doch kaum.«

»Was heißt hier kaum? Wir gehen doch seit einem Monat miteinander.«

Der Ausdruck »miteinander gehen« kann bei einer Heranwachsenden mehrere Bedeutungen haben: daß sie zusammen auf Partys gehen zum einen, und daß sie sich zusammen in einem Bett wälzen zum andern. Was genau zutrifft, müssen Sie schon selber erraten. Aber wenn Sie die richtige Antwort gefunden haben, gewinnen Sie nicht etwa eine Reise auf die Kanarischen Inseln wie im Fernsehquiz, nein, weit gefehlt.

»Und warum liebst du ihn?«

Eine blöde Frage. Sie sollten sich schämen, sie überhaupt gestellt zu haben. Warum betet man gerade diesen und nicht jenen an? Eine ewige, nie gelöste Frage. Natürlich kommt es Ihnen gespenstisch vor, daß Ihr kleiner Goldschatz, Ihr Augapfel, Ihr Wunder aller Wunder gerade in einen debilen großen Engerling verknallt ist. Aber warum liebte Julia gerade Romeo? Nicht einmal Shakespeare hat diese Frage beantwortet, obwohl er sich in Sachen Gefühle auskannte.

Zu Ihrer großen Verblüffung aber antwortet Joséphine:

»Weil er nett ist . . .«

Immerhin. Zumindest verprügelt er sie nicht.

Sie steigen aus Ihrem inzwischen eiskalten Bad und rufen die Gynäkologin von Klein-Schätzchens Freundinnen an. Welche Ihnen einen Termin für morgen gibt. Sie scheint an solche Notfälle gewöhnt zu sein.

»Echt Klasse«, erklärt Joséphine. »Da entfällt für mich die Mathe-Stunde. Schreibst mir eben 'ne Entschuldigung. Im übrigen muß ich für morgen eine Arbeit über den Philosophen Alain und seine Auffassung des Glücks schreiben. Kannst du mir nicht helfen?

»Nein!« antworten Sie mit Nachdruck. »Ich habe die Nase voll von Alains Glücksauffassung. Das Thema habe ich seit meinem eigenen Abitur mindestens zwölfmal behandelt. Im übrigen hat mir deine Lehrerin für den letzten Aufsatz, den ich für dich geschrieben habe, eine Sechs verpaßt. So was blockiert mich dann anschließend wahnsinnig, wenn's um meine eigenen Artikel geht.«

Ihre Jüngste kehrt fröhlich wie ein Zicklein zur Schule zurück – das kleine Mädchen, dem Sie eine Entschuldigung schreiben müssen, wenn es den Unterricht versäumt. Bald aber wird sie eine in Liebesdingen erfahrene junge Dame sein.

Sie sind für den Rest des Tages deprimiert.

Alles, was Sie im Lauf der Zeit da und dort gegen die Pille gelesen haben, fällt Ihnen wieder ein. Einerseits sind Sie fest davon überzeugt, daß sie die größte Revolution des modernen Zeitalters darstellt. Andererseits bangen Sie, ob Ihr Klein-Schätzchen nicht doch zu jung ist, um die Pille zu nehmen. Manche Ärzte sind schroff dagegen: Wer die Pille nimmt, wird dick. Hat Übelkeitsanfälle. Die Pille ist vielleicht sogar krebsfördernd. Sie persönlich können mit dem Risko leben. Aber Ihr Baby?!

Am Abend legen Sie sich ins Bett, und ein wahrer Wirbelsturm schwarzer Gedanken braust Ihnen durch den Kopf. Bald hat Ihre Joséphine also einen Liebhaber. Nein, nein, welch abscheuliches Wort! Ein altmodisches, melodramatisches Wort. Lieber denken Sie: Bald hat sie einen Freund. Das klingt weniger dramatisch. Aber was soll's. Die Vorstellung, daß Ihre wertvolle kleine italienische Madonna nackt in den Armen dieses weißen Engerlings liegt, empört Sie. Denn jetzt wissen Sie Bescheid. Kaum werden Sie einen Fuß in die Maschine der Aeromexico gesetzt haben, wird dieser Komantsche des Unheils sich wie ein Tier – jawohl, wie ein Tier – auf Ihr kostbares Schätzchen stürzen. Womöglich wird er dabei nicht einmal die dunkle Brille abnehmen. Wird dieser bleiche Jüngling mit Gefühl vorgehen? Mit welchem Recht wird er in Klein-Schätzchens Bett springen? Was sagen Sie da? Nicht in Klein-Schätzchens Bett.

In *Ihr* Bett!

Bei diesem Gedanken zucken Sie wie ein hilfloser Fisch auf der Matratze zusammen. Ihr Herr Gemahl wacht auf und fragt Sie, warum Sie ihn unbedingt am Schlafen hindern wollen. Er habe Wichtiges vor am nächsten Tag – die halbe Welt und das Schicksal mehrerer Hundert Arbeiter ruhe auf seinen Schultern, und er wünscht, daß seine Frau seinen Arbeitgeberschlaf nicht stören möge. Sie versprechen ihm, daß Sie sich nicht mehr rühren werden. Das Schnarchen setzt wieder ein. Ebenso der Tanz Ihrer düsteren Gedanken.

Ja, ganz klar: Joséphine und ihr Unglückskomantsche werden aus Ihrem Schlafzimmer – das besser ausgestattet ist als ihr Jungmädchenzimmer – ein Liebesnest machen. Nein, das darf nicht sein! Ihr persönliches Bett muß da herausgehalten werden!

Was tun? Klein-Schätzchen Ihrer Ältesten anvertrauen? Sie können sich schon jetzt vorstellen, wie die Jüngere ihrer älteren Schwester erzählt: »Ich muß drei Stunden in der Schule nachsitzen.« Oder: »Ich muß mir unbedingt einen neuen BH kaufen gehen!« usw. Und hops! Schon springt sie in Ihrer leeren Wohnung unter Ihre bestickten Laken. Also die Hausmeisterin warnen? Das widerstrebt Ihnen. Joséphine nach Mexiko mitnehmen? Und wo findet man eine Festung oder eine Burg inklusive Bergfried und Keuschheitsgürtel? Im Halbschlaf haben Sie eine Version, wie Klein-Schätzchen auf den Turmzinnen die Hände ringt und der Komantsche auf einem einäugigen Klepper über den Burggraben sprengt. Das Kind für acht Tage jenseits des Kanals, in ein ebenso vornehmes wie strenges Pensionat schicken? Oder in die Schweiz, in einen Panzerschrank? Es hilft alles nichts. Zwei unsterblich Verliebte finden immer einen Weg. Romeo wird den Panzerschrank mit Hilfe eines Schneidbrenners knacken. Sie träumen, daß ...

»Du hast wohl Alpträume«, knurrt der Mann und rüttelt Sie.

»Jetzt verpaßt du mir schon Fußtritte!«

Sie wachen auf. Schweißgebadet. Gelähmt vor Angst. Vorsichtig stehen Sie auf und setzen sich im Bad auf den berühmten Hocker neben der Badewanne, um sich zu beruhigen.

Also: Es ist ver-nünf-ti-ger, Klein-Schätzchen die Pille zu erlauben, als sie mit sechzehneinhalb plötzlich schwanger werden zu lassen. Beim Gedanken an eine Joséphine, die mit sechzehneinhalb Mutterfreuden entgegensieht, erschauern Sie! Die mit jedem Tag Verspätung wachsende Angst! Die Suche nach einem Gynäkologen. Die peinliche Gewissensbefragung. Der Papierkrieg in der Klinik. Der Schock der Schwangerschaftsunterbrechung.

Sie brechen in Tränen aus.

Das ist alles Ihre Schuld.

Eine schlechte Mutter, jawohl, das sind Sie. Natürlich haben Sie sich vehement um alle Probleme gekümmert, die ein Kind ab dem Tag bringt, wo es im Familienkreis auftaucht. Die Koliken des Säuglings, die ersten Zähnchen, die Windpocken-Röteln-Mumps-Serie, die Brille, die vorstehenden Zähne, die Plattfüße, die beim Reiten gebrochenen Arme und beim Skifahren gebrochenen Beine, die schlechten Zeugnisse. (Sie gehören zu jenen Müttern, denen die Schule nie Überraschungen bietet: die Ergebnisse sind gleichbleibend schlecht!) Und jetzt die erste kleine oder große Liebe. Die Zeit ist so schnell vergangen mit Klein-Schätzchen. Sie haben das Gefühl, Sie seien direkt von den Pampers zur Pille übergegangen.

Mein Gott, wen könnte man bloß um Rat fragen? Um Mitternacht kann man doch die Freundinnen nicht wecken! Aber vielleicht Ihren Nachtvogel von Älterer Tochter? Wer könnte Ihnen authentischer über Ihre mütterlichen Mängel Auskunft geben? Gewiß, Herr Schwiegersohn wird sauer sein. Genügt es denn nicht, wenn deine Mutter das Telefon tagsüber belagert? Doch, doch, streite es nicht ab, gestern habe ich zwei Stunden lang versucht, dich anzurufen, und mit wem sonst hast du da geplaudert?

Egal.

Jetzt nehmen Sie das Telefon mit in die Küche. Wie üblich verheddert sich das Kabel im Schirmständer, der donnernd umfällt. Aber Gott sei Dank, niemand scheint aufgewacht zu sein.

Sanft wählen Sie die Nummer Ihrer geliebten Älteren Tochter.

O Schreck! Herr Schwiegersohn geht ran. Muß der denn unbedingt noch wach sein, verdammt?

Sie (verlogen): »Es tut mir leid, euch zu stören, aber Joséphine geht es nicht so gut, und Justine kennt den Namen eines Medikaments . . .«

Herr Schwiegersohn (knapp): »Ich ruf' sie.«

Krach! Mit hörbarer Absicht setzt er den Apparat auf der Tischplatte ab. Aber Sie waren schon darauf gefaßt und haben den Hörer von Ihrer Ohrmuschel etwas entfernt.

Sorgenvolle Stimme Ihres Herzlieblings: »Joséphine geht's nicht gut?«

Sie: »Es tut mir leid, dich so spät noch zu stören, aber sag, können wir einen Augenblick reden?« Ältere Tochter kapiert auf der Stelle, daß das, was Sie zu sagen haben, besser nicht den Ohren des Herrn Schwiegersohns zugänglich sein sollte.

Ältere Tochter (flüsternd): »Ich nehme das Telefon mit in die Küche.«

Anhand der unterdrückten Flüche von Älterer Tochter können Sie ihre Wanderung in Richtung Küche verfolgen; die Schnur scheint sich ebenfalls zu verheddern, und etwas fällt zu Boden. Schließlich vernehmen Sie ihre Stimmen wieder (sie ist außer Atem).

Ältere Tochter: »So, ich hab's.«

Jetzt sitzen Sie also beide im Nachtgewand mit dem Telefon in der Küche, während die Männer wild entschlossen schlafen.

Sie: »Sag mir die Wahrheit! Bin ich als Mutter eine Niete?«

Ältere Tochter ist ein fabelhaftes Mädchen. Sie zeigt sich keineswegs verwundert darüber, daß sich ein hysterisches Wesen mitten in der Nacht in Frage stellt und sie deswegen unbedingt wecken muß.

Ältere Tochter: »Du bist jedenfalls eine Mutter. Das ist bereits eine enorme Leistung! Ansonsten, wie soll man heutzutage wissen, ob man eine gute oder eine schlechte Mutter ist . . .?«

Sie: »Du hast mir einmal gesagt, du seist gegen die Pille.

Warum?«

Ältere Tochter ist nicht gegen die Pille. Die Pille war gegen sie! Sie verschwand immer auf magische Weise, und Justine vergaß sie zu nehmen. Oder schluckte zwei am selben Abend.

Sie protestieren. Das ist doch so einfach. Sie selbst legen Ihre neben die Zahnbürste. Ob sich Ältere Tochter denn nicht auch jeden Abend die Zähne putzt? Sie sind doch ganz sicher, daß Sie sie in diesem Sinne erzogen haben. Nein, das sei nicht die Patentlösung, antwortet die Ältere Tochter. Aus unerfindlichen Gründen wechsle ihre

Zahnbürste ständig den Standort. Sie wollen sie gerade fragen, warum sie sich denn wandernde Zahnbürsten kaufe, da beginnt Justine eine breitangelegte Schilderung ihrer Zwistigkeiten mit der gottverdammten Pille. Sie habe es unter anderem versucht, sie in den Kühlschrank neben die Frühstücksbutter zu legen. Merkwürdigerweise verschwand sie über Nacht, und Ältere Tochter brauchte eine Woche, bis sie sie im Gemüsefach unter einem vergammelten Salatkopf wiederfand. Danach hatte Justine die Packung auf den Wecker geklebt. Eine schlechte Idee. Am Abend schaute sie nie auf die Uhr. Morgens, wenn der Wecker läutete, stand Ältere Tochter mit noch geschlossenen Augen auf und ging tapsend in die Küche, um Frühstück und diverse Fläschchen zuzubereiten: Dabei vergaß sie natürlich die Pille. In der darauffolgenden Nacht schreckte sie dann plötzlich hoch, schaltete das Licht an, rüttelte den Herrn Schwiegersohn wach – und zählte und zählte die noch verbleibenden Pillen, ohne den genauen Tag feststellen zu können.

Ältere Tochter hat ferner die Erfahrung gemacht, daß die Pille es haßt zu verreisen. Jedesmal war sie ganz sicher, sie eingepackt zu haben, und jedesmal war das Schächtelchen unauffindbar. In Toulon hatte Justine sogar einmal, anstatt Fotos zu machen, zu einem Gynäkologen laufen müssen, um ihm eine Packung abzubetteln. Der südfranzösische Arzt hatte sich unerbittlich gezeigt: Er hatte auf einer Untersuchung bestanden. Ältere Tochter hatte Hals über Kopf nach Paris zurückfahren müssen (zwei schlaflose Nächte im Zug, hin und zurück), um ihre Pille zu holen, die ironischerweise in einem Schuh ihrer harrte – sie war absolut SICHER, daß sie sie niemals dort deponiert hatte. Nun teilen Sie Justine Ihre Bedenken mit: Soll die kleine Schwester die Pille bekommen?

»Wenn sie groß genug ist, um dich darum zu bitten,

dann laß sie doch ihre Verantwortung übernehmen«, rät Justine.

»Ich finde, sie fängt sehr früh an mit Liebesbeziehungen«, jammern Sie.

»Ich habe früher angefangen«, erklärt Ältere Tochter lachend.

»Du?«

»Du hast es nur nie erfahren. Aber beim erstenmal war ich fünfzehn Jahre und zwei Monate alt.«

Ein harter Tag, das steht endgültig fest. Natürlich hat Justine um ihre Liebschaften ein großes Geheimnis gemacht. Trotzdem, eine Ahnung hätte Ihnen auch damals kommen müssen. Jetzt haben Sie die Bestätigung: Sie sind als Mutter eine Niete!

»Mit wem?« krächzen Sie.

»Mit so 'nem bärtigen Hippie-Typen, ich weiß nicht, ob du dich erinnerst. Bertrand hieß er, ging immer in Clogs und trug eine grüne Cordhose. Die Holzschuhe hatten's mir angetan.«

Aha! Endlich wird Ihnen die Erklärung zuteil für Justines damalige Kampagne »Zurück zur Natur«. Jahrelang hatte sie sich dafür ereifert, und immer wieder staunten Sie, denn Justine war und ist ein Stadtmädchen.

»Ich schlich mich nachts raus, während ihr alle schlieft, und kam im Morgengrauen wieder nach Hause, bevor du aufwachtest.«

Sie fallen nahezu vom Küchenstuhl.

»Aber es hat nicht lange gedauert. Der tumbe Kerl verhielt sich im Bett wie ein Besenstiel und zog noch nicht einmal seine Clogs aus.«

»Gräßlich so was! Siehst du, ich habe ganz recht, wenn ich mir wegen deiner Schwester Sorgen mache. Ihr Typ wird die Brille nicht absetzen!« rufen Sie in gesteigertem Groll.

»Jeder muß im Leben seine eigenen Erfahrungen sammeln«, erklärte Ältere Tochter ohne Mitleid. »Hör auf, deine Töchter überzubeschützen . . .«

Seufzend gestehen Sie, daß sie recht hat. Sie schwören, daß Sie aufhören werden, sich wie eine ewig besorgte Glucke zu verhalten. Sie hängen ein und stehen noch ganz unter dem Schock von Justines Enthüllungen. Sie stürzen sich in Klein-Schätzchens Zimmer, um nachzusehen, ob sie sich nicht auch heimlich zu ihrem Engerling davongemacht hat. Nein, sie schläft, liegt rund und rosa wie ein Pfirsich in ihrem Bett. Und neben ihr ruht noch ihr schwarzer Plüschpanther, den sie als Säugling schon hatte.

Warum müssen kleine Mädchen so schnell wachsen, nur um dann Vollidioten mit Holzschuhen oder Kümmerlingen mit dunkler Brille zum Opfer zu fallen?

Vollkommen deprimiert kehren Sie in die Küche zurück. Sie zögern: Sollen Sie jetzt ein Valium nehmen oder ein ganz pesönliches Beruhigungsmittel: einen riesigen Teller Spaghetti mit frischen Tomaten und geriebenem Käse? Katastrophal für die Linie. Aber dafür kehrt mit Hilfe eines anschaulichen Quantums Rotwein gegen zwei Uhr früh der Seelenfrieden wieder ein, und Sie beschließen, in Zukunft eine optimistische und trendbewußte Mutter zu sein – mit ein paar Spaghettikilos auf den Hüften.

Die Gynäkologin von Joséphines Freundinnen versetzt Ihnen den nächsten Schock. Sie scheint kaum älter als Klein-Schätzchen. Diese entzückende junge Frau mit entschlossenem Gesichtsausdruck betrachtet Sie mit demselben Staunen, das auch in Ihrem Gesicht zu lesen ist: Ihre Kundschaft besteht ganz offensichtlich nicht aus Müttern. Im übrigen wendet sie sich nur noch an Joséphine, nachdem ihr klargeworden ist, worum es geht, und sie duzt Sie wie eine alte Freundin. Sie möchten sich in Ihrer Ecke ganz klein machen und reißen sich zusammen, um nicht anstelle von Klein-Schätzchen zu antworten, wie Sie es sechzehneinhalb Jahre lang getan haben. Aber ein Augenblick der Rache ist Ihnen vergönnt, als die junge Ärztin sich nach den Kinderkrankheiten erkundigt. Da sind sie nun doch gefragt. Sie beten die ganze Litanei herunter, die Sie mittlerweile auswendig wissen. Danach explodiert eine weitere Bombe – damit werden Sie in letzter Zeit besonders verwöhnt.

»Bist du noch Jungfrau?« fragt die Gynäkologin in aller Ruhe.

»Nein«, antwortet Klein-Schätzchen nicht minder ruhig.

Sie zwingen sich, Gelassenheit zu mimen. Aber innerlich sind Sie nur noch eine Pfütze auf dem Teppichboden. Wie? Wo? Wann? Mit diesem unmöglichen Komantschen? Mit einem anderen, vielleicht als sie fünfzehn Jahre und zwei Monate alt war, wie Ältere Tochter? Wieder einmal haben Sie nichts, absolut nichts geahnt. Ihre mütterliche Intuition ist so viel wert wie ein Sack Stroh! Was ist mit den vertraulichen Mitteilungen an die geliebte Mutter? Niemand sagt Ihnen etwas. Niemand hat Ihnen je etwas gesagt. Sie haben versucht, aufmerksam zu sein, zuzuhören, jedes Zeichen wahrzunehmen, wie es in allen Frauenzeitschriften dringlich empfohlen wird. Pustekuchen! Wer hat seinen Kopf an Ihre Schulter gebettet, um Ihnen seine Geheimnisse zuzuflüstern oder Ihren Rat zu hören? Niemand! Nie! Ja, Sie sind eine Niete. Gerade noch fähig, die familiäre Eß- und Schlafmaschine in Gang zu halten. Plötzlich fragen Sie sich, ob der Mann nicht auch ein Doppelleben führt, das er Ihnen verheimlicht. Sie sind eine gescheiterte Mutter. Warum nicht auch eine betrogene Ehefrau? Sie haben es satt mit dieser Horde von Unbekannten, die bei Ihnen ihr Lager aufgeschlagen hat. Sie werden nicht nach Mexiko reisen, sondern auswandern, und zwar nach Patagonien. Endgültig. Jawohl. Dann sollen sie sehen, wie's weitergeht, ohne Sie. Ätsch. Während Sie sich ausmalen, wie Sie Ihr Bündel schnüren und sich ein letztes Mal nach der leeren Hülse umdrehen, die Ihr Heim gewesen ist, hat die junge Ärztin Joséphine zur Untersuchung in einen Nebenraum mitgenommen. Und Sie hören, wie sie beide lachen.

Lachen!

Sie sind sprachlos. Ihnen ist nie gelungen, auf einem gynäkologischen Stuhl zu lachen. Und nun muß Klein-Schätzchen, kaum daß sie auf der Welt ist, den Folterstuhl besteigen und die Füße in diese grauenvollen Steigbügel stecken, um sich mit dem schauderhaften Spekulum durchwühlen zu lassen. Beim bloßen Darandenken kneifen Sie die Schenkel zusammen.

Aber Klein-Schätzchen lacht.

Und kommt aus dem Nebenraum, als wäre sie eine alte Häsin, was solche Untersuchungen angeht.

Sie zahlen (Ach so, dazu sind Sie immerhin noch nützlich) und ziehen los mit Ihrem Herzblättchen und dem wertvollen Rezept. Es ist Ihnen, als ahnten Sie ein kleines ironisches Lächeln auf den Lippen der jungen Ärztin.

Einigermaßen verstört steigen Sie in Ihr Auto.

»Du hast die Handbremse vergessen und die Scheinwerfer eingeschaltet«, bemerkt Joséphine, »ist dir nicht gut?«

Nein. Doch, doch. Sie müssen Ihre Fassung wiedergewinnen – an der seit Tagen heftig gerüttelt wird. Beziehungsweise seit gestern. Aber jedermann weiß ja, daß manchmal jahrelang nichts passiert, und dann kommen Tage, an denen alles auf einmal hereinbricht. Zuerst einmal GANZ RUHIG ATMEN. Wie beim Yoga! Sie hassen zwar die ganze Yoga-Akrobatik, aber in dem Zustand, in dem Sie sich befinden, kann Ihnen nichts mehr Schaden zufügen. Auch nicht verlangsamtes Ein- und Ausatmen.

Zweitens mit Klein-Schätzchen reden.

Ist nicht oberste Pflicht einer jeden traditionellen Mutter, wie Sie eine sind, die Tochter vor den großen Problemen der Liebe zu warnen? Wie bitte? Wer wagt es zu lachen? Ja gewiß, Sie sind so etwas wie eine Dinosaurierin, die sich ins Zeitalter der Computer und der Roboter verirrt hat. Aber was soll's? Sie müssen eben ein Gespräch von Dinosaurier-Mutter zu E.-T.-Tochter führen.

Sie (die Nase am Steuer): »Sag mal, Joséphine ... hm ... wir hatten noch keine Zeit ... ich glaube nicht ... hm, ich meine ... (Sie werden es nie schaffen!) ... oder vielmehr frage ich mich, ob du weißt ... Ich will sagen: weißt du eigentlich alles, was man über Sexualität wissen muß?« Uff! Jetzt ist es raus!

Klein-Schätzchen (verblüfft): »Was willst du sagen?«

Sie (versuchen feierlich zu sein, fahren aber bei Rot über eine Ampel und übersehen die hektischen Zeichen der anderen Autofahrer, die auf Ihre immer noch eingeschalteten Scheinwerfer reagieren): »Weißt du denn wirklich alles ... na ja, nicht alles ... aber das Wichtigste über die körperliche Liebe?«

Joséphine: »Mhm ... ich glaub' schon.«

O Schreck. Sie haben den Motor abgewürgt, als Sie die Scheinwerfer abdrehen wollten, und es gelingt Ihnen nicht, wieder anzufahren. Hinter Ihnen ertönt das übliche Hupkonzert. Sie könnten schwören, daß Ihr erster Gang plötzlich ganz woanders ist.

Sie (Folterqualen durchmachend): »Wenn du zusätzliche Aufklärung brauchst, fragst du mich, ja?«

Klein-Schätzchen (lieb): »Ach weißt du, mit den Filmen, den Büchern und den ganzen Frauenzeitschriften, die zu Hause herumliegen, ist man mehr als informiert.«

Sie hat recht. Es vergeht kein Tag, ohne daß detaillierte Erläuterungen über den obligatorischen Orgasmus zu lesen sind, über die erogenen Zonen und die zweihundertfünfundvierzig Stellungen der Liebe.

Sie: »Ja . . . gut . . ., aber da ist ja nicht nur die technische Seite, es gibt auch eine Gefühlskomponente.«

Klein-Schätzchen: »Was meinst du damit?«

Sauriermama: »Es gibt nicht nur den Körper . . . Wenn du nur des sogenannten Lustgewinns wegen mit einem Mann schläfst, dann bist du wie . . . wie . . . (wie was, ist Ihnen entfallen, also lassen Sie das lieber). Wichtig ist, daß der Kopf und das Herz auch mit von der Partie sind. Ja, das ist es. Mit dem Herzen und mit dem Kopf lieben ist sehr wichtig . . .« Sie fühlen sich absolut lächerlich. Hilfe! Barbara Cartland, Hedwig Courths-Mahler und Konsortinnen, Hilfe!

E. – T. – Tochter (eher mitleidig): »Jajaah! Nicht ausflippen, Mama. Is' ja nicht so schlimm.«

Ein Auto überholt Sie, und der Fahrer beschimpft Sie: Fahr zu, Oma, oder laß dich im Rollstuhl befördern! Sie brechen zusammen. Jetzt brauchen Sie ein Gläschen Schnaps zum Aufputschen, und zwar schnell. Sie lassen Ihr Auto auf dem Zebrastreifen stehen und stürzen in eine Kneipe, wo Sie einen Calvados mit viel Würfelzukker bestellen – und bitte gleich. Joséphine bestellt in aller Ruhe eine Himbeermilch.

Sie nehmen allen Mut zusammen, den Sie in sich und in den schnapsgetränkten Zuckerwürfeln finden können.

Sie: »Aber liebst du ihn denn WIRKLICH, diesen Jungen?«

Klein-Schätzchen (mit einem kleinen rosaroten Milchschnurrbart auf der Oberlippe – man möchte sie am liebsten wie einen Säugling abwischen): »Mhm, ich glaub' schon.«

Sie (wagen den Sprung ins kalte Wasser): »Und es geht gut mit euch . . . Paßt ihr denn zusammen? . . . Ich meine körperlich? Du mußt nicht antworten, wenn es dir unangenehm ist.«

Klein-Schätzchen (sehr ruhig): »Red doch nicht um den heißen Brei herum. Es ist toll.«

Toll? Wie denn das? Wo soll dieser siebzehnjährige Komantsche seine »tolle« Liebeskunst herhaben?

Sie (müssen schreien, um den Lärm in der Kneipe zu übertönen): »Wenn du schon so vieles weißt, dann weißt du vermutlich auch Bescheid . . . über die Krankheiten, die man erwischen kann . . . du weißt, daß gerade bei den jungen Leuten die Geschlechtskrankheiten zur Zeit zunehmen.«

Klein-Schätzchen (empört): »Marc ist absolut clean!«

Sie (gehen unbeirrt Ihrer mütterlichen Pflicht nach): »Er kann ganz ungewollt einen Virus auf dich übertragen, und du kannst ihn dann weitergeben . . .«

Klein-Schätzchen (lacht schallend und macht sich ganz offen über Sie lustig): »Was glaubst du denn? Daß ich ganz Paris anstecke?«

Nein. Natürlich nicht. Das war auch nicht sehr feinfühlig von Ihnen.

Gerade als sie sich entschuldigen wollen, sichten Sie eine Politesse mit gezückten Strafzettelheftchen. Sie stürzen hinaus.

Sie (verwirrt): »Oh, Verzeihung, eine Frage: Haben Sie eine Tochter?«

Die Politesse (erstaunt): »Ja.«

Sie: »Geben Sie ihr die Pille!«

Die Politesse: »Meine Tochter ist zwei Jahre alt . . .«

Sie: »Meine ist sechzehneinhalb. Wir kommen gerade vom Arzt. Und jetzt diskutieren wir über die ganze Sache, verstehen Sie ...«

Die Politesse (unbeirrbar in ihrer Logik): »Sie können doch auch zu Hause diskutieren.«

Sie (fuchteln mit beiden Armen wie eine wild gewordene Vogelscheuche): »Richtig. Überhaupt – in dem Zustand, in dem ich mich befinde, ist mir Ihr Strafzettel sowieso egal.«

Die Politesse (beginnt zu schreiben): »Mir scheint, SIE brauchen eine Pille, eine Beruhigungspille!«

Sie gehen in die Kneipe zurück. Klein-Schätzchen träumt vor sich hin und schlabbert ihre Himbeermilch wie eine kleine Katze.

Und Ihnen platzt der Kragen.

Okay! Sie wissen, daß Sie keine moderne Mutter sind. Sie sind nicht auf dem laufenden. Nicht in. Aber das ist nun mal so. Die Pille ... Kleine Mädchen, die mit fünfzehn Jahren und zwei Monaten beziehungsweise mit sechzehneinhalb schon sexuelle Erfahrungen machen ... frühreife Knaben, die bereits lustvoll vögeln ... all das sind Dinge, auf die Ihre Erziehung Sie nicht vorbereitet hat. Die Kluft zwischen den Generationen können Sie nicht überspringen. Joséphine muß sich damit abfinden. Man kann sich seine Mutter nicht aussuchen. Später wird Klein-Schätzchen vielleicht zum Psychiater wandern (Sie übrigens auch, wenn das so weitergeht), aber im Augenblick muß sie sich wohl oder übel mit einem Menschen auseinandersetzen, der hin- und hergerissen ist, der zugleich einverstanden und auch wieder nicht einverstanden ist.

Und dann schlagen Sie Klein-Schätzchen folgende Lösung vor: Sie akzeptieren ihre Entscheidungen im Leben und in der Liebe, aber sie muß auch Ihre altmodische

Mentalität akzeptieren. In Ordnung? Ein ehrliches Geschäft, sieht Joséphine ein.

Sie fordern für sich selbst ein Recht auf Heuchelei beziehungsweise Nichthinschauen. Dafür wird Joséphine ihren Komantschen mit der allergrößten Diskretion lieben. Sie wollen nicht wissen, wann und wo. Immer noch einverstanden? Immer noch einverstanden, erklärt Klein-Schätzchen.

Joséphine wird Sie grundsätzlich benachrichtigen, daß sie weggeht, ohne Ausreden zu erfinden (nach dem Schema »Ich geh mit 'ner Freundin ins Kino«). Aber immer nach Hause kommen zum Schlafen. Okay? Okay, schwört Ihr kleiner Augenstern und ist sichtbar zufrieden.

»Wenn du diesen Knaben liebst, dann ist das dein ganz persönliches Problem und deine eigene Verantwortung. Ich versuche, dich zu verstehen. Das fällt mir nicht leicht, weil ich dich zu jung finde. Kannst du zur Abwechslung einmal MICH verstehen?«

Joséphine lächelt – mütterlich.

»Bist 'ne wahnsinnig reaktionäre, aber sonst ganz liebe Mutter«, erklärt sie abschließend und nickt weise. »Was Papa betrifft, so wäre es mir lieber, wenn du nicht mit ihm darüber sprichst.«

»Ja, ich glaube, es ist besser« – meinen auch Sie.

Männer haben sehr labile Nerven.

Vor allem die Väter.

Angeblich sind Sie tatsächlich nach Mexiko abgereist, nachdem Sie die Koffer gepackt, die Tiefkühltruhe aufgefüllt, ein Kapitel Ihres Buches zu Ende geschrieben, die Hausmeisterin über die relative Einsamkeit Joséphines und Roqueforts informiert haben. Und nachdem Sie in Joséphines sämtliche Schulbücher, Hefte, Kleider, Schuhe kleine Zettelchen geklebt haben mit der einzigen Warnung, die Sie unbedingt aussprechen müssen: »Pille nicht vergessen!«

Wie ein Zombie sind Sie ins Flugzeug gehechtet.

Ihre eigene Pille haben Sie natürlich vergessen.

Kapitel 3

Durch Mexiko reisen Sie in einem englischen Nebel. Es wird behauptet, Sie hätten zwei Ozeane, eine schwarze Madonna und diverse Aztekenpyramiden gesehen. Der Mann wird Ihnen später versichern, Sie hätten mit Indianern gesprochen, Tacos gegessen und Mariachis gehört. Aber Sie, Sie haben in Mexico City, in Acapulco, in Teotihuacán nur eines gesehen: Klein-Schätzchen in den Armen des Komantschen. Und es ist ganz einfach: Diesen großen Engerling hassen Sie. Sie sind dermaßen von Ihrer fixen Idee besessen, daß Sie bei einem Diner – serviert wird die Landesspezialität Schokoladen-Truthahn – die Ehefrau eines Kunden des Mannes fragen, ob mexikanische Frauen die Pille nehmen dürfen. Ein langes betretenes Schweigen macht Ihnen klar, daß Ihre Frage äußerst deplaziert wirkt.

Der Mann fragt Sie bissig, was denn wohl in Sie gefahren sei. Er habe Sie noch nie so nervös erlebt. Es lohne sich anscheinend nicht, Sie zu einer solchen Reise einzuladen. Damit Sie sich nicht verraten, nehmen Sie Beruhigungsmittel, die Sie heimlich mitgebracht haben. Der Mann wird noch wütender. Er hat nicht eine Frau mitgenommen, sondern deren Schatten. Sie fühlen sich – wieder einmal – versucht, ihm Ihre Qualen zu gestehen. Schließlich haben Sie sich ja geehelicht: »für gute und für schlechte Tage«. Aber Sie haben Angst, daß er zum Büro von Air-France hastet und schreiend Vorzugsplätze in der ersten Maschine nach Paris fordert: um den Komantschen hinaus- und die Treppe hinunterzuschmeißen. Mißfallen würde Ihnen dies zwar nicht. Aber Sie befürchten, daß auf diese Weise aus dem Auserwählten ein Märtyrer wird. Und daß Klein-Schätzchen mit ihm durchbrennt. Eine der Töchter Ihrer Freundin Bernadette ist zwei Monate lang bei Hausbesetzern untergetaucht, weil ihre Eltern sie daran hindern wollten, sich mit einem Skinhead mit kahlrasiertem Schädel zusammenzutun – seine Ohren waren zu Schlüsselringen umfunktioniert, und es hingen Rasierklingen daran; auf der Brust trug er den eintätowierten Spruch: »Aus Bier und Glut«.

Es gelingt Ihnen nicht, Ihre Freude zu verheimlichen, als Sie den Rückflug antreten. Der Mann knurrt.

»Komisch, früher bist du so gern gereist. Und jetzt wirst du langsam zum Hausmütterchen.«

Ein ganz klein wenig gehen Ihnen die Nerven durch.

»Nein, ich mache mir Sorgen wegen Joséphine. Ich habe Angst, daß sie in unserer Abwesenheit Unfug treibt.«

Sie lügen recht englisch zur Zeit: lauter Euphemismen.

»Ach was!« antwortet der Mann, so als existiere das Wort Macho überhaupt nicht: »Mädchen MÜSSEN Unfug treiben.«

Natürlich handelt es sich in seiner Vorstellung um die Mädchen der ANDERN.

Als erstes fällt Ihnen, und zwar auf der Treppe, ein Geruch auf, der aus Ihrer Wohnung dringt. Ein ungeheurer Geruch. Selbst einem Kosaken würde es schlecht davon. Schließlich identifizieren Sie ihn als eine Mischung aus kaltem Zigarettenrauch und Räucherstäbchen. Letztere wurden von Klein-Schätzchen ausgiebig in Brand gesetzt, um die Spuren der Tabakorgie zu vertuschen, die die Clique in Ihrer Abwesenheit in der Wohnung veranstaltet hat. (Nanu? Die Clique ist wieder aufgetaucht?) Sie versprühen nun Ihrerseits literweise Eukalyptusessenz. Worauf die Nachbarn ganz komisch zu schnüffeln anfangen, wenn Sie ihnen begegnen.

Zu Ihrer großen Verwunderung hingegen herrscht eine eher akzeptable Unordnung in den Räumen. Nur die Badewanne ist schwarz vor Dreck, und alle kleinen Jasminseifen sind verschwunden. Daraus schließen Sie, daß die Hunnen beschlossen haben, sich an den Gestaden Ihres Badezimmers zu waschen. Und es stimmt. Die Mitglieder der Bande (der Komantsche inklusive) haben sich frisch-fromm-fröhlich-frei bei Ihnen niedergelassen und geredet, geduscht, ferngesehen und gepennt, letzteres in Decken gewickelt in Ihrem zum Schlafzimmer umfunktionierten Wohnzimmer. Und haben sich ausschließlich von Dosen-Nasigoreng, tiefgefrorenen Hamburgern und Pizzas ernährt. Ihre Tiefkühltruhe ist vollkommen leer.

Wie Sie herauskriegen, war die Unordnung am Schluß so ungeheuerlich, daß sogar Joséphine und der Auserwählte – sie spielten das Gastgeberpaar – anfingen, sich darüber Sorgen zu machen. Die vierundzwanzig Stunden vor Ihrer Rückkehr haben sie dem Geschirrspülen und dem Putzen gewidmet. Da und dort allerdings ließen sie eine leere Weinflasche und ein paar schmutzige Teller unter den Sesseln herumstehen – damit es »natürlicher« aussieht, so gesteht Ihnen später Ihre Jüngste. Insgeheim beglückwünschen Sie sich dazu, daß Sie vor der Reise die Tür zu Ihrem Schlafzimmer abgeschlossen haben (auch wenn man daran Ihre Kleinkariertheit erkennt).

Auf all Ihre Fragen reagiert Klein-Schätzchen mit weit aufgerissenen, unschuldigen Augen. Wenn ich es dir doch sage, es lief alles wunderbar. Es war Spitze. Nur ein paar

Freunde haben mir Gesellschaft geleistet. Die Hausmeisterin enthüllt Ihnen dann mit zusammengekniffenen Lippen, daß das Gebäude bis spät in die Nacht unter Geschrei, Getöse und Gelächter gebebt hat.

Und daß Joséphine im Morgengrauen das Haus verließ, um Croissants zu holen.

Soso, Klein-Schätzchen ist im Morgengrauen aufgestanden, um zum Bäcker zu gehen.

Daran erkennen Sie, wie verliebt sie ist. Bis über beide Ohren.

Der Auserwählte hat der machtvollen Rückkehr der Clique standgehalten.

Zu Ihrem Leidwesen hat die Büffelhorde ihn nicht unter ihren Hufen zerquetscht, wie das in Ihren Lieblingswestern gelegentlich der Fall ist. Nein, er ist noch immer da. Gleichmütig. Stumm. Sie wagen es nicht zu denken: doof. Die grüne Strähne wird immer länger, immer struppiger und bedeckt die Nasenlöcher. Und die dunkle Brille ist nach wie vor auf ihrem Posten. (Eines Tages werden Sie sie ihm vom Gesicht reißen und zertrampeln.)

Ein zusätzlicher Alptraum: Ein Poster, das ihn lebensgroß und grimassenschneidend darstellt, schmückt jetzt Klein-Schätzchens Zimmer – aufgepinnt auf die entzükkende Laura-Ashley-Tapete, die im Frühsommer für viel Geld angebracht wurde. Der Mann sieht es zufällig durch die offene Tür und stößt einen Schrei des Entsetzens aus. Was soll denn dieser Frankenstein? Klein-Schätzchen wird rot, reckt den Kopf und zischt wie eine Viper: »Laß mich in Frieden, ja bitte! Ich finde dieses Poster sehr SCHÖN! Und ich habe das RECHT, in MEINEM Zimmer zu tun, was ICH will, oder?«

Sie knallt alle Kommodenschubladen zu, schaltet das Radio ein, dreht es auf vollste Lautstärke. Der Herr Vater tritt den Rückzug an.

Sie müssen gestehen, daß Sie Ihre Julia und ihren Romeo niemals bei einer zärtlichen Geste oder einem verliebten Blick ertappen. Joséphine hält sich an Ihren Heuchelvertrag. Sie gehen davon aus, daß die Liebesspiele jetzt, da Sie zurück sind, woanders stattfinden. Beim Komantschen, in einer von unwissenden Eltern verlassenen Wohnung, bei einem eingeweihten Freund, es gibt zahlreiche Möglichkeiten.

Immerhin stellen Sie fest, daß Klein-Schätzchen, die seit ihrer Geburt systematisch alles vergißt, feierlich jeden Abend ihre Pille schluckt, die sie gut sichtbar auf dem Wust deponiert, der um ihr Bett herum den Fußboden bedeckt. Sie bestätigt dies auch, als Sie eines Tages Ihren ganzen Mut zusammennehmen und die Vertrauensfrage stellen. Mach dir keine Sorgen, Mama. Das ist sowieso mein Problem. Sie lassen es sich gesagt sein.

Eines Abends erklärt Joséphine feierlich, sie müsse ganz dringend abnehmen. Diese Nachricht berührt Sie nicht sonderlich. Ihr Töchterlein hat noch da und dort niedliche Babyrundungen, und Sie sind schon daran gewöhnt, daß es auf die Waage im Badezimmer steigt und schreit: »Verdammt noch mal. Dieses blöde Ding ist kaputt. So dick bin ich doch nicht, das weiß ich!«

Das sagen Sie ja auch jeden Morgen, wenn Sie sich wiegen. Sie haben sich sogar angewöhnt – eine ganz üble Gewohnheit! – an Tagen, wo Sie deprimiert sind, Ihre Waage um ein Kilo vorzustellen, nach unten natürlich. Als Argument basteln Sie sich zurecht, daß Sie auf Ihrer anderen Waage, der im Landhaus im Périgord, immer ein Kilo weniger drauf haben. Sie haben festgestellt, daß es barmherzige Waagen gibt und andere, die es weniger sind. Die Waagen der Ärzte sind meistens grausam.

Klein-Schätzchen und Sie machen regelmäßig die Diäten mit, die in den Frauenzeitschriften angepriesen werden, vornehmlich in den Frühjahrsnummern (»Gehen Sie schlank in die Ferien«) – aber auch in den Herbstausgaben (»Weg mit den überflüssigen Urlaubspfunden!«). Sie haben alles versucht. Die Eierkur. Die Obstkur. Die Kohlehydratediät. Die Nur-Bananen-Diät. Die Quarkdiät mit Karottensaft. (Sie haben sogar einen Spezialmixer gekauft: Das Karottenmus ist an die Decke gespritzt, und dort bildet es einen großen orangefarbenen Fleck, aber der Mann weigert sich, die Decke neu zu streichen.) Die Nulldiät (Sie brechen zusammen und stürzen sich gierig auf Diätkekse, die meist außerordentlich nahrhaft sind). Joséphine hat sogar Kuchen gebacken ohne Butter, ohne Mehl, ohne Eier und Zucker – er war besonders ungenießbar. Und so weiter.

Am Tag, als Sie endgültig feststellten, daß Sie ein Kilo ansetzen, wenn Sie einen Streifen Obstkuchen nur anschauen, während Ihre Freundin Sophie ein Pfund verliert, obwohl sie den ganzen Kuchen aufißt, da haben Sie Ihren Glauben an die Gleichheit zwischen den Menschen verloren. Und Sie haben die Hoffnung aufgegeben, wirklich schlanker zu werden. Sie gehören zu den Vollschlanken, und so wird es bleiben.

Klein-Schätzchen hingegen hält sich mutig an ihre Joghurts ohne Zucker und ißt drei Tage lang weder Pommes frites noch Nudeln, noch Reis. Danach stürzt sie sich wie ein Raubtier auf eine Riesentafel Schokolade oder auf gigantische Butterbrote (eine dicke Scheibe Brot und eine ungeheure Butterschicht).

Was Ihnen heute mißfällt bei der Ankündigung des neuesten Diätversuchs, ist der lapidare Zusatz:

»Marc möchte, daß ich zehn Kilo abnehme.«

Jetzt mischt sich der Knilch auch da noch ein!

Ihr Juwel von Töchterchen ist auch mit ihrem runden

Popo und ihren kugeligen Armen hinreißend. Sowieso viel zu schön für ihn! Wie kann er es wagen, dieser häßliche Engerling, solche Vorwürfe zu erheben? Sie können sich eine giftige Bemerkung nicht verkneifen:

»Ein seltsamer Kerl! Wenn man in jemanden verliebt ist, SIEHT man normalerweise gar nicht, daß er zwanzig Kilo zuviel oder eine schiefe Nase hat.«

Zack!

»Och, ihm selbst ist das völlig egal«, antwortet Klein-Schätzchen friedlich, »aber ich muß eine Mannequinfigur haben, um beim Film Statisterie zu machen.«

Sie erlauben sich die Bemerkung, daß Ihre Tochter äußerst altmodische Eltern hat, die sehr darauf bestehen, daß sie eine Schule besucht. Und zwar regelmäßig. Und nicht in Filmstudios herumlungert, um als Statistin Karriere zu machen.

»Nur am Wochenende. Um Geld zu verdienen für die Ferien.«

Sie gratulieren Klein-Schätzchen zu ihrer späten Entdeckung, daß gewisse finanzielle Schwierigkeiten das Leben eines jeden Menschen belasten, und zu ihrem Vorsatz, ihr Taschengeld selbst zu verdienen. Eine um so lobenswertere Einstellung, als sie bislang noch nie eine Neigung für irgendeine Form von Arbeit, ob bezahlt oder unbezahlt, an den Tag gelegt hatte. Sie beteuern nichtsdestotrotz, daß das oberste Ziel Ihrer Erbin darin bestehen müsse, ihr Abitur zu machen. Schluß. Und in den Ferien nach England zu gehen, um Englisch zu lernen, wie Papa-Mama vorgesehen haben. »Marc geht auch nach England«, erklärt Joséphine. »Aber im August, dachten wir, könnten wir nach Griechenland fahren ... und dazu brauchen wir Berge von Geld.«

Sie seufzen innerlich. Sie spüren jetzt schon, daß das Ferienproblem furchtbar wird, sollte der Komantsche das Schuljahr überdauern. Sie spielen nicht eine Sekunde lang mit dem Gedanken, Ihr kleines Fohlen allein mit dem Auserwählten durch die Welt ziehen zu lassen. Eher nehmen Sie sich vor, in die Kirche zu gehen und der heiligen Rita – der Schutzpatronin aller schwierigen Fälle – Kerzen zu opfern, auf daß sie diesen aufdringlichen Komantschen noch vor Juni im Erdboden verschwinden lasse.

Ob das Wunder geschehen wird, wissen Sie nicht. Vorerst verschanzen Sie sich hinter dem mütterlichen Schlüsselsatz Nr. 1:

»Wir werden sehen, bis dahin muß noch viel Wasser den Bach hinunterfließen, bereite erst mal dein Vorabitur vor!« Unbedingt Zeit gewinnen, das ist Ihre hinterlistige Politik. Aber Sie müssen es sich eingestehen: Als Klein-Schätzchen nach zwei Salattagen zusammenbricht und sich auf einen riesigen Kartoffelauflauf und danach auf eine himmlische Cremetorte wirft (die Sie boshafterweise aufs Abendmenü gesetzt haben!), freuen Sie sich heimlich. Im Augenblick legen Sie gar keinen Wert darauf, daß die Rundungen Ihres kleinen Lieblings schwinden. Der Filmbranche wird zwar eine Traumstatistin entgehen, aber sie wird es überleben. Joséphine hat ihr Vorhaben, Geld zu verdienen, jedoch nicht aufgegeben. Sie entsagt der siebten Kunst, aber teilt Ihnen ihren Wunsch mit, sich am Samstag als Blumenverkäuferin zu verdingen.

Sie weiß von der Schwester eines Freundes eines Mädchens aus der Klasse, die mannhaft Knete verdient hat, indem sie am Wochenende Blumensträuße ausgeliefert hat. Aha? Und eine andere verkauft am Sonntag Benzin an der Tankstelle. Und ein Freund serviert am Abend bei McDonald's Hamburger. Klein-Schätzchen ist begeistert. Arbeitslosigkeit gibt es nicht. Kleine Jobs findet man in rauhen Mengen. Braucht man nur die Augen offen zu halten. Sie gießen über diesen schönen kindlichen Enthusiasmus keine kalte Dusche. Sie begnügen sich damit, einzuwenden, daß Joséphine ihre Freunde am Samstag nicht mehr sehen wird, wenn sie an diesem Tag arbeitet.

Gemeint ist: den Auserwählten.

Und schon ist Ihre Tochter mit dem Dilemma konfrontiert, das alle Erwachsenen kennen: Geld verdienen und Zeit zum Leben verlieren.

Sie schlagen auch vor, daß Klein-Schätzchen, die mit Taschengeld ja relativ verwöhnt wird, anfangen könnte, ein wenig zu sparen. Zum Beispiel an dem Zentner Kosmetikartikel, den sie jeden Monat verbraucht. Da tritt die Wahrheit ans Tageslicht. Joséphine kommt für zwei auf. Die Eltern des Komantschen halten das Geldsäckchen mit dem Taschengeld ihres Söhnchens eher zugeschnürt. Schlimmer noch, behauptet Klein-Schätzchen: Sie sind entsetzliche Geizkragen. Stell dir vor, Mama, sie geben ihm nicht regelmäßig Geld. Nur hier und da einen Schein, wenn er weggeht.

Und Joséphine zahlt. Die Hamburger. Das Kino. Die Geschenke.

»Ich mache so gern Geschenke!« faucht sie. »Das ist doch schließlich kein Fehler!«

»Ich habe dir ja auch keine Vorwürfe gemacht.«

»Ich hab' aber gehört, wie du welche dachtest!«

»Ich erinnere mich nur, daß es anders war, als ich so alt war wie du: Damals haben immer die Jungs ins Kino, zur Limonade oder zum Gin-Fizz (wenn es wirklich mal hoch zuging!) eingeladen.«

Joséphine ist über dieses steinzeitliche Verhalten vollkommen geplättet.

»Heute ist es so, daß der, der Geld hat, bezahlt. Dann werde ich eben bei Justine am Abend babysitten.«

Aber ach, als sie davon erfährt, zeigt sich Ältere Tochter keineswegs begeistert. Sie hat zur Zeit ein Au-pair-Mädchen. Absolut ideal. Und sie befürchtet, daß ihre liebe kleine Schwester sie nach einem Versuch, so mal zwischendrin am Abend, wieder sitzenläßt. Ein solcher Vertrauensmangel bereitet Joséphine Magenschmerzen.

Mit einer Hartnäckigkeit, die Sie bei ihr vermissen, wenn es um Schulisches geht, bezirzt sie die Bäckersfrau und schafft es schließlich, an einem Freitagabend von der Kusine des Schwagers der Nichte des Metzgers angestellt zu werden, um deren zwei Babys zu hüten.

In Hochstimmung marschiert sie davon – unter der Last Ihrer Ratschläge müßte sie eigentlich gebeugt gehen. Sie flehen sie an, sie möge Sie anrufen, falls es irgendein Problem geben sollte. Sie machen sich Sorgen um diese armen, unschuldigen Würmchen, die unvorsichtigerweise, wie Sie meinen, ungeübten Händen ausgeliefert werden.

Am folgenden Morgen erscheint Ihr Augapfel blaß und zerzaust am Frühstückstisch.

»Kinder kriegen kommt für mich nicht in Frage, nie!« ruft sie verärgert.

Es sieht so aus, als wäre Klein-Schätzchens Babysitting nicht ganz unstrapaziös gewesen. Sie hatte geglaubt, sie würde zwei Engelchen hüten, die zwitschernd ihr Abendessen zu sich nehmen und anschließend – plumps – in einen entzückenden Engelchentiefschlaf fallen. Aber sie hatte es mit zwei ausgelassenen Teufelchen zu tun, die mit Kartoffelpüree durch die Gegend schmissen, den Pullover ihres jungen Babysitters mit Apfelkompott beschmierten und sich danach weigerten einzuschlafen, ehe sie ihnen nicht sämtliche französische Volkslieder vorgesungen hatte. Hinzu kam, daß die Eltern nicht wie versprochen um Mitternacht zurückkehrten, sondern ihren Ausgehabend verlängerten und Joséphine um zwei Uhr früh in den Hort der Familie zurückbrachten. Das Ganze zum Preis eines Abendessens in einer Vorstadtpizzeria ohne Vor- und ohne Nachspeise.

Klein-Schätzchen verliert von da an kein Wort mehr über das Babysitten und auch keines mehr über die hübschen Jobs, von denen sie Ihnen vorgeschwärmt hatte.

Die Stimme Ihrer Freundin Sophie am Telefon überschlägt sich vor Aufregung.

»Rate mal, was ich vorhin vor dem Kaufhaus Wühlmaus gesehen habe?«

Ja, was denn? Schlangen im Sonderangebot? Den Premierminister im blauen Anton, wie er eine Benzinpreissenkung ankündigt?

»Deine Tochter Joséphine als Straßensängerin ...«

Sie sind ganz sicher, daß Sie falsch verstanden haben.

»Was? Noch mal!«

»Ja, deine Tochter Joséphine als Straßensängerin, oder vielmehr beim Geldsammeln, während ein baumlanger Jüngling mit einer Frisur wie der Ast einer Trauerweide und mit dunkler Brille Geige spielte. Vivaldi.«

»Du bist verrückt geworden.«

Nein, sie ist nicht verrückt geworden. Sie hat recht. Die Nachricht wirft Sie zu Boden. Ihr Hirn weigert sich ganz einfach zu akzeptieren, daß Ihr kleines, wie Ming-Porzellan gehütetes Nesthäkchen auf dem Bürgersteig den Passanten die Hand hinhält wie eine jugoslawische Bettlerin.

»Wie war sie denn angezogen?« fragen Sie ganz dümmlich.

»Das hat mich ja gerade aufmerksam gemacht: Sie trug eine englische Melone auf dem Kopf.«

Dieses Detail versetzte Ihnen den nächsten Schlag. Der Mann hat ihrer geliebten Tochter in der Tat eine solche britische Kopfbedeckung aus England mitgebracht.

Wenn er wüßte, wozu sie sie benutzt, würde ihn der Schlag treffen. Dieses Drama müssen Sie unbedingt vermeiden.

Das Telefon läutet wieder. Es meldet sich die alte Tante Madeline (die Schwester der Mutter des Mannes). Eine echte Familiengiftschlange. Sie glaubt . . . aber das ist sicher ein Versehen . . . ihre Großnichte Joséphine gesehen zu haben . . . und zwar vor dem Kaufhaus Wühlmaus um sechzehn Uhr fünfundvierzig, als sie, Tante Madeline, Küchentücher im Sonderangebot kaufen wollte. Joséphine trug eine merkwürdige englische Melone, mit der sie dann in der Menschenmenge sammeln ging. Und sie war in Begleitung eines sonderbaren Jünglings, der Geige spielte. Es sei denn, fügt sie mit zuckersüßer Stimme hinzu, sie, Tante Madeline, sei einer Halluzination zum Opfer gefallen.

Sie antworten mit ebenso zuckersüßer Stimme, daß Sie es nie wagen würden zu behaupten, Tante Madeline könnte Halluzinationen zum Opfer fallen. (Nein, dazu sind Sie viel zu höflich!) Aber es muß sich um Joséphines Doppelgängerin handeln, denn um diese Zeit, um sechzehn Uhr fünfundvierzig – du sagtest doch sechzehn Uhr fünfundvierzig? –, war Tante Madelines Großnichte, also Ihre jüngste Tochter, zu Hause, und unter Ihren mütterlichen Augen hat sie Geographie gepaukt.

Tante Madeline verschlägt es die Sprache, als sie Ihre freche Behauptung vernimmt. Aber sie wagt es nicht, eine ehrliche Mutter der Lüge zu bezichtigen. Sie räumt ein, daß es sich in der Tat um eine Doppelgängerin handeln muß. Diese ganzen jungen Leute sehen einander so ähnlich heutzutage. Sie hängt wütend ein.

Selbstverständlich stört es Sie, daß Sie lügen mußten. Ihr Gewissen macht Ihnen schwere Vorwürfe. Aber Tante Madeline ist eine entsetzliche alte Intrigantin, und wenn ihre üblen Nachreden dem Mann zu Ohren kämen ... (Siehe oben.) Wieder klingelt das Telefon.

Offenbar trafen sämtliche Mitglieder Ihrer Familie, Ihre Freundinnen, Ihre Bekannten und die Concierge allesamt um sechzehn Uhr fünfundvierzig vor dem Kaufhaus Wühlmaus ein, um zuzusehen, wie Joséphine bei den Klängen des göttlichen Vivaldi sammeln ging.

Sie bestehen hartnäckig auf Ihrer Geographieschwindelei. Wer einmal lügt, kann nicht wieder aufhören.

Und nun erwarten Sie Ihre Jüngste an der Eingangstür, die sie strahlend, mit charmantem Lächeln und britischer Melone, betritt. Die Melone werden Sie gleich heute nacht verbrennen, im Heizkessel des Hauses.

»Kannst du mir erklären, warum du um sechzehn Uhr fünfundvierzig vor dem Kaufhaus Wühlmaus gebettelt hast?« brüllen Sie.

»Ach, Mama!« erwidert Joséphine verzückt und mit flötender Stimme. »Rate mal, wieviel ich gesammelt habe? Vierhundertfünfundzwanzig Francs in einer Stunde. Man fragt sich wirklich, wozu man zur Schule geht und ein dämliches Abitur vorbereitet.«

Solche Überlegungen sind Ihnen geläufig, und Sie unterbrechen sie auf der Stelle. Und weisen darauf hin, daß besagte vierhundertfünfundzwanzig Francs die Arbeit des geigenden Komantschen belohnen. Die AR-BEIT, ein Schlüsselwort des Lebens (in Ihrer Vorstellung natürlich).

Joséphine unterbricht nun ebenfalls Ihren Redeschwall – auch sie kennt Ihre Auffassungen in- und auswendig.

»Ach weißt du, das war eine fabelhafte Erfahrung«, teilt sie Ihnen ganz verklärt mit. »Man konnte richtig die menschlichen Reaktionen studieren ... Es gibt Leute, die einen beschimpfen. Und andere, die einem zehn Francs geben. Solche, die auf die Musik hören. Und solche, denen sie Wurscht ist. Welche, die lachen. Ich schwör' dir, es ist wahnsinnig aufregend. Du solltest es versuchen.«

Eine Sekunde lang sahen Sie Tante Madelines Gesicht vor sich, die Sie entdeckt, wie Sie vor dem Kaufhaus Wühlmaus in Ihrem Kostüm von Yves Saint-Laurent dastehn (das Kostüm haben Sie vor langer Zeit im Ausverkauf erstanden, aber immerhin, es ist von Saint-Laurent!) und die Hand ausstrecken, das Ganze in Begleitung Ihrer Jüngsten mit Melone auf dem Kopf und eines geigenden Engerlings.

Sie reißen sich zusammen. Und fordern eine Erklärung – bitte sehr!

»Marc möchte ein Schlagzeug«, erklärt Klein-Schätzchen stolz, »und seine Eltern wollen es ihm nicht kaufen ... oder vielmehr, sie können es ihm nicht kaufen.«

So ist das also. Die einen haben Geld und besitzen Kostüme von Yves Saint-Laurent aus dem Ausverkauf: Sie. Die anderen haben kein Geld, sind so arm, daß sie ihren Kindern kein Schlagzeug kaufen können.

»Von wegen!« erwidern Sie grob. »Wenn man ein Landhaus bei Paris besitzt und in Urlaub auf die Seychellen fährt (ein Detail, das Sie dem Auserwählten aus der Nase gezogen haben – ach, plötzlich fällt Ihnen ein, daß Sie den Familiennamen noch immer nicht wissen), dann kann man seinen Kindern alle Instrumente eines Orchesters kaufen. Ich bitte dich, in Zukunft davon abzusehen, auf den großen Boulevards zu betteln. (Sie glauben, Sie hören Ihre eigene Mutter reden!) Alle Welt hat dich gesehen, einschließlich dieses alten Luders von Tante Madeline. Wenn dein Vater das erfährt ...«

»Ihr seid ganz schäbige Spießer, jawohl!« schreit Klein-Schätzchen und bebt vor Empörung.

Leider kennen Sie auch diese Nummer auswendig. Dank Älterer Tochter. Hätten Sie jedesmal eine seltene

Perle geschenkt bekommen, wenn Justine Sie als schäbige Spießerin bezeichnete, dann könnten Sie kaum gehen, so schwer wären die Gehänge an Ihrem Hals.

Sie stürzen sich also auf Ihre Zweite wie ein Falkenweibchen, das eine Feldmaus ergreift. Okay, Sie sind eine widerwärtige Spießerin. Aber Sie haben immerhin das Verdienst, daß Sie es durch eigener Hände Arbeit geworden sind. Und durch die Arbeit der kräftigen und behaarten Hände des Mannes. Während Klein-Schätzchen zu einer noch widerwärtigeren sozialen Kategorie gehört: zu den Kindern der schäbigen Spießer. Den Kindern reicher Eltern. Denen, die für das tägliche Rumpsteak auf ihrem Teller keinen Finger krumm machen (auch nicht da, wo sie es könnten, in der Schule, das nur nebenbei. Zack, das sitzt!)

Joséphine schneidet eine Grimasse, als wäre sie eine mit Essig übergossene Auster. Und bemüht sich, Ihrer Abhandlung durch die Bemerkung ein Ende zu setzen, sie habe schließlich nicht darum gebeten, da zur Welt zu kommen, wo man sie in die Welt gesetzt hat. Wunderbar. Vielleicht wäre ihr eine Lehmhütte in Bangladesch lieber gewesen, wie?

Sie werden in Ihrer politischen Diskussion unterbrochen, weil der Mann aus seiner Fabrik zurückkommt – obwohl heute Samstag ist! Aber der Mann ist ein widerlicher Bourgois von Arbeitgeber, der unter Umständen auch am Samstag arbeitet, falls erforderlich.

Er scheint keineswegs darüber erstaunt, daß er seine Frau und seine Tochter im Flur vorfindet, und zwar einander anschreiend.

»Na, Joséphine?« fragt er freundlich. »Ich höre, du stehst vor dem Kaufhaus Wühlmaus und sammelst?«

Nie, nie wieder Tante Madeline zum Mittagessen einladen!

Aber der Mann lacht schallend.

Ihr Herr Gemahl wird nie aufhören, Sie in Staunen zu versetzen. Vielleicht ist das einer der Gründe, weshalb Sie ihn noch immer lieben, nach all den (selbstverständlich bürgerlichen) Ehejahren.

»Ich hoffe, ihr wißt, was ihr riskiert, dein Virtuose und du!«

Joséphine reißt die Augen auf. Verblüfft über den fröhlichen Tonfall ihres Vaters. Welcher ihr erklärt, daß das Sammeln auf offener Straße verboten ist und die Zuwiderhandelnden dahin bringen kann, lange Stunden auf dem – äußerst unwirtlichen – Polizeirevier zu verbringen, bis Papa-Mama kommen und sie befreien.

»Außerdem mußt du wissen, ehe du eine Bettlerkarriere einschlägst«, fügt der lachende Mann hinzu, »daß seit dem Mittelalter die ergiebigsten Plätze, um die Hand auszustrecken, sehr gefragt sind und zu Rivalitäten und Handgreiflichkeiten führen. Ihr habt Glück gehabt, du und dein Typ, andere Bettlerkandidaten hätten euch auch grün und blau schlagen können. Denk daran. Zumal er nicht sonderlich kräftig zu sein scheint, dein kleiner Grünschnabel.«

Jupiter hat gesprochen – Jupiter zieht sich in seinen Olymp zurück, um die Zeitung zu lesen.

Klein-Schätzchen ging nie wieder sammeln. Oder wechselte den Standort. Jedenfalls rief Tante Madeline nie wieder an.

Dafür bekommen Sie von Joséphines Schuldirektor einen blauen Brief.

Katastrophe.

Von Schuldirektoren, die die Eltern herzitieren, um sie zu beglückwünschen, ist Ihnen noch nie etwas zu Ohren gekommen. Es soll Kinder geben, die die Schule mögen. Bei Ihren Kindern war das nie der Fall. Ältere Tochter hatte sich ebenso geschickt erwiesen im Anzetteln von gymnasialen Krawallen wie ein linker Gewerkschaftler, der Streiks bei Renault organisiert. Klein-Schätzchen begnügt sich damit, die Unterrichtsstunden mit ihrem entzückenden Lächeln zu erleuchten, während ihr Kopf ganz woanders ist und ihre Gedanken sich mit viel interessanteren Themen wie zum Beispiel Rockmusik, Klamotten oder Jungs beschäftigen.

Seit zwanzig Jahren bedeutet für Sie jegliche Aufforderung, zur Schule zu kommen – jede Begegnung mit Lehrern oder sonstigem Schulpersonal (Schulpsychologe, Logopäde usw.), daß Sie sich eine verklausulierte Rede anhören müssen, deren Klartext Sie kennen: Sie sind schuldig, Wesen in die Welt gesetzt zu haben, die ein Schandfleck für die Schule sind. Unentwegt haben Sie auf der Stirn die Stigmata der schlechten Mutter von schlechten Schülerinnen.

Also wandern Sie zur Schule mit einem Zwicken im Magen, einem Angstknoten im Hals und mit der Furcht vor dem Herausschmiß. Der Herr Direktor begrüßt Sie kühl (daran sind Sie schon gewöhnt) und überreicht Ihnen mit betrübter Miene Joséphines Französisch-Heft. Oder vielmehr den Wust zerfledderter Zettel, die ein Französisch-Heft abgeben sollen.

»Lesen Sie, Madame.«

Und Madame liest. Die Seiten sind voll, nicht etwa von Notizen über Montaigne oder Pascal – die auf dem Lehrplan stehen –, sondern von Kritzeleien mit äußerst phantasievoller Orthographie (O danke, danke, liebes Schulwesen, danke, liebe Ganzwortmethode): »Ich liebe dich so seer! Es ist nicht war, das ich mit François weggegangen bin . . . ich liebe niemand, außer dir . . .«

Das Antwortgekritzel ist immerhin mit bedeutend weniger Fehlern gespickt – was Ihre Wut und Entrüstung nur noch steigert: »Ich bin verrückt nach dir! Kommst du am Samstagabend zu mir? Meine Eltern sind auf Reisen ... Wir haben unsere Ruhe ...« – »Einferstanden«, hat Joséphine mit grünem Filzstift geantwortet.

Sie sind niedergeschmettert und wagen es nicht, dem Direktor ins Gesicht zu blicken.

Es folgt ein langes Schweigen – eines jener typischen Direktoratszimmerschweigen.

»Mir scheint, es besteht eine recht leidenschaftliche Idylle zwischen diesen jungen Leuten – zwischen diesen Kindern, sollte ich wohl sagen«, knurrt er schließlich. »Ich hielt es für meine Pflicht, Sie darauf aufmerksam zu machen.«

»Ich weiß von dieser Geschichte«, stottern Sie. »Aber ich fühle mich vollkommen überrollt. Mit den Jugendlichen heute weiß man überhaupt nicht mehr, was man tun soll.«

»Viel gibt es da nicht zu tun, fürchte ich«, antwortet der Direktor mit müder Stimme. »Es ist schon lobenswert, wenn sie nicht die Schule schwänzen, um in der Kneipe gegenüber Flipper zu spielen. Und wenn sie beiläufig lernen, daß Pascal und Montaigne keine Fußballspieler der ersten Liga sind. Was jedoch Ihre Tochter und den jungen Mann betrifft, der Sie interessieren dürfte, muß ich Ihnen mitteilen, daß sie sich im Unterricht so eng umschlungen nebeneinandersetzen, daß keine Seite Racine, nicht einmal auf Dünndruckpapier, zwischen ihnen durchgeschoben werden könnte. Der Lehrer hat zwar versucht, sie auseinanderzusetzen, aber dann schreiben sie sich Briefchen – Sie haben einige Exemplare zu Gesicht bekommen –, und das andauernde Hin und Her stört die ganze Klasse.«

Sie sind so sehr am Boden zerstört, daß Ihnen nichts als ein verzweifeltes Krächzen entfährt.

Der Direktor ergreift noch einmal das Wort:

»Falls die Beziehung zwischen diesem jungen Herrn und Ihrer Tochter das ganze Schuljahr anhält« – nanu, er redet ja wie Freundin Sophie! –, »wird Joséphine gewiß bei ihrem Französisch-Vorabitur durchfallen. Ich wollte Sie auf jeden Fall warnen.«

Sie bedanken sich für diese gute Nachricht.

Und am selben Abend bestellen Sie Klein-Schätzchen zu sich, um ihr eine gehörige Standpauke zu halten.

»Komm in mein Arbeitszimmer, ich muß ernsthaft mit dir reden.«

Dies ist der mütterliche Satz Nr. 2, den Sie mit eisiger Stimme aussprechen und mit dem Sie Ihre Töchter einzuschüchtern versuchen. Manchmal gelingt es Ihnen. Justine hat Ihnen unlängst gestanden, daß sie sich bis heute vor diesen Worten fürchtet, die Vorboten eines strengen Rüffels sind. Sie fassen für Joséphine Ihre Unterhaltung mit dem Direktor zusammen. Worauf sie sich zu wüsten Beschimpfungen hinreißen läßt. Dieser Typ HASST mich! Es ist überhaupt nicht wahr, daß wir nicht arbeiten. Marc gibt mir sogar Unterricht. Er erklärt mir die Matheaufgaben, und ich verbessere sein Englisch.

Jetzt werden Sie feierlich: Sie äußern eine dramatische Warnung – Ihr Töchterlein steht vor Ihrem Schreibtisch, wo Sie sitzend, mit verschränkten Armen amtieren: ein Bild des mütterlichen Zorns. Wenn Joséphines Noten nicht besser werden, stecken Sie und der Vater sie in ein Internat.

Weit weg vom Auserwählten.

»Ich werde abhauen!« brüllt Joséphine hysterisch. »Du wirst uns nicht auseinanderbringen!«

Am folgenden Tag essen Sie, wie so oft, mit Ihren Freundinnen zu Mittag. Eines jener Weiber-Treffen, die Sie so lieben und deren Menü aus Grapefruit-Steak-Salat bestehen. Eine Stunde der Freundschaft, die Sie dem Dreischichtentag der heutigen Frau abmogeln: Karriere – Küche – Kinder.

»Wenn man versucht, ihre Liebschaften zu bremsen, dann hauen sie womöglich ab«, erklärt Bettina mit Bitterkeit. Sie managt ein Farbenunternehmen, und eine ihrer Töchter ist mit siebzehneinhalb mit einem jungen Guerillero aus Nicaragua abgehauen, nach Mittelamerika. Bettina hatte ihr in den Dschungel nachreisen müssen, bis zu dem Ausbildungslager, wo das junge Wesen in die Handhabung einer Kalaschnikow eingeweiht wurde – anstatt Platon zu lesen, der auf dem Lehrplan stand.

Um sie aufzumuntern, erzählen Sie ihr den Fall der Tochter Ihrer Freundin Bernadette, die aus einem besetzten Haus mit fünfzehn Kilo weniger und einer in die Schulter eintätowierten Cannabisblüte wieder auszog. (Sechs Monate später verlangte sie eine Hautverpflanzung.)

»Und wenn sie nicht durchbrennen, werden sie unter Umständen gefährlich«, jammert Catherine. »Meine Virginie war ganz verrückt nach einem Typen, der wegen mehrerer freundlicher Angriffe auf alte Damen im Kittchen gewesen war. Eines Tages, als er zu Hause anrief, habe ich ihn beschimpft und wieder eingehängt, und daraufhin stürzte sich Virginie auf mich, schlug auf mich ein und brüllte: ›Du hast überhaupt kein Recht! Du hast überhaupt kein Recht!‹ Ich hatte einen Monat lang ein blaues Auge. Und heute lebt sie an der Seite eines Maßanzugträgers und redet mit englischem Akzent.«

Sophie betont, Sie hätten Glück im Unglück. Klein-Schätzchen entdecke immerhin die klassische Musik. Sie hätte ja auch die Unterschiede zwischen Haschsorten lernen können (das marokkanische, das kolumbianische, das asiatische usw.). Oder die Biographie kurzlebiger Rockgruppen durchackern.

»Solange ihre Boys nicht drogensüchtig, kleptoman, Zuhälter oder verheiratet sind, können wir uns glücklich schätzen«, fährt Bettina fort.

Allgemeines Bejahen.

»Was die Pille betrifft, so danke ich dem lieben Gott jeden Morgen dafür, daß es sie gibt. Erinnert ihr euch, in welch ständiger Angst, schwanger zu werden, wir lebten, als wir so alt waren wie unsere Töchter? Dieser Terror! Ein Alptraum ab dem ersten Tag Verspätung. Wenn ich das meinen Mädchen erzähle, schauen sie mich an mit kugelrunden Augen, als ob ich eine Neandertalerin aus AM ANFANG WAR DAS FEUER wäre.«

»Aber ich kenne auch eine Mutter«, verkündet Sophie, »die eine ganz brave Tochter hat; sie trägt Schottenröcke und Mokassins, hat noch nie einen Jungen angeschaut, noch nie die Pille verlangt und noch nie einen einzigen Joint geraucht.«

Alle sind sich darüber einig, daß das nicht so weitergehen wird. Die unglückselige Mutter hat nur eine Schonfrist. Es sei denn, ihre Tochter ist wirklich zurückgeblieben. Was doch wohl schlimmer wäre.

Haben die Mütter von Jungen genausoviel Sorgen? Alle wenden sich Victoire zu, die vier an der Zahl hat. Sie gesteht, daß auch sie ihr zahlreiche schlaflose Nächte bereiten. Der ältere hatte sich beide Beine gebrochen, als er bei seiner Schönen zum Fenster hinaussprang – er war nächtens dort eingestiegen. Die junge Dame hatte ihre kleine Schwester, die in einem zweiten Bett bei ihr im Zimmer schläft, mit ihrem Kopfkissen und ihrer Decke zum Schlafen aufs Klo geschickt. Mit einigem Staunen hatte sie dort der zufällig vorbeischauende Vater entdeckt. Die Tür der Liebenden zerschmetterte er daraufhin mit Fußtritten. Der entsetzte Romeo war schnell aus dem Fenster des zweiten Stocks gesprungen. Daher zwei gebrochene Beine und als Zugabe ein Vater (derjenige der unberührten jungen Dame), der wie ein tollwütiger Kojote ins Telefon brüllte.

Victoires zweiter Sohn mochte nur ältere Frauen. Mit dreizehn hatte er angefangen – und zwar mit einer Gruppenführerin in einem Ferienlager –, und er ließ sich von diesen Damen gern beschenken. Er hat die Seele eines Zuhälters, jammert die Mutter. Der dritte war ein Don Juan, und an Victoires Telefon meldeten sich pausenlos verzweifelte Wesen und flehten sie um Hilfe und Rat an.

Und der Jüngste schließlich hatte sie eines schönen Julimorgens per R-Gespräch von der Côte d'Azur angerufen. Sie war gerade mitten in einer Besprechung mit amerikanischen Bossen. Die Sekretärin ließ durchblikken, er habe wohl einen schweren Motorradunfall gehabt. Victoire stürzte sich ans Telefon und hörte ihren Sohn erklären:

»Ich hab's geschafft!«

»Was denn?«

»Ich hab' mit einer Tussi geschlafen.«

»Was?«

»Vor einer Stunde. Es war super.«

Dann hatte er eingehängt.

Das Mittagessen mit den Freundinnen geht heiter zu Ende: Man kommt zur Erkenntnis, daß Kindererziehung kein Zuckerlecken ist.

Bevor Sie sich trennen, betteln Sie trotzdem um Rat. Was tun mit Klein-Schätzchen, deren Liebschaften ihre schulische Zukunft gefährden? Und Ihre Zweifel, was die Pille betrifft? Und Ihr bohrendes Gefühl, Sie seien eine miese Mutter? Ja, was tun?

Nichts, so lautet die allgemeine Antwort.

»Wenn unsere Töchter verliebt sind, bauen sie den größten Mist. Das muß man einfach hinnehmen!« Das ist die einzige Aufmunterung, die Ihnen Ihre Freundinnen angedeihen lassen. Danach versichern sie Ihnen, sie hätten vollstes Verständnis für Ihre Probleme, und sagen tschüs.

Kapitel 4

Seit zwei Monaten verfolgt es Sie im Traum: Weihnachten mit der Familie im kleinen Landhaus im Périgord. Zu Ihrer großen Verwunderung zeigt sich Ältere Tochter, dieses Stadttier, begeistert. Herr Schwiegersohn äußert sich nicht, ist aber einverstanden. Der Mann wird sich ein wenig überwinden. Er hat waaahnsinnig viel zu tun, gerade während der Feiertage. Aber er wird seine Rolle als Sippenoberster spielen, mit Tannenbaum, Kindern, im Ofen des Dorfbäckers gebratener Weihnachtsgans etc. ... Nur Joséphine wehrt sich heftig gegen dieses Vorhaben. Was müssen wir uns mitten im Winter in diesem blöden Kaff begraben? mault sie. Dieser ganze Zirkus mit Krippe, Festessen, Mitternachtsmesse, Geschenken und dem restlichen Plunder geht ihr auf den Geist. Sie werde doch ihre Ferien nicht *mutterseelenallein auf dem Land* verbringen! Sie machen Sie darauf aufmerksam, daß sie nicht in einen Iglu nach Alaska verbannt sein wird. Sondern umgeben von der liebevollen Zuneigung der gesamten Familie, in einem Haus, das sie sonst eigentlich sehr mag, mit großen Kaminfeuern und wunderschönen Spaziergängen in der herrlich klaren Winterluft usw.

Klein-Schätzchen will nichts davon wissen. Sie knallt die Türen, schreit so laut, daß man sie bis in die Wohnung der Concierge hinunter hört, schmeißt ihre Schulbücher durch die Gegend.

»Ich dachte, sie mag die Gegend!« wundert sich der Mann. Sie antworten nicht. Sie wissen, welche Laus Ihrer geliebten Jüngsten über die Leber gelaufen ist.

Vierzehn Tage, ohne den Auserwählten zu sehen.

Unmenschlich.

Das hat ja sogar Lamartine schon bemerkt: Ein einziger Mensch fehlt Ihnen, und schon wird die französische Landschaft unerträglicher als die Wüste der Mongolei.

Ein paar Tage später nimmt Sie Klein-Schätzchen mit ihrer wohlbekannten Schmusekatzenmiene beiseite: Jetzt wird sie Sie um etwas bitten.

Richtig.

»Glaubst du«, flüstert Joséphine behutsam (Sie glauben, Sie hören das Kätzchen auf Eiern gehen!), »daß Papa einverstanden wäre, wenn ich Marc einladen würde, Weihnachten mit uns auf dem Land zu verbringen?«

»Ich fürchte, nein«, antworten Sie freundlich. »Weihnachten ist ein Fest für die Familie, und Papa würde erstaunt über Marcs Anwesenheit reagieren.«

»Na gut«, fährt Joséphine fort und zieht sich auf offenbar im voraus geplante Stellungen zurück. »Und wenn ich Weihnachten mit Marc auf dem Land verbringen würde? Ich wäre ja immerhin in einer Familie.«

»Gewiß, aber nicht in unserer. Und da bin ich ganz sicher, daß dein Vater explodieren würde. Wieso? Hat dich der Komantsche ... ich meine Marc, zu sich eingeladen?«

»Äh ... hm ... das heißt, er hat gesagt, es wäre kein Problem, wenn er fragt.«

»So sicher wie du bin ich da nicht. Wissen seine Eltern Bescheid über eure Verbindung?«

»Hm . . . eigentlich nicht so richtig. Zumal mich seine Mutter *haßt.*«

Es stockt Ihnen der Atem. Was? Eine Mutter wagt es, Ihr Schätzchen, Ihr Juwel, Ihr kleines Wunder, Ihren Augenstern nicht anzubeten?

Sie glauben, Sie hören nicht recht.

Sie sind um so empörter, als dieses weibliche Monster selbst die Mutter eines debil wirkenden großen Engerlings ist, der Geige spielt wie eine verrostete Käsereibe und der kleinen Blume Ihrer späten Tage das Wasser nicht reichen kann.

»Wieso haßt sie dich?«

»Am Telefon tut sie immer so, als würde sie mich nicht wiedererkennen. Oder sie kneift sich die Nase zu, um mit verstellter Stimme zu antworten, daß ihr Sohn nicht zu Hause sei – und dabei höre ich ihn im Hintergrund Geige spielen. Oder sie fragt dreimal hintereinander nach meinem Familiennamen . . .«

Ach? Das erinnert Sie doch an irgend etwas.

»Und wenn ich zu ihm nach Hause gehe, sagt sie mir kaum guten Tag.«

»Dann geh halt nicht mehr hin. Man soll sich nie aufdrängen.«

»Aber ich höre Marc doch so gerne zu, wenn er Geige übt«, jammert Klein-Schätzchen. »Du kannst dir nicht vorstellen, wie gut er spielt und wie schön es ist, wenn er seinen Mozart übt!«

Nein, das können Sie sich in der Tat nicht vorstellen. Aber Sie sagen lieber nichts. Es würde genausowenig nützen, wie wenn Sie Julia sagen würden, Romeo habe Spreizfüße.

»Du siehst also, daß letzten Endes jeder Weihnachten mit der Familie verbringt und daß Marc auch nicht in Paris bleibt.«

Joséphine zieht sich auf eine dritte Verschanzung zurück – und legt einen Sinn für Taktik an den Tag, der ihren militärischen Vorfahren zur Ehre gereicht hätte.

»Oh, aber am 31. Dezember macht Stéphanie ein Fest bei sich zu Hause. Läßt du mich allein nach Paris zurückfahren, damit ich hingehen kann? O bitte, meine kleine Mama ...«

Jetzt ist für die liebe kleine Mama alles klar: das Geflüster am Telefon, das hektische Hin und Her, die verhaltene Erregung, die Sie seit ein paar Tagen bemerkt haben. Sie könnten wetten, daß das Fest bei Stéphanie einzig und allein zustande kommt, damit Klein-Schätzchen ihren geliebten Komantschen wiedersehen kann. Und daß Stéphanie derzeit damit beschäftigt ist, ihre Mutter zu überzeugen, daß sie Silvester mit ihren Freundinnen feiern muß. Ohne die Eltern natürlich, wie es sich gehört. Welche ihrerseits den 31. Dezember bei anderen Eltern feiern müssen, deren Kinder wiederum den Abend bei anderen Jugendlichen verbringen werden, deren Eltern die Wohnung verlassen müssen, etc. ... So was nennt sich das Neujahrs-Stühlespiel. Die Eltern, die niemand gefunden haben, der sie aufnimmt, landen als die Verlierer im Restaurant.

Vermutlich steht der Auserwählte auch gerade in der Küche seiner Mutter und versucht sie zu überzeugen, daß sie ihn nach Paris zurückfahren lassen soll, damit er zu Stéphanies Fest gehen kann. Kurz, überall finden intensive Besprechungen statt zwischen Eltern und Heranwachsenden, wegen des verdammten josephinischen Neujahrsfestes.

Und Sie, Sie stehen einem Persönchen gegenüber, das zu allem bereit ist: Es würde sogar die Flucht ergreifen und per Anhalter nach Paris zurückfahren, oder es würde zu diesem Zweck den Traktor des Nachbarn klauen – nur um am 31. Dezember in Paris zu sein.

Sie seufzen innerlich. Sie wissen, daß Sie nachgeben werden.

Nicht jedoch, ehe Sie ein ehrenvolles Rückzugsgefecht geliefert haben.

»Du weißt, daß ich es nicht sehr mag, wenn du allein in der Wohnung bleibst. Zumal die Concierge zu Silvester auch ausgeht.«

»Kein Problem«, unterbricht Joséphine. »Ich schlafe bei Stéphanie. Sie hat mich eingeladen.«

Musterhaftes Kriegsspiel. Sie sind umzingelt.

Jetzt greifen Sie auf den mütterlichen Schlüsselsatz Nr. 3 zurück:

»Ich werde mit deinem Vater darüber reden.«

In dem Fall bedeutet dieser Satz überhaupt nichts. Sie werden *nicht* mit dem Mann darüber sprechen. Es ist ihm egal. Oder vielmehr vertraut er Ihnen in all diesen Details des Familienlebens. Das sollte er nicht. Er würde unangenehm erstaunt sein, wenn er von den zahlreichen für seine Töchter unerfreulichen Entscheidungen erführe, die Sie ihm feigerweise in die Schuhe geschoben haben.

Joséphine hat das richtige Gefühl: Sie springt Ihnen zärtlich an den Hals.

»Das ist wohl der letzte Salon, in dem man sich noch küßt«, sagt der Mann, der jäh auftaucht, wie der Verräter in einer Komödie. »Worum geht es denn?«

»Um die Weihnachtsferien.«

»Apropos Weihnachten«, fragt der Vater seine geliebte Jüngste, »was wünscht du dir denn?«

»Eine *Pinxe*.«

»Eine was?«

Der Mann ist unvertraut mit dem Jugendlichenjargon.

»Eine Gitarre halt.«

»Aber du kannst doch gar nicht Gitarre spielen!« bemerkt der vollkommen verblüffte Vater, dem die plötzlichen musikalischen Ambitionen seiner Tochter ein Rätsel sind.

»Das ist es ja gerade, ich möchte es lernen.«

Der Mann wendet sich Ihnen zu.

»Hat sie nicht schon genügend mit ihrer Prüfung zu tun?«

Sie antworten ganz diplomatisch, daß Joséphines Stundenplan hier und da wohl eine Stunde Musik erlauben würde. Zumal Sie wissen (natürlich sagen Sie es nicht, um den Vorwurf zu vermeiden, Sie hätten die jugendliche Flamme der Begeisterung gelöscht), was passieren wird: Klein-Schätzchen wird sich einige Stunden an des Auserwählten Seite kuscheln; verklärt wird sie ihm zuhören, wenn er ihr erzählt, wie man in die Saiten greift, danach wird sie die Gitarre oben auf dem Bücherregal verstauen und ihrem stummen Schicksal überlassen.

Ältere Tochter hat Ihnen diese Nummer auch schon gebracht.

Sie gehen davon aus, daß es ein Alter für die Gitarre gibt, genauso wie es eines für den ersten Zahn oder das erste Fahrrad gibt. Sie haben jedoch festgestellt, daß das Besitzen einer *Pinxe* schon genügt, um die Sehnsüchte all dieser Manita de Platas in spe zu stillen. Alle Jugendlichen, die Sie kennen, wünschen sich oder besitzen eine Gitarre. Keiner spielt sie wirklich.

Weihnachten auf dem Lande ist ein absoluter Erfolg, das ist die Meinung aller Beteiligten. Nur Klein-Schätzchen teilt die allgemeine gute Laune nicht ganz. Anstatt im Familienkreis vor dem Kaminfeuer zu sitzen und zu schwatzen, oder mit allen andern im Wald spazierenzugehen, saust sie unentwegt ins Dorf. Zu Fuß. Per Fahrrad. Im Lieferwägelchen des Briefträgers (was seitens der Postbehörde strikt verboten ist!) oder auf dem Traktor des Nachbarn.

Es ist ihr nichts zuviel, um mehrmals am Tag die Telefonzelle aufzusuchen, die auf dem Platz vor der kleinen romanischen Kirche steht – seltsam anmutender Anachronismus.

Und dies, um mit dem Komantschen zu reden – reden – reden, der seinerseits in der fernen Normandie im Exil sitzt. Denn die Telefonschnur in Ihrem Feld-Wald-und Wiesen-Haus ist nicht so lang, daß man den Apparat aus dem Korridor, weit weg von den feindlichen Ohren der Familie verlegen könnte. Sie nehmen an, daß all das Geld, das die Großmutter Klein-Schätzchen zum Jahresende gegeben hat, damit sich das Kind die kleine goldene Kette ihrer Träume kauft, derzeit in die Kassen der Postbehörde fließt.

Die Quasi-Dauerbesetzung der Telefonzelle durch Ihre Tochter bleibt im Dorf natürlich nicht unbemerkt. Ein halbes Dutzend Leute fragt Sie mehr oder weniger verschmitzt, ob Ihr Telefon denn kaputt sei – sonst würde doch »die kleine Joséphine« nicht so oft auf dem Kirchplatz ihre Zelte aufschlagen. Sie geben lächelnd zur Antwort, daß es in der Tat sehr unangenehm rauscht in Ihrer Leitung. Vielleicht berühren die Äste Ihres alten Nußbaums die Kabel? meint Monsieur Delpech, der im Dorf sowohl die Vertretung für die Gasflasche als auch für das Lokalblättchen innehat. Sie geben ganz ernsthaft zu bedenken, daß es höchste Zeit wird, den Nußbaum auszuästen. Keiner fällt darauf rein.

Wenn Klein-Schätzchen sich nicht mit einem dicken Säckchen Kleingeld um den Hals in der Telefonzelle aufhält, trägt sie die düstere Maske der Liebe, der man nur

Steine in den Weg legt, zur Schau. Sie bitten sie etwas ruppig, sie möge doch aufhören, ein solches Gesicht zu machen. Sie wünschen, daß dieser harmonische Urlaub nicht gestört wird durch das unentwegt verzweifelte Gesicht der Gefangenen des Familien-Gulags. Joséphine nimmt es als Warnung und hält sich daran. Schließlich will sie ihre frühzeitige Rückkehr nach Paris nicht gefährden.

Am 31. Dezember um Mitternacht klingelt das Telefon. Klein-Schätzchen wünscht Ihnen von Paris aus mit zärtlicher Stimme ein gutes neues Jahr. Im Hintergrund herrscht höllischer Lärm, eine Mischung aus Rockmusik und Geschrei. Es wird Ihnen ganz warm ums Herz. Der Süße Trost Ihrer alten Tage hat einen Gedanken für die Mama übrig. Seltsamerweise aber klingt ihre Stimme etwas nervös.

»Ist alles in Ordnung?« fragen Sie, und die Betonung liegt auf »alles«.

»Jaja, super.«

»Bist du ganz sicher? Ist *alles* wie du es wünschst?«

»Jaja, keine Sorge.«

»Gut.«

Das Ferienhaus wird aufgeräumt (zwei Tage Arbeit und drei Kilo Giftweizen, die im Haus verstreut werden, um die Mäuse daran zu hindern, Ihre Matratzen und Ihre Decken aufzufressen), die Türen werden verschlossen, und Sie fahren nach Paris zurück.

Dort finden Sie die Wohnung in einem unerwarteten Zustand vor: Es herrscht absolute Stille, und Sie ahnen Böses.

Der Mann sitzt irgendwo und liest ein Buch, so wie er sie mag: Bücher, dick wie eine Schachtel Würfelzucker.

Und Joséphine scheint außer Haus. Jedenfalls strömt aus ihrem Zimmer keinerlei Hottentottenmusik.

»Mir scheint, sie ist ein wenig krank«, sagt der Mann. Sie eilen in ihr Zimmer.

Klein-Schätzchen liegt auf dem Bett, die Augen weit aufgerissen, und starrt die feindliche Decke an; um ihr Gesicht schwebt die tragische Aura einer Ophelia, die in einen wilden Strom von Verzweiflung treibt.

»Hast du Fieber?«

Ein jammerndes »Ich weiß nicht« ist die Antwort.

Sie streichen mit der mütterlichen Krankenschwesternhand über die Stirn der Siechenden. Sie erscheint Ihnen ganz kühl. Die Wangen hingegen sind tränenüberströmt. »Was ist los, mein Schätzchen?«

Als Antwort erhalten Sie ein herzzerreißendes Schluchzen. Wie ein Säugling, der in den Schoß der Mutter zurückkehren will, steckt Joséphine den Kopf in Ihren Busen. Sie halten sie fest und wiegen sie. Komm, mein Kleines, erzähl deiner Mama, was los ist.

Klein-Schätzchen enthüllt Ihnen ihr lastendes Geheimnis. Ihr Drama.

Nein, sie ist nicht schwanger. Schlimmer.

Was bedeutet schlimmer?

Ihre geliebten Freundinnen, ja, Stéphanie und Laurence, sie hassen den Auserwählten. Doch, doch, Sie haben sich nicht verhört. Tatsächlich wagen die beiden es, Joséphines große Liebe nicht zu mögen. Sie machen sich dauernd lustig über ihn. Überschütten Klein-Schätzchen mit sarkastischen oder gar bösartigen Kommentaren: »›Warum gibst du dich mit diesem Mickerling ab?‹ – ›Hast du ihn überhaupt schon mal angesehen mit seiner grünen Strähne und seiner dunklen Brille? Altmodisch bis zum Gehtnichtmehr . . .‹ – ›Er kann uns mit seiner klassischen Musik den Buckel runterrutschen! Der geht ja nicht einmal in die Higelin-Konzerte . . .‹ – ›Wahnsinnig, wie machst du das nur, einen so doofen Typen zu lieben? . . .‹ – ›Und so häßlich! Ich würde mich schämen, mich mit so einem Macker auf der Straße zu zeigen! . . .‹ – ›Was zieht dich denn da bloß an? Er sagt nie etwas Interessantes. Der ist ja so doooof, daß es einem die Schuhe auszieht . . . Wenn er wenigstens schön wäre, aber nicht einmal das! . . .‹ – ›Der lächelt nie. Oder wenn er mal lächelt, dann schief. Irgendwas ist oberfaul mit dem! . . .‹ – ›Du kannst uns doch nicht weismachen, daß der gut ist im Bett. Er ist ganz bestimmt einer von denen, die sagen, laß deine Fetzen fallen – und du tust's, du blöde Kuh!‹ – ›Weißt du übrigens, was Anne-Laure erzählt? Daß er eine andere Tussi hat und daß er mit dir loszieht, weil du für ihn bezahlst und weil du ihm seine Englisch-Aufgaben machst! . . .‹«

Es muß ein echter Bombenangriff gewesen sein.

Joséphine hat einen Erstickungsanfall, anscheinend fühlt sie ihre Sinne schwinden, sie ringt die Hände und jault.

Hin- und hergerissen zwischen ihrer großen Liebe und ihren geliebten Freundinnen.

»Diese Luder! Diese Säue!« zischt Joséphine und liegt in Ihren Armen. »Wenn du die Jungs sehen würdest, mit denen sie sich herumtreiben . . . lauter Kümmerlinge . . . Vollidioten . . . das Letzte!«

Sie sind sprachlos.

So viel brutale Ehrlichkeit hätten Sie in den Beziehungen der Dreierbande nicht vermutet. Es hätte Ihnen so wohlgetan, Klein-Schätzchen diese Wahrheiten selbst an den Kopf zu schmeißen, die sie nun von ihren vielgeliebten Freundinnen entgegengenommen hat. Aber was eine Sechzehnjährige von einer anderen Sechzehnjährigen hinnimmt, würde sie von ihrer Mutter nie und nimmer akzeptieren. Sie müssen sich damit begnügen, auch weiterhin zur heiligen Rita zu beten – obschon diese sich keineswegs beeilt, den unliebsamen Komantschen durch die Falltür abgehen zu lassen. Und müssen hoffen, daß die von Stéphanie und Laurence ausgeworfene böse Saat in Joséphines Herzchen wachsen und gedeihen wird. Vorerst beschränkt sich Ihre Rolle darauf, daß Sie sie trösten. Sie reden ganz sanft auf sie ein, daß das Leben leider nicht so einfach ist, daß die anderen Menschen oft so verständnislos sind usw. usw.

Klein-Schätzchen hört nicht zu, sie zieht sich ganz in ihren Kummer zurück, aber das besänftigende Schnurren Ihrer Stimme und die Wärme der mütterlichen Brust beruhigen sie.

Jäh richtet sie sich auf: Sie hat ihren Kampfgeist wiedergefunden. Ihre verkannte, unverstandene, verspottete Liebe wird sie verteidigen.

»Diese fiesen Sumpfrallen! Du wirst schon sehen, wie ich sie behandle. Kein Wort rede ich mehr mit ihnen. Nie wieder.«

Sie zweifeln, ob dieser Schwur länger als zwei Stunden anhält.

Im übrigen klingelt gerade das Telefon.

Am Apparat ist Stéphanie.

Klein-Schätzchen reißt den Hörer an sich.

Sie verlassen diskret den Raum.

Nach Beendigung der Ferien nimmt das Familien- und das schulische Leben wieder seinen normalen ruhigen Lauf. Der Auserwählte geistert nach wie vor in Ihrer Wohnung herum; im Flur, in der Nähe des Kühlschranks und in Klein-Schätzchens Zimmer. Was die Auseinandersetzungen mit den Freundinnen betrifft, so verliert Joséphine kein Wort mehr darüber. Das Telefon klingelt genausooft wie früher.

An einem Dienstagnachmittag kommt Klein-Schätzchen allein aus der Schule zurück und klopft an die Tür Ihres geheiligten Arbeitszimmers. Was laut mütterlichem Gesetzbuch absolut verboten ist, wenn Sie gerade schreiben. Aber sie kommt herein, diesmal mit der Miene einer kleinen Katze, die gerade einen Topf frische Sahne aufgeschleckt hat. Ihre unsichtbaren Schnurrhaare beben vor freudiger Aufregung. Sie verstehen sofort, es ist etwas so ungemein Wichtiges geschehen, daß Joséphine unmöglich warten kann, bis Sie sich aus Ihrer Arbeit herauswinden. Sie läßt Ihnen sowieso keine Zeit zum Protestieren. Sie ist außer sich.

»Marc hat mich eingeladen, das kommende Wochenende bei seinen Eltern auf dem Land zu verbringen«, platzt sie heraus.

»Darf ich mitfahren?«

Krach. Knall. Zack.

In angenehmem Frieden haben Sie dagesessen, vertieft in historische Unterlagen zum Leben des Claude Chappe, des Erfinders des Telegraphen im Jahre 1792, und nun müssen Sie eine junge Person zu beruhigen versuchen, die dermaßen in Aufruhr ist, daß sie vor Ihren Augen zu explodieren droht. Einen Augenblick lang wollen Sie in einen Atombunker flüchten, und zwar mit dem mütterlichen Satz Nr. 1b: »Wir werden sehen, ich muß es mir überlegen.« Aber Sie spüren, Sie sind in der gleichen Situation wie der Schiedsrichter in Wimbledon vor einem entfesselten McEnroe: Gleich werden Sie maßlos beschimpft werden. Sie versuchen es mit einem Ausweichmanöver:

»Ich dachte, seine Mutter mag dich nicht?«

»Schon, aber die Schwester lädt Freunde ein, und wir

werden eine ganze Clique sein. Da kann sie nicht nein sagen.«

»Wessen Schwester?«

»Also hör mal . . .!« (Joséphines Tonfall weist darauf hin, daß sie entrüstet ist, eine so geistesschwache Mutter zu haben.) »Marcs Schwester.«

Aha! Der Komantsche hat also eine Komantschen-Schwester! Davon hatten Sie bisher keinen blassen Schimmer.

»Mhm. Sie ist ganz nett. Spielt Klavier. Und hat eine Menge Musiker- und Tänzerfreunde.«

Wenn Sie von vornherein nein sagen und ihr dieses künstlerische Wochenende verwehren, dann platzt der Dampfkochtopf. Das ist ganz sicher. So sprechen Sie feige den mütterlichen Schlüsselsatz Nr. 3 aus: »Ich muß mit deinem Vater darüber reden.«

Diesmal müssen Sie es auch wirklich tun. Denn so beschäftigt und von seiner Arbeit eingenommen der Mann auch sein mag, die zweitägige Abwesenheit seiner vielgeliebten Jüngsten wird er wohl doch bemerken.

»Aber du? Wärst du denn einverstanden?«

»Warum nicht, wenn du mir schwörst, daß du dich anständig benimmst?«

Klein-Schätzchen reißt die Augen auf, sprachlos.

Das war in der Tat ein Begriff, der für ihre Generation ebenso unverständlich ist wie für uns das Knurren unserer Vorfahren, der Gorillas.

»Was meinst du damit?«

»Zum Beispiel, daß Marc und du euch nicht Tag und Nacht mit Fischaugen anseht, wie das Liebespaar des Jahrhunderts. Das bedeutet: ›diskretes Verhalten‹.«

»Ich glaub', du hast 'se nicht alle!« (Die Frechheit überhören Sie lieber.) »Wo die Alte mich sowieso nicht leiden kann. Wie würden wir denn dastehen?«

Wer aber wird nachts von einem Zimmer ins andere trippeln – durch die Flure – über knarrende Parkettböden? Ein entsetzliches Dilemma. Wenn Sie die Komantschen-Einladung abwürgen, werden Sie einen Monat lang eine lautstark agonisierende Kameliendame am Hals haben. Möglicherweise halten dem Ihre Nerven nicht stand. Andererseits sind Sie der Ansicht, daß zwei Tage in der »anderen Familie« einen Schritt mehr bedeuten in Richtung Offizialisierung des jungen Paares, und das mißfällt Ihnen sehr.

Noch am selben Abend reden sie mit dem Mann darüber. Und zwar dermaßen gewunden, daß die Lage sich folgendermaßen anhört: Joséphine ist eingeladen, das Wochenende bei ihrem Geiger-Freund zu verbringen. Schluß. Punkt.

»Wenn es dich so sehr stört, soll ich ihn mit dem Kleinkalibergewehr abschießen?« fragt der Mann freundlich hinter seiner Zeitung.

Ihre Ängste, der Vater könnte zu übertriebenem Einsatz seines Karabiners gegen jeglichen Liebhaber von Klein-Schätzchen neigen, waren also durchaus gerechtfertigt.

»Ich weiß nicht, ob es alle Probleme lösen würde.«

»Es würde auf jeden Fall das Problem des kommenden Wochenendes lösen.«

»Ich glaube, wir könnten einwilligen, es wäre für Joséphine eine Erfahrung.«

Am Freitag abend steigt Joséphine in höchster Aufregung in den Zug, ihren kompletten Kleiderschrank in einem riesigen Koffer mitschleppend. Sie erinnern sie daran, daß es sich um eine Einladung für zwei Tage handelt. Man weiß ja nicht, wie das Wetter wird und was wir unternehmen werden, erklärt sie fiebrig. Ich brauche ein Maximum an Klamotten, um auf alles vorbereitet zu sein.

Und um den Traumprinzen zu verführen.

Die Rückkehr ist für Sonntag nachmittag vorgesehen. Sie schauen gerade ziemlich gelangweilt in die Glotze. In Wirklichkeit haben Sie das Haus nicht verlassen, weil Sie es nicht erwarten können zu erfahren, wie Joséphines Wochenende verlaufen ist.

Im Sturmschritt kommt sie ins Wohnzimmer und läßt mit einem Schlag ihre Kleiderladung auf den Boden fallen.

»Echte Idioten!« verkündet sie.

»Wer?«

»Marcs Eltern!«

Aha.

»Hat es Schwierigkeiten gegeben?«

»Na ja, ein bißchen schon. Ich bin unentwegt ins Fettnäpfchen getreten. Ich wußte nämlich nicht, daß die beiden Lehrer sind. Oder noch schlimmer: Pädagogen beziehungsweise Schulpsychologen oder Schulgraphologen oder so was Ähnliches. Und ich hab' alles rausgelassen, was ich von der Schule halte!«

Ach herrje! Sie können sich die Szene vorstellen. Das Abendessen im Familienkreis. Die »nette«, »aufgeschlossene« Atmosphäre. Die süßlichen Fragen. Und Ihre ungestüme Joséphine, Ihr wackerer kleiner Kürassier, stürzt sich mit gezücktem Degen auf ihren Feind Nr. 1: die Schule. Wütet gegen die Galeere, die Strafkolonie, die Hölle. Nichts lernt man dort über das Leben. Man langweilt sich zu Tode. Was man lernt, ist lauter total unnützes Zeug. Das Abitur ist eine Farce. Die Lehrer: lauter verquere, bösartige, mißmutige Typen oder aber Hampelmänner. Beispiel: der Mathelehrer, total debil, und er überschüttet die Schüler mit bösen Schimpfwörtern. Oder der Französischlehrer, der immer von seinen persönlichen Problemen erzählt. Der hat echt 'ne Meise.

Oder der Geschichtslehrer, ein Alkoholiker, der kommt immer mit 'ner roten Nase. Alle haben sie eine Macke, alle. Und so weiter.

Die Eltern des Auserwählten waren anscheinend platt vor Entsetzen gewesen. Klein-Schätzchen hatte gespürt, wie die Atmosphäre immer weniger »nett« wurde.

Aber das Schlimmste stand ihr noch bevor.

»Was macht denn dein Vater?« hat die Mutter des Komantschen gefragt.

Also noch eine neugierige Mutter.

»Hm, er arbeitet in seiner Fabrik ...«

»Was macht er da, in seiner Fabrik?«

So präzise Fragen würden Sie nicht zu stellen wagen.

Joséphine spürte plötzlich, daß sie in ein Minenfeld geraten war. Sie zögerte einen Augenblick. Aber Ihr wackerer Sprößling hat den Sprung gewagt:

»Na, er ist halt der Chef.«

»Du sagst, dein Vater sei der Chef seiner Fabrik?«

»Na ja!«

»Du kannst dir nicht vorstellen«, erläutert jetzt Joséphine, »wie die mich angegafft haben. Mit Schaudern. Da wurde mir klar, daß ich für sie ein widerliches Reiche-Leute-Kind bin. Ein Produkt der Bourgeoisie. Du ahnst nicht, was da für ein Schweigen einsetzte. Ich wußte überhaupt nicht mehr, wo ich mich hin verkriechen sollte. Und dann habe ich mir gedacht: Scheiße! Ich brauch diesen sturen Böcken doch nicht zu erzählen, daß Papa seine Fabrik selber aufgebaut hat, ganz allein. Arschlöcher sind das. Und weißt du, was die Mutter dann noch hinzugefügt hat, danach?«

»Nein.«

»Sie hat gefragt, was *du* machst. Die reinste Polizistin, diese Frau. Da hab' ich dann geantwortet, daß du ... Geschichtsbücher und Zeitungsartikel schreibst ... Und da hat sie gesagt, stell dir vor: ›Aha, das ist schon besser! . . .‹ Unerhört. Ich sollte mich wohl für euch schämen!«

»Mein Schätzchen«, erklären Sie Ihrer Tochter feierlich, »dieses Wochenende hast du eine wichtige Erfahrung gemacht: Du hast die Absurdität des Klassenkampfes entdeckt.«

Klein-Schätzchen wurde nie wieder eingeladen in die Sippe der antibürgerlichen Komantschen.

Kapitel 5

Klein-Schätzchen kommt in die Küche.

»Ich helfe dir beim Gemüseputzen«, verkündet sie und nimmt ein Messer.

Dieser plötzliche gute Wille weckt Ihr Mißtrauen. Sie hüllen sich in vorsichtiges Schweigen.

Joséphine schabt mit solchem Eifer an ihrer gelben Rübe, daß letztere sich in ein Stäbchen verwandelt. Dann entschließt sie sich:

»Mama, würdest du mich im Februar, in den Ferien, allein mit Freunden wegfahren lassen? Zum Skifahren.«

Auf diesen Augenblick haben Sie schon lange gewartet, eigentlich seit der Geburt Ihrer Töchter; auf die ersten Ferien mit Freunden, weit weg von den Eltern. Sie beben innerlich.

»Wohin? Zu wem? Mit wem?« fragen Sie lakonisch.

Klein-Schätzchen macht sich an eine Kartoffel, die sie zu einer winzigen Murmel umgestaltet.

Und erklärt Ihnen nebenbei ihr Projekt, und zwar auf subtil verworrene Weise. »Eine tolle Sache, Mama. Es besteht die Möglichkeit, in Chamonix die Ferienwohnung des Bruders der Schwägerin einer Freundin von Laurence zu mieten. Wir wären zu acht, und wenn wir die Miete der Zweizimmerwohnung durch acht teilen, kostet es fast nichts.«

»Und wie wollt ihr zu acht in einer Zweizimmerwohnung hausen?«

»Ach was, dafür gibt es Schlafsäcke, oder? Außerdem würden wir die Essenskosten durch acht teilen. Das kostet dann auch fast nichts, vor allem, wenn wir viel Nudeln und Reis essen. Und außerdem kennt ein Freund des Bruders der Schwägerin der Freundin einen Skilehrer, der uns für den Skikurs einen Sonderpreis machen würde – zu acht kostet das dann auch, pfffft, so gut wie nichts.«

Die Sache ist klar: Diese Ferien »zu acht« werden weniger als gar nichts kosten. Worüber sich Eltern ja bloß freuen können. Quod erat demonstrandum.

Natürlich sind die Eltern immer froh, wenn ihnen für ihre kleinen Lieblinge so billige Skiferien in Aussicht gestellt werden. Aber die Mutter, diese entsetzlich neugierige Kreatur, möchte gern wissen, wer denn diese »wir« sind, die mit Joséphine auf so wunderbar billige Weise nach Chamonix fahren.

Da werden die Erklärungen noch verworrener. Na alle halt.

Wer ist denn das: alle? (Die Mutter könnte dem Geheimdienst noch was beibringen.)

Stéphanie, Laurence, ihr Bruder Paul, Georges und so weiter.

Just dieses »und so weiter« interessiert Sie aber.

Joséphine packt aus: Im »und so weiter« war natürlich auch der Komantsche versteckt.

»Ach ja! Vielleicht kommt auch Marc!« gesteht sie, als fiele es ihr gerade erst ein. »Wenn seine Eltern einverstanden sind.«

Siehe da. Die antibürgerlichen, vormals antiautoritären Erzieher haben offenbar ein strenges Auge auf ihr Söhnchen.

Der Lebenspfad einer Mutter ist von zahllosen »ersten

Malen« gesäumt. Für eine ängstliche Natur wie Sie sind diese ersten Male grauenvoll. Das »erste Mal«, als Ihre Töchter allein zur Schule gingen und als Sie sie einen Monat lang jeden Augenblick unter den Rädern eines wahnsinnig gewordenen Verkehrsrowdies wähnten. Das »erste Mal«, als sie allein in ein Ferienlager fuhren und Sie drei Wochen lang von der Vorstellung bedrängt wurden, sie seien fern vom mütterlichen Auge krank geworden. Das »erste Mal«, als sie zu einer Party gingen und Sie die ganze Nacht kein Auge zugemacht haben, weil Sie überzeugt waren, irgendwelche Bengel würden ihnen Hasch anbieten oder LSD in ihre Coca-Cola schütten. Und dann das »erste Mal«, wenn sie allein mit Freunden verreisen wollen. So weit sind Sie jetzt (wieder einmal). Die Frage ist, ob der Zeitpunkt der richtige ist, um ja zu sagen. Zu früh? Zu spät? Nein, zu spät, das erkennen Sie an der Flut von Vorwürfen, die über Sie hereinbricht: »Seit zwei Jahren fahren die andern mit Freunden ohne ihre Eltern in Ferien. Und ich steh' da, als wäre ich geistig zurückgeblieben.«

Sie haben plötzlich das Bedürfnis, die Last dieses ersten Mals auf jemand anderen abzuladen.

»Du könntest doch deinen Vater direkt fragen.«

Klein-Schätzchen wird blaß. Sie weiß, daß ihr Vorhaben in den Augen des Mannes zwei ganz wesentliche Angriffspunkte bietet: Erstens fehlt ein Erwachsener, um seinen Goldschatz zu beaufsichtigen. Und zweitens sind da mehrere Jungen, die vermutlich alle vom Wunsch besessen sind, Klein-Schätzchen zu vergewaltigen. Der Gedanke, daß sein Klein-Schätzchen vom Wunsch besessen sein könnte, alle mitfahrenden Knaben zu vergewaltigen, ist ihm sicher noch nie durch den Kopf gegangen.

In den folgenden Tagen bewundern Sie die wilde Energie, die Joséphine an den Tag legt, um die väterliche Erlaubnis zu erkämpfen.

»Ihr seid zu jung, du und deine Freunde. Ihr macht alle Dummheiten, die man in diesem Alter nur machen kann«, hat der Mann zunächst gemeint, und zwar in einem Ton, der keinen Widerspruch duldete.

Daraufhin werden Sie Zeuge einer atemberaubenden Verführungsnummer. Papilein, Papilein, so geht es bei jeder Mahlzeit. Papilein, du beklagst dich doch immer, daß ich zuwenig Sport treibe. Stimmt, sagt der Vater, und ich würde es begrüßen, wenn ... Ja, und in Chamonix könnte ich nicht nur Pisten fahren, sondern auch Langlauf machen. Der kleine Schlaukopf weiß, daß der Mann, der in seiner Kindheit nie das Geld und später nie die Zeit hatte, irgendeinen Sport zu treiben, ein glühender Anhänger (in Worten zumindest) des Skilanglaufs ist. Der Vater scheint verunsichert. Langlauf, wirklich? Jeden Tag? – Natürlich, schwört Klein-Schätzchen. Endlose Skiwanderungen im jungfräulichen Schnee und in der violetten Morgendämmerung. In den Augen des Mannes kommt Sehnsucht auf. Wenn ich bedenke, daß ich in deinem Alter keine Möglichkeit hatte ... Joséphine unterbricht ihn schnell, denn die Erinnerungen an das schwere, bewegte Leben des Mannes sind der Stoff einer endlosen, unerschöpflichen Saga.

Klein-Schätzchen verlegt den Angriff an eine zweite Front: Die Eltern von Stéphanie und Laurence sind einverstanden, *wenn* Sie *auch* einverstanden sind. Im Grunde zögern sie genauso wie Sie, und jeder hofft, daß der andere nein sagt, um sich dahinter verschanzen zu können.

»Siehst du, Joséphines Eltern wollen es auch nicht.«

Daraufhin spielt Klein-Schätzchen ihren letzten Trumpf aus.

Die Schwester einer Freundin einer Cousine von Laurence (eine Alte von mindestens fünfundzwanzig Jahren!) wohnt im Appartement daneben. Und wird alle beaufsichtigen. Im Falle eines Beinbruchs wird sie sofort die Eltern benachrichtigen. Kurz: die Erwachsenenklausel ist erfüllt. »Bitte, mein Papilein, sag ja!«

Berauscht von zärtlichen Worten, von Küssen und Streicheleinheiten, sagt Papilein schließlich ja. Es ist letzten Endes doch eine gute Idee, daß dieses Kind ein wenig Langlauf macht, nicht wahr?

Schweigend bewundern Sie Joséphines Überredungskünste.

Die Mütter von Stéphanie und Laurence rufen an, um Ihnen mitzuteilen, daß auch sie Gelegenheit hatten zu bestaunen, wie ihre Töchter die jeweiligen Väter um den Finger gewickelt haben. Sie spüren eine gewisse Nervosität in ihren Stimmen.

Daß die ganz speziellen Anbeter der jungen Damen dabeisein werden, scheint den drei Vätern total entgangen zu sein.

Aber zu einer letzten Aufwallung kommt es dann doch.

»Kennst du diese Knaben eigentlich?« fragt er. »Sind die wenigstens anständig?«

Sie erklären dem Mann, daß er das frühmittelalterliche Wort »anständig« aus seinem Vokabular streichen müsse. Die Frage müsse anders gestellt werden: Rauchen diese jungen Leute Hasch? Ja, sicherlich hin und wieder einen Joint. Aber sie nehmen keine harten Drogen. Halleluja! Gehören sie zur Moon-Sekte, sind sie Bhagwan-Anhänger? Offenbar nicht. Zweimal Halleluja! Werden sie mit den kleinen Schätzchen Flirtbeziehungen haben? Sie sagen bewußt nicht sexuelle Beziehungen, Sie erinnern sich zu gut, wie schmerzlich verblüfft der Mann reagiert hat, als ihm seinerzeit Ältere Tochter das erste Enkelkind bescherte.

»Ach was«, sagt der Mann, »sie sind ja so viele, daß sich die Mädchen nicht in die Zweisamkeit zurückziehen können.«

Dessen sind Sie nicht so sicher. Sie haben schon öfter festgestellt, daß es den jungen Damen im Alltag zwar an Organisationstalent fehlt, daß sie diesen Mangel im Liebesleben aber mehr als ausgleichen. Doch was könnte in einem Chalet in Chamonix mehr passieren als in der leeren Wohnung der Eltern des Komantschen?

Nachdem Sie also wie eine Wahnsinnige durch Paris gerannt sind, um die Jüngste von Kopf bis Fuß für den Schnee auszustatten, als würde sie mit dem hohen Norden und den Fotografen von Vogue zugleich konfrontiert, setzen Sie sie mit Stéphanie und Laurence endlich am Bahnsteig ab, wo es nur so wimmelt von Skiern. Es wurde Ihnen erlaubt, die Damen bis dahin zu begleiten, aufgrund der hohen Zahl ihrer Koffer, die selbst eine Liz Taylor in Schrecken versetzt hätte.

Sie entlocken Klein-Schätzchen den Eid, daß sie sofort nach ihrer Ankunft anruft und danach, wenn möglich, jeden zweiten Tag.

Die Anrufe sind dann eher wortkarg. Alles fabelhaft. Schnee fabelhaft. Skifahren fabelhaft. Doch, doch, wirklich, ich schwör's, ich fahr jeden Nachmittag Ski. Warum nicht am Vormittag? Bei dieser Frage wird die telefonische Verbindung auf unerklärliche Weise schlecht. Doch dann ist die Stimme wieder da. Keine Sorge. Tschü-üüüs! Küßchen! Knack.

Es gibt ein »Aber«. Sie spüren das. Aber sie haben nur eine Möglichkeit: Warten. Darin bestehen drei Viertel des Lebens einer Mutter.

Rückkehr der Skifahrerin. Unglaublich schmutzige

Garderobe. Erstaunlich wenig gebräunte Haut. Verschlossenes Gesicht.

Sie müssen sich noch zwei Tage gedulden, bevor Sie die Wahrheit erfahren.

Die schweigenden Gipfel hatten auf ein Drama herabgeschaut.

Von der Achterbande wollte kein Mensch Geschirr spülen. Oder saubermachen. Oder Betten machen. Oder kochen. Jeder hatte stets eine Ausrede. Der eine mußte dringend eine Abfahrt auf der schwarzen Piste machen, die nächste hatte eine Gratisprivatstunde bei einem schönen Skilehrer, der dritte mußte im Morgengrauen zu einer Skiwanderung aufbrechen und so weiter. Kurz und gut, die häusliche Arbeit war hängengeblieben an derjenigen, die am meisten Mühe hatte, morgens aufzustehen. An derjenigen, die am wenigsten sportlich war. An Klein-Schätzchen. Sie hatte einen Großteil ihrer Zeit Aufgaben gewidmet, die sie zu Hause mit Grandezza ignoriert. Und die sie haßt.

Und was die Verbitterung noch steigerte: ohne die Hilfe des Auserwählten.

Denn der Komantsche, deprimierende Entdeckung, hatte sich als der verbissenste Skifahrer vor dem Herrn entpuppt. Er ließ die Dame seines Herzens allein vor Bergen von schmutzigen Tellern und stob die anderen Berge, die richtigen, in elegantem Slalom hinab.

Ätzende Worte fielen.

Aber es kam noch schlimmer.

Der Auserwählte übte seinen Sport in Begleitung einer Kreatur im roten Daunenanorak aus, die er irgendwo hoch oben am Schlepplift aufgegabelt hatte. Alsbald folgte sie ihm die steilsten, halsbrecherischsten Pisten hinab, während Ihre liebe Joséphine im Schneckentempo auf dem Babyhang Schneepflug übte.

Den Freundinnen – die zu Recht empört waren und den Komantschen nach wie vor haßten, der übrigens seine dunkle Brille gegen eine riesenhafte, tellerförmige Schneebrille eingetauscht hatte – fiel es nicht schwer, Ihr Lämmlein in ein eifersuchts- und blutrünstiges Tigerweibchen zu verwandeln. Schreie erschallten im Gebirge. Auf die große Szene folgten Rachedrohungen, die Schmollphase, die Versöhnung, dann neuer Krach (der rote Daunenanorak ließ seine Beute nicht mehr los).

Und Klein-Schätzchen kam nach Hause mit einer ersten Liebeswunde im Herzen.

Aber Joséphines Leben glättete sich wieder, ähnlich wie auch das Wasser wieder spiegelglatt wird, nachdem ein Stein in den See geworfen wurde. Der Engerling kroch nach wie vor auf seinen Kreppsohlen durch Ihre Wohnung.

Der Brief kam mit der Morgenpost.

Für Joséphine.

Aus Chamonix.

Staunend betrachten Sie den Umschlag. Da Klein-Schätzchen nie schreibt (ein Wort, ein Fehler: danke, o danke, euch beiden zugleich, hochverehrtes Schulwesen und geheiligte Ganzwortmethode!), war es auch noch nie passiert, daß sie Post bekam. Abgesehen von den Briefen, die Sie selbst ihr geschrieben haben und die natürlich nicht zählen.

Sie haben Mühe, sich zurückzuhalten und den Umschlag nicht zu öffnen. Hinterher könnten Sie ja sagen, es sei ein Versehen gewesen. Aber nein. Die Stimme des Gewissens sagt Ihnen, daß Sie die Korrespondenz einer Heranwachsenden respektieren müssen. Den Brief werden Sie sowieso in Klein-Schätzchens Zimmer auf dem Fußboden wiederfinden, wenn Sie das Allerheiligste betreten, um die leeren Joghurtbecher und die Bananenschalen unter dem Bett einzusammeln. Und wie sollten Sie, wenn Sie aufräumen, Ihre Augen daran hindern zu lesen, was ihnen unterkommt. (Ihre Freundin Sophie behauptet, daß eine liegengelassene Botschaft einer Aufforderung zum Lesen gleichkommt.)

Als Joséphine aus der Schule kommt (Nanu, allein?) und den Umschlag mit ihrem Namen erblickt, stößt sie einen Schrei der Überraschung aus. Sie dreht und wendet ihn in alle Richtungen wie ein fremdartiges Ding und zieht sich damit in ihr Zimmer zurück. Kommentarlos.

Das halten Sie nicht aus.

Sie dringen in die Räuberhöhle ein.

»Du bekommst Post aus Chamonix?«

Joséphine staunt.

»Woher weißt du, daß der Brief aus Chamonix kommt?«

»Der Poststempel!«

»Ach so?« murmelt Ihre Jüngste und wirkt wie eine Prinzessin von einem andern Stern – »die Post haut da einen Stempel drauf?«

Diese Generation hat entschieden mehr Erfahrung mit dem Telefon als mit der Briefpost.

»Hast du in Chamonix Freunde kennengelernt?«

»Mhm!«

»Die dort arbeiten?«

»Mhm.«

Die klassische Nummer mit dem Skilehrer. Sollte Joséphine mit einem prachtvollen Bergmenschen geflirtet haben, um sich an dem Auserwählten zu rächen, weil er ihr das Skihäschen mit dem roten Daunenanorak vorgezogen hatte?

Sie wissen, daß eine moderne Mutter die kleinen Geheimnisse ihrer Tochter respektiert. Aber das ist ja gerade die Tragödie: Sie sind keine moderne Mutter, sondern ein altmodisches, von Neugierde zerfressenes Monstrum.

»Was macht er?«

Der Gedanke, es könnte auch ein Mädchen sein, ist Ihnen überhaupt nicht gekommen.

Klein-Schätzchen wird plötzlich verlegen.

»Er ist ... hm ... bei der Polizei.«

»Wie bitte?«

»Bei der Bereitschaftspolizei ... Aber er gehört nicht zu denen, die mit dem Knüppel auf Demonstranten losgehen. Nee, er gehört zu denen, die im Gebirge Leute retten. Das ist ein toller Beruf, weißt du. Im Sommer retten sie Leute aus dem Meer.«

Ihre Stimme bebt vor Bewunderung.

»Du hast schon recht«, erklären Sie, »es ist großartig, wenn man sein Leben für andere aufs Spiel setzt.«

Joséphine scheint beruhigt über diese positive Stellungnahme.

»Und wie hast du deinen Polizeimenschen kennengelernt?«

»In der Disco.«

»Ach so?« Sie waren immer der Meinung, solche Bereitschaftspolizisten würden nachts aus ihren Fahrzeugen herausgeholt und in ihre Kasernen eingeräumt.

»Verstehst du«, fügt Klein-Schätzchen hinzu, »er trug Jeans wie alle andern auch, und ich konnte nicht ahnen, daß er bei der Polizei ist. Aber zwei Tage später hat er mich in Uniform besucht, mit allem Drum und Dran. Du kannst dir nicht vorstellen, wie die andern mich nachher zur Schnecke gemacht haben. Zumindest haben sie sich die ganze restliche Zeit lustig gemacht über mich. Du sagst niemandem, daß er mir geschrieben hat, hm?«

Sie schwören es.

»Zumal er sehr nett ist«, schwärmt Joséphine. »Er hat

mich immer mitgenommen, am Abend, um die Pisten dichtzumachen. Und da ich Ski fahre wie ein Besenstiel, ist er immer ganz langsam gefahren.«

Ein solches Feingefühl in den Reihen der kasernierten Bereitschaftspolizei hätten Sie nie vermutet. Ach, eines solch reizenden Verhaltens wäre der widerwärtige Engerling nicht fähig!

»Du würdest nie erraten, was in seinem Brief drin war«, gesteht Joséphine schließlich.

Kleine Kreuze, die Küsse darstellen? Ein mit rotem Filzstift gemaltes Herz? Sein Foto, das ihn im Kampfanzug zeigt, worin er aussieht wie ein japanisches Insekt?

»Ein kleines Sträußchen getrockneter Blumen.«

Sie glauben, nicht recht gehört zu haben. Getrocknete Blumen im Jahre 1985? Von einem Polizisten?

»Und du? Bist du verliebt?«

»Bist du wahnsinnig? Er ist nur so ein Freund. Ich gehe mit Marc.«

Ja leider.

Denn instinktiv ist Ihnen dieser zartbesaitete Polizeimensch viel lieber. Was die Formel »nur so ein Freund« betrifft, so bedeutete es zu *Ihrer Zeit* etwas anderes, als nur »Hallo, da bin ich, schöne Grüße«, wenn ein Mann einem jungen Mädchen getrocknete Blumen schickte. Etwas nachdenklich stellen Sie fest, daß die Rituale des Werbens sich ausgerechnet in den Reihen der kasernierten Bereitschaftspolizei erhalten haben. Das hätten Sie nie vermutet.

Danach vergessen Sie die Geschichte.

Zumal Joséphine sehr nervös ist. Der Komantsche hat beschlossen, das Geigenspiel sausenzulassen. Zugunsten der Informatik.

Klein-Schätzchen befürwortet diese Entscheidung nicht. Daran sind seine Eltern schuld, klagt sie, echte

Flachköpfe, die nur von Zukunftsberufen und Zukunftsinvestitionen sprechen.

Sie enthalten sich der Meinung und mischen sich lieber nicht ein. Sie hoffen mit großer Hartnäckigkeit, daß der Engerling aus dem Leben Ihrer Tochter verschwinden möge, noch bevor er Gelegenheit hat, einen Computer anzurühren.

Eines Sonntags klingelt es an der Tür. Sie öffnen. Ein baumlanger, kurzgeschorener Kerl verlangt Joséphine. Sie ist mit Freundinnen im Kino – einen jener Horrorfilme ansehen, die die Massen beglücken, die Sie aber daran hindern würden (wenn Sie sich solche Filme antäten), allein in Ihrem Landhaus zu schlafen. Der schlanke Koloß scheint niedergeschlagen.

»Dabei hatte ich ihr geschrieben, um ihr zu sagen, daß ich komme«, sagt er traurig, »aber sie hat nicht geantwortet.«

»Joséphine antwortet nie auf Briefe«, sagen Sie freundlich, um den Unglücklichen zu trösten.

Sie haben kapiert, was läuft.

»Kommen Sie aus Chamonix?«

»Ja, Madame. Ich verbringe den Tag in Paris und hätte mich gefreut, Ihre Tochter zu sehen . . . mit Ihrer Erlaubnis«, fügt er höflich hinzu.

Ihre Meinung über die gefürchtete Bereitschaftspolizei bessert sich von Sekunde zu Sekunde. Sie nehmen sich fest vor, niemals mit Straßenpflaster nach ihnen zu werfen, egal wie die Umstände auch sein mögen. Diesem verdammten Komantschen wäre es nie eingefallen, Sie um Erlaubnis zu bitten, Ihr Kleines Schätzchen zu entführen.

»Joséphine kommt gegen fünf zurück.«

»Ich komme noch einmal vorbei, wenn ich darf.«

»Es wäre besser, wenn sie vorher anrufen würden, Joséphine ist nicht besonders pünktlich.«

Der große Kerl grüßt wieder sehr höflich und macht kehrt – die Treppe bebt unter seinen martialischen Schritten.

»Wer war das?« fragt der Mann, der gerade friedlich seinen Kaffee trinkt.

»Einer von der kasernierten Bereitschaftspolizei.«

»Wie bitte?« ruft der Mann empört. »Was wollte der? Ich frag' mich, ob die Bullen das Recht haben, einen am Sonntag zu Hause zu stören. Gib mir die Telefonnummer meines Rechtsanwalts.«

»Immer mit der Ruhe. Das war ein Polizist, der unsere Tochter sehen wollte«, sagen Sie in schelmischem Ton.

Wie erwartet versteinert sich die Miene des Mannes. Und dann explodiert er.

»Was hat sie bloß wieder angestellt, die kleine Hexe? Sie ist doch minderjährig. Der muß mit mir reden. Ich sag dir doch: Gib mir die Telefonnummer des Anwalts.«

Es wird Zeit, den Vater zu besänftigen, ehe er ganz rot wird, einen wahnsinnigen Wutanfall bekommt und in sein Büro stürmt, um dem Polizeipräfekten, dem Innenminister und dem Präsidenten der Republik sein Mißfallen per Telex mitzuteilen.

»Reg dich doch nicht auf. Das ist ein Polizist, den Joséphine im Gebirge kennengelernt hat: Er war dort als Retter in der Not tätig, mit einem Fäßchen Rum um den Hals. Mir scheint, er empfindet so etwas wie ein Gefühl für unser Schätzchen.«

»Du willst sagen, daß ein Bulle in meine Tochter verliebt ist?«

Sie können der Verführung nicht widerstehen. Verzeihung, liebes Jesukind, für das nicht gehaltene Versprechen.

»Auf jeden Fall schreibt er ihr und schickt ihr getrocknete Blumen.«

Dem Mann bleibt der Mund offenstehen. Ein wenig Kaffee rinnt ihm über das Kinn.

»Getrocknete Blumen? Du behauptest, daß ein Bulle durchs Gebirge zieht, um Blumen zu pflücken, die er dann trocknet und meiner Tochter schickt?«

»Na und? Hinter ihren Schildern und Schlagstöcken haben die auch ein Herz. Der da scheint mir besonders romantisch veranlagt.«

»Ich habe schon einen Schwiegersohn, der fast in die Snobistenschule für höhere Verwaltung gegangen wäre. Ich will nicht auch noch einen Bullen als Schwiegersohn.«

»Erlaube mir, dich daran zu erinnern, daß Joséphine sechzehneinhalb ist und noch viel Zeit hat, um sich in einen Pazifisten, einen Flugkapitän, einen Motorradrennfahrer, einen Leutnant der Kavallerie zu verlieben, ganz zu schweigen vom türkischen Straßenarbeiter, der in dieser Woche hier vor dem Haus mit seinem Preßlufthammer arbeitet.«

Als Sie dann Klein-Schätzchen nach ihrer Rückkehr aus dem Kino eröffnen, daß der entzückende Vertreter der Republikanischen Sicherheitskräfte sie um fünf anrufen wird, zeigt sie sich etwas zurückhaltend.

»Nein! Sag ihm, ich sei noch nicht zurück und ich käme nicht vor ...«

»Warum? Ich dachte, er sei ein lieber Freund!«

»Ja, aber der läßt ja nicht mehr locker. Und Marc wird motzen!«

O Gott, auch das noch: Klein-Schätzchen ist dem Engerling treu!

Der unglückselige Polizist (den Sie zu mögen anfingen) rief erfolglos an, schrieb weitere Briefe, die Joséphine nicht beantwortete, und schließlich kapitulierte er. Schweigen kam von den Bergen. Aber Klein-Schätzchen verwahrte ihre getrockneten Blumen sorgfältig in ihrer Geheimschublade.

Und dann brach die Tragödie aus.

Kapitel 6

»Joséphine! Deck den Tisch bitte!«

Ganz im Gegensatz zu sonst erschallt kein genervtes »Jaaaah!«, das aus einer entfernten Gegend zu kommen scheint. Dabei sind Sie ganz sicher, daß Sie, trotz des höllischen Geklappers Ihrer alten Schreibmaschine, jemand haben kommen hören.

»Joséphiiiiiine!«

Schweigen.

Sie betreten ihr Zimmer. Dunkel. Niemand da? Sie machen Licht. Doch. Ein Häufchen Elend, ein Vogel mit gebrochenen Schwingen versteckt sich unter der Bettdecke.

»Was hast du denn?«

Wild abweisende Stimme unter der Bettdecke.

»NICHTS.«

Die ewige Angst, immer die gleiche, versetzt Ihnen einen Stich. Schwanger? Trotz der Pille ist Ihre Tochter schwanger! Wie üblich gerät Ihre Phantasie in Wallung. Gynäkologenbesuche. Unangenehme Verhandlungen. Wettrennen gegen die Uhr. Eine grausame Entscheidung, die getroffen werden muß. Schauderhafter Eingriff. Zum Glück sind die Dinge nicht so brutal wie früher. Aber dennoch dramatisch. Sie können nicht umhin zu flüstern:

»Bist du schwanger?«

Die Bettdecke zuckt wütend mit den Schultern. Es muß wohl doch eine fixe Idee bei Ihnen sein.

Die barmherzige Hand der Krankenschwester-Mama versucht Klein-Schätzchens Stirn zu ertasten. Aber die Bettdecke wehrt sich, und es taucht ein schmerz- und haßerfülltes Gesicht auf.

»Kann man denn in diesem Haus nie in Ruhe gelassen werden?« schreit das Süße Juwel Ihrer alten Tage hysterisch.

Sie ziehen sich so würdevoll wie möglich zurück. Sie wagen es nicht einmal, einem so offensichtlich verstörten Wesen die Möglichkeit, eine warme Suppe zu essen, vorzuschlagen. In Ihrem Rücken hören Sie, wie der Schlüssel im Schloß gedreht wird. Und ein Schluchzen. Herzzerreißend.

Klein-Schätzchen weist alle Symptome akuten Liebeskummers auf. Darüber sind Sie nicht verwundert. Den Engerling-Komantschen mit der dunklen Brille haben Sie seit vierzehn Tagen nicht gesehen.

Beim Abendessen erkundigt sich der Mann besorgt nach seiner Jüngsten, deren unterdrückte Schluchzer bis ins Eßzimmer dringen.

»Um Gottes willen, was hat sie bloß?«

»Liebeskummer, denke ich!«

»Ach so!« sagt der Mann, den diese Erklärung offenbar erleichtert. »Aber das ist doch kein Grund, wie ein Wolf zu heulen. Töchter erziehen ist wirklich eine Plage.«

»Du hast wohl nie Liebeskummer gehabt, wie?«

»Nein«, antwortet der Mann belustigt, »alle Welt weiß, daß ich eine vertrocknete Brotkruste anstelle des Herzens habe.« (Und ein Computergedächtnis. Diesen Vorwurf haben Sie ihm nämlich vor fünfzehn Jahren einmal gemacht.)

»Du würdest wohl keine Träne vergießen, wenn ich dich verlassen würde.«

»Das ist offenbar eine Manie bei dir, daß du mich verlassen willst!« bemerkt der Mann erheitert und läßt dabei kein Auge vom Fernsehapparat.

»So alt bin ich ja schließlich nicht. Ich könnte mich sehr wohl unsterblich in einen anderen Mann verlieben.«

Der Mann lächelt, diesmal findet er Sie richtig komisch: Das bringt Sie um. Es gibt Augenblicke, wo Sie bereit wären, fünf Jahre Ihres Lebens zu geben, wenn Sie zehn Jahre jünger und sieben Kilo leichter wären, das Gesicht von Marylin Monroe hätten und dazu den Mut, mit einem Olympiasieger im Schlittschuhlaufen durchzubrennen. Aber Sie sind wie Klein-Schätzchen – leider. Nämlich treu.

Es ist schon spät in der Nacht. Joséphines Schluchzen kommt nach wie vor aus der Bettdecke. Sie bereiten einen riesigen Orangensaft und klopfen ganz sanft an die Tür. Welche geöffnet wird. Verzweiflung macht durstig. Klein-Schätzchen stürzt sich auf das kühle Getränk. Das nutzen Sie, um sich auf ihr Bett zu setzen.

»Willst du mir nicht sagen, was los ist?« Ihr Gesicht wird wieder verschlossen.

»NICHTS IST!«

»Du weißt, daß du immer mit mir reden kannst, wenn du willst und wann immer du willst«, fahren Sie fort, das perfekte Bild der modernen Mutter, wie Sie meinen.

Ein verstocktes Schweigen ist die einzige Antwort.

Am nächsten Morgen geht Joséphine mit aufgelöstem Gesicht, verquollenen Augen, zerzaustem Haar und schlampig gekleidet zur Schule. Daran erkennen Sie, wie ernst die Lage ist.

Im gleichen Zustand kommt sie nach Hause zurück.

Schließt sich in ihrem Zimmer ein. Weigert sich zu essen. Schluchzt. Und so weiter.

»Soll dieser Zirkus noch lange dauern?« knurrt der Mann pro forma – denn Sie wissen, daß sein zur vertrockneten Brotkruste zusammengeschrumpftes Herz es nicht erträgt, wenn Klein-Schätzchen weint.

Das beängstigendste Symptom der Liebeskrankheit ist, abgesehen vom totalen Verschwinden des Komantschen, die Tatsache, daß Klein-Schätzchen nicht einmal mehr mit ihren geliebten Freundinnen am Telefon sprechen will. Sag ihnen, ich sei krank, haucht sie mit ersterbender Stimme. Dafür versuchen Sie, die Freundinnen auszufragen. Weißt du etwas, Stéphanie? Seit drei Tagen macht mir Joséphine Sorgen. Aber sie stecken unter einer Decke, da ist nichts zu machen. Nein, Madame, wir wissen nichts, antwortet Stéphanie mit Grabesstimme. Im übrigen meidet die Clique das Haus, vermutlich um Klein-Schätzchens Verzweiflung zu respektieren. Und diese ungewohnte Stille hindert Sie am Arbeiten.

Also warten, wie üblich.

Nicht lange.

Anruf vom Sekretariat der Schule. Madame, der Direktor möchte Sie so schnell wie möglich sprechen. Schon wieder! Diesmal kommen Sie nicht so glimpflich davon: Dieser Anruf bedeutet Rausschmiß.

»Weißt du wirklich nicht, was der Direktor mir mitteilen will?« fragen Sie Joséphine vollkommen verstört.

»Nein«, lügt sie mit niedergeschlagenen Augen.

Wieder einmal gehen Sie zur Schule mit einem häßlichen Zwicken im Magen, mit zitternden Beinen und feuchten Händen. Der Direktor empfängt Sie noch kühler als sonst, wenn das überhaupt möglich ist.

»Wissen Sie Bescheid?«

Worüber denn, um Gottes Willen?

»Joséphine geht es zur Zeit nicht sehr gut«, stammeln Sie. »Ich muß mit ihr zum Arzt.«

»Ach«, antwortet der Direktor, »ich glaube nicht, daß es in diesem Fall nötig ist. Ich stelle fest, daß Sie nicht wissen, daß Joséphine bei einer jüngeren Schülerin, Violette Brun, handgreiflich wurde und versucht hat, sie zu ertränken: Sie hat ihr den Kopf in die Kloschüssel gedrückt. Zum Glück konnte eine Aufsicht rechtzeitig einschreiten.«

Und wer schreitet jetzt ein und bewahrt Sie vor einer Ohnmacht? Ihr so sanftes, so zärtliches, so entzückendes Klein-Schätzchen in eine wahnsinnige Mörderin verwandelt!

»Unglaublich ... Normalerweise hat meine Tochter nicht einen so ... hm ... so heftigen Charakter«, bringen Sie stammelnd hervor. »Vielleicht wurde sie provoziert?«

»Vielleicht«, antwortet der Direktor kühl. »Aber wo kämen wir hin, wenn unsere Schüler alle versuchen würden, sich gegenseitig im Klo zu ersäufen? Ich möchte Ihnen nicht verhehlen, daß der Lehrerrat zusammengetreten ist und daß wir ins Auge fassen, Ihre Tochter von der Schule zu verweisen ...«

Da haben wir den Schlamassel. Schande aller Schanden. Wie werden Sie mitten im Schuljahr eine neue Schule auftreiben. Unmöglich. Vor allem mit den Noten Ihres Faultiers, das sich plötzlich auch noch als Furie entpuppt. Das Schuljahr können Sie wohl in den Kamin schreiben. Und sich auf ein Repetentenjahr gefaßt machen. Und so weiter. Sie verlieren jegliche Würde. Sie flehen den Direktor an. Es handelt sich sicherlich um eine Dummheit, um ein Kindergebalge, um eine unüberlegte Handlung. Die Zukunft Joséphines darf deshalb nicht endgültig verbaut sein. Sie wollen ganz ernst mit ihr reden. Sie versprechen es. Sie schwören es. Sie steigern sich in Ihr Plädoyer, als ginge es um Ihr Leben und als müßten Sie beide, Sie und Joséphine, zur Guillotine schreiten.

Der Direktor läßt sich erweichen. Vielleicht befürchtet er auch nur, daß Sie in seinem Büro einen Sitzstreik veranstalten. Der Gedanke ist Ihnen gar nicht so fern. Gut. Er ist bereit, dieses Pantherweibchen an seiner Schule zu behalten, unter der Bedingung, daß seine Umgangsformen sanfter werden. Und daß Joséphine sich, was die Arbeit betrifft, ein wenig zusammenreißt, wenn er schon einmal dabei ist. Auf Wiedersehen, Madame.

Im Augenblick, wo Sie sich auf- und davonmachen wollen – nichts wie weg, womöglich ändert er seine Meinung –, ruft er Sie noch einmal zurück. Ihr Herz bleibt stehen. O Gott, er hat es sich anders überlegt!

»Ich fürchte«, erklärt der Direktor, »der junge Mann, von dem wir letztes Mal sprachen, übt nach wie vor einen schlechten Einfluß auf Ihre Tochter aus. Sie sollten wirklich versuchen einzuschreiten.«

»Ich habe es versucht, aber es gelingt mir nicht«, gestehen Sie.

»Ich weiß, Madame«, seufzt nun der Direktor. »Nicht nur, daß ich diese Schule leite . . . ich habe auch noch drei Töchter!«

Ganz offensichtlich machen ihm diese drei Töchter soviel Sorgen wie die ganze Schule. Sie schauen ihn an. Ein Hauch von Verständnis schwebt im Raum.

»Viel Glück, Herr Direktor«, flüstern Sie und machen lautlos die Tür hinter sich zu.

Joséphine kommt zum Mittagessen nach Hause. Oder vielmehr, sie schwebt herein wie der Geist der Weißen Dame mit dem Messer in der Brust.

»Komm in mein Arbeitszimmer, ich muß mit dir reden«, verkünden Sie mit jener Eisesstimme, die sich als Tonträger für den mütterlichen Satz Nr. 2 eignet.

Klein-Schätzchen wird blaß, aber schreitet erhobenen Hauptes zum hochnotpeinlichen Verhör.

»Was soll diese Geschichte? Wieso hast du in der Schule einem Mädchen den Kopf ins Klo getaucht?«

»Weil Sie's verdient hat, diese Schlampe!« ruft Joséphine mit vorwurfsvoll bebender Stimme.

Der Märtyrerausdruck ist aus ihrem Gesicht gewichen. Ihre Augen schleudern Blitze. Nemesis zückt das Schwert der Rache.

»Und was hat sie getan, um eine solche Behandlung zu verdienen?«

»Sie hat was mit Marc und erzählt überall herum, daß Marc nur sie liebt und daß ich mich an ihm festkralle.«

»Und das stimmt nicht?«

»Nein! Nein!«

Klein-Schätzchen wühlt aufgeregt in ihrer Tasche herum, zieht ein zerknülltes Papier hervor. Sie lesen die von bekannter Analphabetenhandschrift gekritzelte Botschaft:

»Dumme Ziege . . . ich liebe nur dich, du machst mich wahnsinnig!«

»Siehst du!« erklärt Joséphine triumphierend.

Sie fühlen sich plötzlich sehr alt. Sanft sagen Sie: »Bist du sicher, daß er der andern nicht dasselbe schreibt?«

»Sie ist dreizehneinhalb! Ein Kind! *Sie* krallt sich an ihm fest. Außerdem würde er mir die Wahrheit sagen.«

Oh! Mein armer Goldschatz!

Sie setzen Ihre böse Erwachsenenarbeit fort.

»Die Jungen, beziehungsweise die Männer, lügen manchmal, weißt du.«

Joséphine schaut Sie entsetzt an. Armes Äpfelchen. Leidenschaftlich, eifersüchtig, leichtgläubig. Am liebsten möchten Sie sie in die Arme nehmen und ihr das Leben erzählen. Aber die Liebeserfahrung kann nicht weitervermittelt werden, das wissen Sie ja, und Ihr kleines Mäuschen muß die Feuerprobe allein bestehen.

»Also hör mal«, sagt der gerechte Richter, der an Ihrem Platz hinter dem Schreibtisch sitzt, »du bist besser als ich in der Lage, Marcs Charakter zu beurteilen. (Etwas Verlogeneres als Sie gibt es selten!) Aber ich bitte dich um zwei Dinge. Erstens, daß du diese Violette Dingsda nicht mehr angreifst, ansonsten fliegst du von der Schule. Ich mußte dem Direktor heute morgen quasi die Füße küssen, damit sie dich behalten. Und zweitens rate ich dir dringend, den Versuch zu machen, klarsichtig zu sein. (Was erzählen Sie denn da? Wer ist schon klarsichtig in der Liebe? Aber nichts wie raus mit den schönen Sätzen, die gehören zu Ihrer Mutterrolle, wie Sie sie sich vorstellen, und wie der Dichter sagt, ›unnütze Gesänge sind die schönsten‹ und so weiter). Wenn du feststellst, daß dein Komantsche, ich meine Marc, ein anderes Mädchen dir vorzieht, dann mußt du lernen, eine Liebesaffäre elegant abzubrechen. Es ist sehr wichtig ... daß man nicht wie eine Bandnudel festklebt an jemand!«

»Ich klebe nicht wie eine Bandnudel an Marc!« brüllt Joséphine, die wahnsinnig ist vor Wut. »Er liebt mich. Aber das kannst du natürlich nicht verstehen!«

»Warum denn nicht?«

»Du bist nie verliebt gewesen. Du hast Papa geheiratet und damit basta!«

Wie kann eine Mutter ihrer Tochter erzählen, daß auch sie tagelang im Bett gelegen hat bei geschlossenen Fensterläden, das Ohr auf dem stummen Telefon wie eine Muschel auf ihrem Felsen. Daß auch sie auf ein Läuten gewartet hat, das nie kam. Daß besagte Mutter jeglichen

Stolz verlor und entgegen ihren derzeitigen weisen Reden über die Klarsicht und die Würde und den ganzen Krempel keineswegs eine elegante Trennung vollzog, sondern sich einem langen, arroganten Kerl vor die Füße warf, um ein freundliches Wort zu erbetteln? Wie kann die Mutter ihrer Tochter erzählen, daß sie stundenlang in der Nähe einer Metrostation herumschlich in der Hoffnung, *Ihn zufällig* zu treffen! Und daß sie morgens um zwei auf einer Bank sitzend das Licht in seinem Zimmer beobachtete. Nein, solchen Wahnsinn brauchen Sie dem jungen Mädchen, das vor Ihnen steht, nicht zu erzählen. Sie würde Ihnen nicht glauben. Sie sind keine Frau. Sie waren niemals ein schwärmerisches junges Mädchen, von Leidenschaft zernagt. Sie sind ihre Mutter. Ein Granitblock, der sich niemals zu so unvernünftigem Verhalten hat verleiten lassen.

Hingegen tröstet es Sie ein wenig, festzustellen, daß es doch immer wieder das alte Lied ist, auch wenn Ihnen die Beziehungen zwischen den Jugendlichen manchmal bizarr erscheinen. Leidenschaft. Eifersucht. Lügereien. Tränen. Und so weiter. Da befinden Sie sich wieder auf vertrautem Boden.

Klein-Schätzchen schwört Ihnen, daß sie ihre Eifersucht im Zaum halten wird (Sie glauben kein Wort: Noch nie haben Sie einen Eifersüchtigen erlebt, der fähig war, seine Eifersucht im Zaum zu halten) und daß sie *auf jeden Fall* keinen Versuch mehr unternehmen wird, ihre Rivalinnen schmählich zu ertränken.

Joséphine hat Wort gehalten.

Sie haben nie wieder ein Wort über Violette Dingsda gehört.

Auch nicht über den Engerling.

Er sucht Ihre Flure und das Zimmer Ihrer Kleinen nicht mehr heim. Er ruft nicht einmal mehr zur Abendessenszeit an. Das lebensgroße Poster hat eine rächende Hand von der Tapete gerissen.

Klein-Schätzchens Kummer tut Ihnen in der Seele weh. Es fällt Ihnen schwer, sie nicht in den Arm zu nehmen und zu streicheln. Sie wissen, daß sie Sie wegstoßen würde. Also geben Sie sich gleichmütig.

Selbst dann, wenn sie sich weigert, zu Abend zu essen und sogar einen Joghurt zurückweist.

Selbst wenn sie in der Badewanne – die keine Duftkerze mehr beleuchtet – in Tränen ausbricht.

Selbst am Tag, als sie hysterisch schreit:

»Ich hasse ihn! Ich hasse ihn!«

»Jaja, du hast recht, aber beruhige dich!«

»Weißt du, was er getan hat? Er wurde gesehen, wie er in den Anlagen vor dem Louvre Geige spielte, und SIE hat gesammelt.«

Klein-Schätzchen bricht heulend auf ihrem Bett zusammen und zerbeißt wütend ihr Kopfkissen.

Die Freundinnen kommen Joséphine besuchen, als wäre sie schwer krank. Es wird intensiv getuschelt. Ewig neugierig, führen Sie ein aufmerksames Ohr vor ihrer Tür spazieren. Sie hören Dinge wie: »Laß doch diesen Arsch endlich sausen ...!« – »Bist du denn wahnsinnig, daß du immer noch an ihn denkst? ...« – »Ein linker Typ!« – »Er hat dich fallenlassen, dieses Schwein, und du willst es nicht sehen, du dumme Pute!«

Sie eilen zum Bäcker, kaufen für diese vernünftigen und grausam ehrlichen jungen Damen Berge von Croissants und servieren ihnen dazu heiße Schokolade. Sie haben viel Erfolg damit. Sie hören sogar Joséphine lachen.

Eines Abends dann, und wie gehabt während der Nachrichten, ruft der Komantsche vom Stamm der dunkelbebrillten Engerlinge an. Ärgerlich haben Sie den Hörer abgehoben. Seine Stimme klingt ängstlich. Zu Recht. Am liebsten würden Sie ihn gemein schimpfen, brutal wieder einhängen, ihn von fern mit der Telefonschnur erwürgen. Aber es gelingt Ihnen, höflich zu bleiben, und Sie teilen Joséphine mit, daß der Verräter am Apparat ist.

Klein-Schätzchen beißt die Zähne zusammen.

»Sag ihm, daß ich ihn nicht sprechen will.«

Bevor sie Zeit hat, sich umzubesinnen, schießen Sie auf das Telefon los und geben die Information weiter. Und zack, hängen Sie wieder ein.

Sie wissen, daß es nicht richtig ist. Papa Freud und Konsorten würden Sie rügen und Ihnen zum Vorwurf machen, daß Sie sich zu sehr in die Liebesgeschichten Ihrer Tochter einmischen. Und daraus würden sie ihre üblichen, gräßlichen Schlüsse ziehen. Aber Mama Freud würde Sie verstehen. Und überhaupt: Sie sind einfach zu glücklich, diesen Engerling mit Kreppsohlen los zu sein. Zumal nach diesem Eklat und ein paar Tagen des dumpfen Leidens die Schwerkranke plötzlich wieder munter und entschlossen wird:

»Mit den Jungs bin ich fertig!« erklärt sie mit jener Überzeugtheit, die den Charme der jungen Leute ausmacht. »Jetzt werde ich mich meiner Arbeit widmen.«

Sie gratulieren ihr zu diesem Entschluß.

Ohne sich jedoch allzuviel Hoffnungen zu machen.

Kapitel 7

»Habt ihr es schon bemerkt? Sie wollen gar nicht mehr gehen!«

»Wer?«

»Unsere Töchter. Unsere Nesthäkchen. Die zwischen sechzehn und dreiundzwanzig.«

Das Mittagessen mit den Freundinnen findet diesmal bei Cathérine statt. Sie hat eine Bezugsquelle aufgetan für junge Hausangestellte aus Mauritius, die ihr träge den Staub von einer Ecke in die andere schieben und fabelhafte Currygerichte kochen, die einem schier den Mund verbrennen.

»Vor zehn Jahren«, fährt Cathérine fort, »war Virginie, meine Älteste, wie eine Furie und wollte nichts als das Haus verlassen. Und nun muß ich sagen, daß Amélie, die zweite – sie ist dreiundzwanzig –, sich buchstäblich einnistet. Und Marie-Reur, die letzte, verschwendet überhaupt keinen Gedanken ans Ausziehen.«

»Es stimmt, auch meine kleine Anémone behauptet, sie sei bei ihren Eltern wahnsinnig glücklich, sie sehe überhaupt keinen Grund, weshalb sie woandershin sollte«, bemerkt Sophie.

Kaum zu glauben, was sie da erzählen.

Sie erinnern sich jetzt, daß Ältere Tochter mit fünfzehn nur eines im Sinn hatte: in die Dachkammer im sechsten Stock zu ziehen. In das sogenannte Dienstmädchenzimmer. Damals hatten Sie mit mütterlichem Schlüsselsatz Nr. 1 geantwortet: »Wir werden sehen, mach erst mal dein Abitur!« Beim Gedanken, demnächst frei zu sein und fern vom widerwärtigen Komfort einer durch und durch bourgeoisen Wohnung, wo man unter der gluckenhaften Liebe einer Mutter (Sie!) erstickt und unter der (ziemlich laschen) Obhut des dekadent patriarchalischen Vaters (der Mann) schmachtet, hatte sich Justine plötzlich für eine brillante schulische Karriere entschieden und ihr Abitur mit Auszeichnung bestanden.

Als sie ihren Triumph vermeldete, war ihr einziger Kommentar zu Ihren entzückten Komplimenten: »Und wann kann ich jetzt da raufziehen?«

Sie geruhte jedoch, noch einige Wochen zu warten. So lange, bis das Zimmer frisch gestrichen war. Bis ein Couchbett, ein hübscher Schreibtisch, ein Waschbecken, geblümte Gardinen und eine winzige Kochnische vorhanden waren. Ein *Dienstmädchenzimmer,* gewiß, aber im *Schöner-Wohnen*-Stil.

Als das letzte Kissen auf dem Bett lag, kletterte Justine hinauf mit zwei Koffern voller Kleider, ihren Lieblingspostern und einer Stereoanlage, deren Lärm die spanischen Zugehfrauen, die die Etage bewohnten, in Aufruhr versetzte.

In der ersten Nacht, die Ältere Tochter außerhalb des Familiennestes verbrachte, war der Mann deprimiert. Der Erzeuger Ihrer Kinder ist ein Patriarch, der seinen Clan eng um sich herum spüren möchte. »Sie ist doch nicht weit! Nur zwei Etagen über uns.«

Der Mann war untröstlich. Zernagt von Zweifeln an sich selbst.

»Glaubst du, daß ich ein schlechter Vater gewesen bin?«

»Bestimmt. Und ich eine schlechte Mutter. Wie du weißt, ist es derzeit Mode zu meinen, daß es nur schlechte Eltern gibt. Entweder du tust zuviel, oder du tust zuwenig. Aber falsch machst du es sowieso.«

»Warum will sie uns denn unbedingt verlassen?« jammerte der Gefährte Ihres Lebens.

»Der Wind der Freiheit bläst unsere Kinder davon. Aber mach dir keine Sorgen: Es ist, als ob sie in einem Nebengebäude wohnen würde.«

Diese Annahme war falsch. Nicht Justines Zimmer wurde zu einem Nebenraum Ihrer Wohnung, Ihre Wohnung wurde zur Dependance, einer Dependance von Justines Zimmer.

Zunächst nahm sie ein paar Kleinigkeiten aus dem Salon mit hinauf.

»Da stehen ja meine Vase aus den dreißiger Jahren und mein silberner Becher!« riefen Sie anläßlich eines Besuches, den Sie ihr deshalb abstatteten, weil Sie ihr Besen und Scheuerlappen hinaufbringen wollten. (Mit einer gewissen Boshaftigkeit, das müssen Sie gestehen. Der Gedanke, Justine würde nun täglich mit den lästigen häuslichen Arbeiten konfrontiert, entzückte Sie.)

»Du wirst doch wegen einer Vase und einem Becher kein Drama machen! Ich finde sie hinreißend, und du schaust sie sowieso nie an.«

Das absolut bürgerliche Ansinnen auf Herausgabe haben Sie bald fallengelassen.

Da das Zimmer im sechsten Stock keine Dusche hatte, war vorgesehen, daß Ältere Tochter zu diesem Behuf regelmäßig herunterkommen sollte. Was zu jeder Tages- und Nachtzeit geschah.

Sie haben sich lange die Frage gestellt, ob Justine nicht

wie im Krimi ein Fernglas mit Infrarotlicht besaß oder Wanzen installiert hatte, um Ihre Wohnung zu überwachen. Sobald Sie nämlich das Haus verließen, um einzukaufen oder Mittagessen zu gehen, hopp! schon belegte sie das Badezimmer mit Beschlag.

Sie kamen nach Hause und entdeckten überall riesige Wasserpfützen; die Handtücher der Familie waren allesamt klatschnaß, was Sie überrascht registrierten. Dasselbe Gefühl überkam Sie vor dem offenen Kühlschrank.

Beim Vorbereiten des Abendessens stellten Sie nämlich fest, daß kein Tropfen Milch, kein Stückchen Butter, kein einziges Ei mehr vorhanden waren. Also nichts wie los zum Milchmann, der gerade seinen Laden dichtmachte.

»Wo willst du hin?« rief der Mann hinter seiner Zeitung hervor.

»Eier holen für ein Omelett.«

»Hättest du nicht früher dran denken können?«

»Deine geliebte Ältere Tochter hat den Kühlschrank ratzekahl geleert.«

Der Mann schwieg. Solche Essensbeschaffungsprobleme gingen den Patriarchen nichts an.

Der Lebensmittelhändler hatte schon geschlossen.

Also blieben drei Möglichkeiten: In den nächsten *Drugstore* zu laufen, um Eier zum Preis von Kaviar zu kaufen. Oder eine tiefgefrorene Pizza in den Ofen zu schieben – ein vom Mann besonders gehaßtes Gericht. Oder Ihrer lieben Concierge ein paar Ravioli abbetteln – sie wurde im ganzen Haus Mama Ravioli genannt, denn sie machte besonders leckere, deren Duft das ganze Viertel hungrig machte.

Mit Ihrer Beute kamen Sie wieder herauf und schworen, am nächsten Tag für den Kühlschrank ein Vorhängeschloß zu kaufen. Sie haben es nie getan. Sie sind einfach nicht herzlos genug, um Ihr Kind verhungern zu lassen.

Sie haben sich damit begnügt, gut sichtbar einen Zettel mit folgendem Text auf die Joghurtbecher zu legen: »Das gefräßige Gespenst wird gebeten, den Insassen dieser Wohnung genügend Lebensmittel für das eigene Abendessen zurückzulassen.«

Das Gespenst antwortete nicht. Vermutlich konnte es nicht schreiben. Aber Ihre Lebensmittel verschwanden nur noch zur Hälfte. Halbe Flasche Milch, halbes Paket Butter, Hälfte der Eier, Hälfte vom Gemüse. Kurz, ein zufriedenstellendes Arrangement. Vorausgesetzt man plante immer mit ein:

1. daß der Mann, kaum war er abends zur Tür herein, gemessenen Schrittes die Küche ansteuerte, wo er prüfte, ob nicht irgendeine Kleinigkeit (ein Stückchen Käse, Schinken, ein Rest Huhn) seinen Vorhunger lindern könnte.

2. daß Joséphine gern unerwartet ihre ganze Klasse zum Nachmittagskaffee einlud, wo dann die jungen Geschöpfe sich über alles hermachten, schlimmer als eine Armee von Wanderameisen – nach dem Überfall blieb keine Butter, kein Brot, keine Schokolade und keine Orange mehr übrig.

3. daß Justines Schattenmeute dazu neigte, nachts über Ihre Küche herzufallen. Während Sie schliefen, erbeutete sie Zucker, Zwieback und Kaffee.

Eines Tages beschlossen Sie, im Wäscheschrank eine in Plastikdosen verstaute Überlebensration zu verstecken. Diese Methode machte es möglich, der Familie Frühstück und Abendessen zu sichern. Sie verhinderte jedoch nicht, daß Sie täglich zum lastenschleppenden Muli wurden, das seinen ständigen Weg zwischen dem Lebensmittelhändler um die Ecke – Sie sind seine beste Freundin! – und Ihrer Wohnung blindlings fand. Wenn Sie einmal die Rechnung aufgestellt hätten, wieviel Tonnen Eßwaren

Sie jeden Monat schleppten, wäre manch ein Bergwerkskumpel erstaunt gewesen.

Das Gespenst der Älteren Tochter haben Sie bei seinen Streifzügen durch Küche oder Bad nie erwischt; neben der Waschmaschine hingegen nahm es stundenlang Gestalt an.

Die geliebte Justine stieg regelmäßig von ihrem Turm herab und schleppte riesige Mülltüten voller schmutziger Wäsche herbei. Darunter ihre eigene. Vor allem aber die der Freundinnen und Freunde, die zufällig vorbeikamen und deren Eltern offenbar keine Waschmaschine besaßen oder aber ihren Sprößlingen den Zugang zu diesem Gerät verwehrten.

Nach einem flüchtigen Küßchen (falls Sie unglücklicherweise zu Hause waren) setzte sich Ältere Tochter fröhlich in die Küche. Brumm, brumm, brumm, schon schnurrte die Waschmaschine. Und nicht nur für einen Durchgang. Ältere Tochter beaufsichtigte das Geschehen und bügelte flüchtig die Wäsche vom Vortag, während sie mit ein, zwei Freundinnen munter plauderte, welche ihr bei solchen häuslichen Arbeiten kettenrauchend Beistand leisteten.

Unglücklicherweise ist Ihnen der Geruch von kaltem Zigarettenrauch ein Greuel – ist es schon immer gewesen und wird es auch immer sein – und dem Mann noch viel mehr, da er ein konvertierter Nichtraucher ist. Aber Ihre Jung-Ökologin (eine Schande, der Tod eines Baumes!) war nichts gegen den Tod der Blätter des nach Nicot benannten Strauches – also wurde gequalmt ohne Unterlaß.

Sie haben es mit allen Mitteln versucht, sie daran zu hindern. Zunächst mit dramatischer Note:

»Du weißt, daß Tabak krebsfördernd ist.«

»Es ist mir absolut schnuppe, wenn ich krepiere und diese verrottete Welt verlasse.«

Also haben Sie's auf die nette Tour versucht.

»Sei lieb. Qualmt nicht die Küche voll, du und deine Freundin.«

»Ich kann doch meiner Freundin das Rauchen nicht verbieten. Seit Mai 68 ist es verboten zu verbieten, wie du weißt!«

Also blieb die humoristische Tour:

»Stört es dich, wenn ich *nicht* rauche?«

Ohne Erfolg. Übrigens ist Ihnen noch nie ein Raucher begegnet, der nicht empört ist, wenn man ihn daran hindern will, seine übelriechende Wolke in die Gegend zu blasen, ordinären Individuen ins Gesicht, die sein Laster nicht teilen.

Sie ahnten damals nicht, daß der gleiche Kampf mit Klein-Schätzchen von vorn beginnen würde. Wenn Sie's gewußt hätten, hätten Sie vielleicht damals schon klein beigegeben. Und erwogen, wie die Japaner mit einer Gasmaske auf der Nase zu leben. Zum Glück ist der Himmel den Müttern oft insofern gnädig, als er sie mit einer verbissenen Hartnäckigkeit ausstattet.

»Ich kann nicht anders, ich muß einfach rauchen«, gestand Justine, »sonst nage ich mir die Fingernägel ab.«

Und wer ist schuld, wenn sie sich die Nägel abbeißt?

Die Eltern!

Das werden alle Psys bestätigen.

Also bleibt Ihnen nichts anderes übrig, als die Klappe zu halten, wenn Ihr Kind raucht. Ende der Beweisführung.

Abgesehen von diesen Waschpartys sehen Sie Ältere Tochter kaum.

Nur am Sonntag, wo sie geruht, am Familienessen teilzunehmen, eine Gunst, die Sie ihr mit dem Satz entrissen haben:

»Komm doch am Sonntag zum Mittagessen, dein Vater würde sich freuen!«

Ihre physische Anwesenheit haben Sie zwar erreicht, aber Ihre geliebte Justine bleibt hartnäckig ausweichend, was ihre verschiedenen Aktivitäten betrifft.

Bis Sie eines Tages der Nachbar vom Landhaus im Périgord anruft, der den Auftrag hat, Ihre Schafe etwas zu beaufsichtigen, welche ihrerseits den Auftrag haben, die Wiese hinter der Garage kurz zu halten.

Ihre Schafe sind verschwunden. Oder vielmehr, sie sind von Mademoiselle Justine und deren Freunden in einem Lieferwagen abgeholt worden. Von lauter jungen Leuten mit langen Haaren und merkwürdigen Kleidern. Mit anderen Worten: Hippies. Die haben sogar Holzschuhe getragen! Worüber Ihr Nachbar, der Landwirt, sich schieflacht. Und in Holzschuhen hat diese ganze fröhliche Gesellschaft Ihre Schafe verladen.

Für eine Demo am Fuße des Eiffelturms.

Sie eilen zu besagter Demo. Natürlich erkennen Sie in der Menge von Schafen Ihre eigenen nicht, denn für Sie gibt es nichts, was einem Schaf ähnlicher sieht als ein anderes Schaf. Aber Sie erblicken Ältere Tochter in der ersten Reihe der Demonstranten. Sie trägt ein langes indisches Kleid und ein Stirnband, außerdem hält sie eine Tafel, auf der zu lesen steht: »Wir wollen in der Heimat bleiben.« Der Bezug zu Ihren Schafen bleibt Ihnen schleierhaft, und Sie fragen sich, welche Heimat gemeint ist, da Ihre Kinder, wenn überhaupt, dann Wurzeln in den verschiedensten französischen Provinzen haben.

Wie eine Wespe stürzen Sie sich auf Ihre Ältere Tochter.

»Warum hast du meine Schafe geholt, ohne mir ein Wort davon zu sagen?«

»Ich wollte es dir hinterher sagen«, antwortet Justine

etwas verlegen. »Aber hör bitte auf, von DEINEN Schafen zu reden. Eigentum ist Diebstahl, sagt Bakunin.«

»Nein, Proudhon!«

»Was, Proudhon?«

»Proudhon hat das gesagt, nicht Bakunin.«

Ältere Tochter zuckt die Schultern. Die historische Pingeligkeit ihrer Frau Mama geht ihr maßlos auf den Wekker. Justines Freunde stehen drohend um Sie herum. Es wird Ihnen klar, daß Sie in Ihrem kopierten Chanel-Kostüm ein widerwärtiges Sinnbild des Kleinbürgertums abgeben, das unfähig ist, für eine schlichte Demonstration seine Schafe zur Verfügung zu stellen.

»Ist dir bewußt, daß du diesen armen Tieren eine Fünfhundert-Kilometer-Reise im Lieferwagen angetan hast? Sie sterben vermutlich vor Durst, Hunger und Erschöpfung!«

»Von wegen. Wir haben Schäfer aus dem Larzac dabei, die sich sehr wohl um sie kümmern. Sie sind echt happy, deine Schafe. Die machen den Ausflug ihres Lebens. Zu Hause ist es ihnen langweilig. Ist dir das schon mal durch den Kopf gegangen? Auch Schafe könnten ja mal Lust bekommen, richtig einen draufzumachen!«

Auf eine Diskussion, ob Schafe die künftige Kundschaft der Reiseveranstalter abgeben könnten, lassen Sie sich lieber nicht ein. »Unsere Charterflüge zu den fetten Weiden Irlands ...« – »Entdecken Sie die kräuterduftenden Hügel des antiken Griechenland ...« und so weiter.

Als bürgerliche Schäferin in kopiertem Chanel-Kostüm und Stöckelschuhen laufen Sie Ihrer kleinen Herde nach und sorgen dafür, daß sie in scheinbar gutem Zustand wieder in den Périgord gelangt. Nur ein Schaf behielt sein Leben lang einen schiefen Kopf und einen depressiven Gesichtsausdruck. Paris und seine Polizisten, die es mit wehenden Pelerinen verfolgt hatten, waren ihm wohl nicht sehr gut bekommen.

Abgesehen von den praktischen Demonstrationen, besuchte Justine theoretisch die Vorlesungen im Institut für Politologie.

Sie stellen jedoch fest, daß die Gardinen ihres Zimmers tagsüber stets geschlossen und nachts geöffnet sind. Daraus schließen Sie, daß die Vorlesungen im Institut für Politologie fortan nachts stattfinden. Sie sind etwas erstaunt, aber Sie wundern sich über nichts mehr, was von der Hochschulbehörde kommt, über keine der unentwegten Reformen und Neuerungen. Ein Freund des Mannes jedoch, der selbst einen Lehrstuhl an besagtem Institut innehat, schwört Ihnen, daß die Lehrveranstaltungen immer noch zu den früher schon üblichen Tagesstunden stattfinden.

Im Augenblick, als Sie sie in der mildestmöglichen Tonlage um Rechenschaft bitten wollen, meldet Ihnen eine männliche Stimme am Telefon, Sie möchten Justine doch mitteilen, daß Boris sie zum geplanten Heiratstermin, also um siebzehn Uhr, am Standesamt von Issy-les-Moulineaux erwartet.

Was denn für einen Heiratstermin? Doch nicht für Ältere Tochter selbst? Dabei sind Sie eigentlich auf alles gefaßt. Der genannte Boris hängt ein, ohne ein Wort der Erklärung.

Um Ältere Tochter – die da oben in ihrem sechsten Stock kein Telefon hat – zu benachrichtigen, reißen Sie das Küchenfenster auf und schreien »JUSTIIIIIINE ... JUSTIIIINE ...« über den Hof. So lange, bis die Nachbarn ihre Fenster öffnen und im Chor schreien: »JUSTIIIINE ... Ihre Mama ruft Sie.«

Schließlich hört Ältere Tochter den Ruf trotz geschlossener Gardinen und offenen Diskussionen, die hinter denselben bei Stereomusik ablaufen. Und steckt den Kopf zur Luke heraus. Sie brüllen Ihre Botschaft hinauf, zur großen Freude der Nachbarn, die gern an Ihrem Familienleben teilhaben. Danach schließen alle die Fenster wieder.

Heute entscheiden Sie sich aber dafür, die zwei Etagen, die Sie von der Turmkemenate trennen, zu Fuß hinaufzuklettern.

Sie ist da, auf ihrem Bett kauernd, umgeben von ihren engsten Freunden. Der eine trägt Holzschuhe (gerne würden Sie zusehen, wie der hinter einem Bus herrennt, der Kerl!). Die kleine Gesellschaft schnattert und ist in eine Rauchwolke gehüllt, vor der selbst ein Dachs flüchten würde.

Sie packen das Thema ohne Umschweife an: Um wessen Heirat handelt es sich? Wer ist dieser Boris? Justine kugelt sich vor Lachen. Aber nein, meine arme Mama, ich doch nicht, ich heirate nicht. Du weißt, daß mir solche bürgerlichen Rituale zum Kotzen sind, die . . .

Bei der Gelegenheit erfahren Sie jedoch kunterbunt, daß Ältere Tochter ihr Studium der Politologie aufgegeben hat – das sowieso zu nichts führt, außer zur Perpetuierung einer Gesellschaft, die das Proletariat ausbeutet. Daß sie ab sofort die Assistentin des besagten Boris sei, Fotograf von Beruf. Daß ihre Arbeit – eine aufregend interessante Arbeit – darin besteht, die Fotoapparate von Boris zu schleppen und ihm bei seiner Hauptbeschäftigung behilflich zu sein: dem Herstellen von Fotos auf Vorstadthochzeiten. Auch als Straßenfotograf wird dieser Boris in der Folge tätig werden. Da dieser Beruf von den beiden Kompagnons ohne amtliche Genehmigung ausgeübt wird, werden Sie in den nächsten Monaten mehrmals dazu gezwungen sein, Ihre Justine in verschiedenen Polizeiwachen abzuholen, wo sie wegen illegaler

Berufsausübung auf offener Straße, wegen Nichtvorhandenseins von Ausweispapieren und Beschimpfung von Beamten festgehalten wird. Zu diesen Gelegenheiten ziehen Sie sich ganz schwarz an, um die Polizisten zu beeindrucken, und einmal hören Sie, wie ein Polizist zum andern sagt: »Ich hab's dir doch gesagt, daß das keine Zigeunerin ist!« – »Wie konnte ich das erraten, so wie die angezogen ist, und wenn sie sich weigert, ein Wort Französisch zu reden?«

Einmal mußten Sie einen guten Bekannten im Polizeipräsidium zu Hilfe rufen, um den Stolz Ihrer alten Tage vor dem Kittchen zu bewahren, denn sie hatte einen brutalen Versuch unternommen, einen Vertreter der Ordnung in seiner intimsten Sphäre anzugreifen. Wegen Ihres Einschreitens hat sie Ihnen heftige Vorwürfe gemacht. Ein Aufenthalt hinter kapitalistischen Gittern und eine anständige kleine Gefängnisrevolte mit ihr als Rädelsführerin fehlt ihr nun in ihrer politischen Erfahrung – und das ist Ihre Schuld.

Aber über Justines Liebschaften wissen Sie nichts. Absolut nichts. Zwar berichtet Ihnen Mama Ravioli vom ewigen Treppauf-Treppab junger Damen in indischen Gewändern und junger Männer (natürlich betont sie letztere), deren Holzschuhgeklapper die spanischen Hausangestellten in Wut versetzt. Aber Sie leben mit der Angst, daß Ältere Tochter eines Tages verschwindet beziehungsweise mit Ihren Schafen und einem langmähnigen Unbekannten in einer Kommune in der Ardèche untertaucht. Eines Tages jedoch eröffnet Ihnen die Concierge, sie habe mit eigenen Augen gesehen, wie Justine im Morgengrauen zur Mülltonne gegangen sei und einen riesigen Haufen männlicher Kleidungsstücke weggeworfen habe – lange Hose mit blumenbesticktem Aufschlag, tunesische Hemden, einen peruanischen Poncho, kiloweise Stirnbänder aus Perlen, eine griechische Umhängetasche und sogar ein Paar rote Holzschuhe. Mama Ravioli ist der Meinung, unter den Dächern habe sich eine Liebestragödie abgespielt.

Am darauffolgenden Sonntag erscheint Ältere Tochter am elterlichen Mittagstisch: blaß, verkrampft, stumm.

»Alles in Ordnung?« fragen Sie mit jener Honigstimme, von der Sie glauben, sie locke Vertraulichkeiten hervor. (Natürlich stets erfolglos!)

»Alles in Ordnung«, antwortet Ältere Tochter wie aus weiter Ferne.

»Keine Probleme?« wagen Sie noch hinzuzufügen, gewissermaßen auf mütterlichen Samtpfoten.

»Nee, wieso?« fragt Ihre vielgeliebte Justine aggressiv, als hätten Sie sie gerade des Handtaschenraubs bezichtigt. Schnell treten Sie den Rückzug an.

»Nur so. Du siehst ein bißchen blaß aus. Deshalb.«

Wer der Liebhaber war, der halbnackt und ohne Holzschuhe im Morgengrauen hinaus in die große Stadt flüchtete, werden Sie erst sehr viel später erfahren. Dessen Nachfolger werden Sie auch nur flüchtig zu Gesicht bekommen: einen hochkarätigen Trotzkisten, berühmter Verfasser von virulenten Flugblättern, die er in Ihrer Abwesenheit auf Ihrer alten, bürgerlichen Schreibmaschine tippt.

Eines Sonntags, als Sie gerade wehmütige Gedanken an die Inkommunikabilität der Generationen verschwenden, während Sie aus der Spülmaschine das Geschirr herausräumen, hören Sie plötzlich Ältere Tochter japsen:

»Mein Zimmer! Man hat mir MEIN Zimmer geklaut!«

Ogottogott!

Sie haben diese Woche in der Tat beschlossen, Justines verwaisten Jungmädchenbau in ein Arbeitszimmer zu verwandeln. Für Sie. Seit Jahren schon träumen Sie von einem Raum, in dem Sie in aller Ruhe arbeiten können, statt immer nur die Eßtischecke zu belegen, die Sie abends dann überstürzt räumen, bevor die geschätzte Familie nach Hause kommt.

Also haben Sie die Teddybären, den Tennisschläger, die Klassenfotos in den Schrank geräumt. Das weißlackierte Rattanbett haben Sie in den Keller verbannt. Und Ihre brave alte Reise-Olivetti haben Sie auf Justines Schülerinnenschreibtisch gestellt, mitsamt den Akten und den Papieren.

Der Traum Ihres Lebens hat sich endlich verwirklicht.

Aber Ältere Tochter hat dafür kein Verständnis.

»Mein Zimmer! Du hast mir mein Zimmer weggenommen«, jammert sie voller Verzweiflung.

»Da du dich seit mehr als einem Jahr im sechsten Stock niedergelassen hast und ich nie einen Platz zum Schreiben hatte, habe ich mir erlaubt, den Raum in ein kleines Arbeitszimmer zu verwandeln«, wehren Sie sich, und glauben, diese gesunde Logik sei einleuchtend.

Zu Ihrer großen Verwunderung ist Ihre junge Trotzkistin untröstlich.

»Du jagst mich aus dem Haus«, jault sie.

Mit Eifer versuchen Sie, sie zu beruhigen. Der Himmel ist Zeuge: Nie und nimmer wollten Sie Ihre Ältere Tochter aus dem Nest werfen. Aber da sie doch glücklich – oder zumindest scheinbar glücklich – in einem ganz eigenen Zimmer zwei Etagen höher wohnt, haben Sie gedacht, Sie könnten ihr Kinderzimmer benutzen.

Sie haben falsch gedacht. Das Gejammere Ihrer Ältesten steigert sich noch. Aus ihrem unzusammenhängenden Vortrag glauben Sie zu entnehmen, daß sie ausgezogen ist, ohne richtig auszuziehen. Wie in einer Scheidungskomödie. Daß ihr richtiges Zimmer noch immer dieses hier ist.

Im Schoße der Familie. Symbol ihrer Kindheit und ihrer Verwurzelung. Keiner hat das Recht, das Allerheiligste ihrer Jugend zu entweihen. Wird es jemals einen Menschen auf dieser Welt geben, der sie versteht?

Aber ja doch, mein Liebling, deine Mutter versteht dich. Als das Jammern abflaut, können Sie es sich nicht verkneifen, der Linksaktivistin nebenbei vorzurechnen, daß sie für sich allein zwei Zimmer beansprucht, während die arbeitsame, bedauernswerte Mutter bisher keinen Ort besaß, wo sie ihren bescheidenen Beruf ausüben kann.

Man entschließt sich zu einem Kompromiß. Sie können Ihre Schreibmaschine, Ihre Akten und Ihre Papiere auf dem Tisch in Justines Zimmer ausbreiten unter der Bedingung, daß Plüschtiere, Tennisschläger, das weißlakkierte Rattanbett und die Klassenfotos wieder an ihren alten Platz zurückkehren.

Nie hätten Sie geargwöhnt, das Herz Ihrer *Pasionaria* könnte sich so viele Reste bürgerlicher Sentimentalität bewahrt haben. Sie hatten sich getäuscht.

Einige Monate später bricht das Ereignis über Sie herein, ohne daß Sie zuvor auch nur eine Vorahnung gehabt hätten. Aber jedermann weiß, daß in Ihrem Spatzenhirn nicht viel Intuition gedeiht.

Ältere Tochter taucht in Ihrem Büro auf – pardon, in ihrem Zimmer, mit dem Satz, der Sie stets in Angst und Schweiß versetzt: »Ich muß dich dringend sprechen!«

Die erste Katastrophe, an die Sie denken, ist wie üblich: Sie ist schwanger. Aber nein. Diesmal nicht. Danke, liebes Jesulein. Es gibt Tage, ja, es gibt Tage, wo Sie bereuen, nicht die Mutter von Söhnen zu sein.

Verzeihung, meine lieben kleinen Schätzchen!

»Kann ich am Sonntag mit Louis zum Mittagessen kommen?«

»Aber natürlich, mein Liebling. Wer ist Louis?«

»Der Typ, mit dem . . . (Plötzlich hat Justine das niedliche Gesicht eines ängstlichen kleinen Mädchens, was ihrer üblichen Selbstsicherheit widerspricht.) Na ja, der Kerl, mit dem ich lebe . . .«

»Ach so? Und wo lebt ihr?«

»Hm, teils hier im sechsten Stock, teils bei ihm, in seinem sechsten Stock.«

Eine Sekunde lang erheitert Sie der Gedanke an Mama Ravioli, die untröstlich sein wird, wenn sie erfährt, daß diese Sachlage ihren Luchsaugen entgangen ist.

»Hast du denn vor, ihn zu heiraten?«

»Du spinnst wirklich!« ruft Ältere Tochter. »Du weißt doch, daß ich gegen die Ehe bin. Louis übrigens auch.«

Am darauffolgenden Sonntag warnen Sie alle Beteiligten: Justine bringt einen Freund mit zum Mittagessen. Niemand soll ihn wütend anstarren (das gilt für den Mann). Oder ihn von der Seite ansehen und kichern (hörst du, Joséphine?). Louis ist einfach nur ein Freund. Na ja, vielleicht ein bißchen mehr. Aber von Hochzeit ist nicht die Rede. Jeder soll ganz natürlich bleiben.

Um zwölf Uhr fünfundfünfzig sitzt jeder auf glühenden Kohlen. In Erwartung des »Freundes« von Älterer Tochter. Es muß ja schon ein besonderer Freund sein, wenn sie ihn zum Mittagessen nach Hause bringt, bemerkt Klein-Schätzchen mit all der Klugheit ihrer damals zehn Jahre. Glaubst du, ich sollte mir eine Krawatte umbinden? fragt der Mann und ist ziemlich nervös. Nein, ja nicht! Bilde dir nur nicht ein, dieser junge Mann werde in weißen Handschuhen kommen und um die Hand deiner Tochter anhalten. Das soll er erst mal versuchen, knurrt der Vater. Die Tür geht auf. Ältere Tochter hat hartnäckig darauf bestanden, den Schlüssel der Wohnung zu behalten; obwohl sie sich ebenso hartnäckig weigerte, Ihnen einen Zweitschlüssel ihres eigenen Zimmers anzuvertrauen. Nicht einmal das Argument eines möglichen Wasser- oder Brandschadens hat sie überzeugt.

Justine kommt herein. Ebenso nervös wie Sie alle.

»Darf ich vorstellen? Das ist Louis«, verkündet sie dem Familienclan mit fröhlicher Stimme.

Welcher schier in Ohnmacht fällt.

Louis trägt einen dunkelblauen Anzug und eine Krawatte.

Schließt zur Zeit sein Politologiestudium ab.

Hat vor, die Eliteschule für höhere Verwaltungslaufbahnen zu besuchen.

Möchte Präfekt werden.

Scheint mit einem höflichen, freundlichen und phlegmatischen Charakter gesegnet zu sein.

Sie trauen Ihren Augen und Ohren nicht.

Klein-Schätzchen auch nicht. Wo hat sie den geangelt? In einer Geschenkpackung von Hermès flüstert sie Ihnen im Flur zu.

Der Mann haßt ihn auf der Stelle. Aber wie könnte es anders sein. Jeden jungen Mann, der offenkundig in seine wunderbare Ältere Tochter verliebt ist, kann er nur hassen.

»Nicht nur, daß dieser Rotzlöffel vermutlich mit MEINER Tochter schläft, er ist auch noch ein zukünftiger Beamter«, erklärt er wutschnaubend, nachdem das junge Paar das Haus verlassen hat. »Der Straßenfotograf wäre mir noch lieber gewesen. Oder der pickelige Trotzkist.«

Der Mann haßt die Beamten, die – so behauptet er – für Frankreichs Mittelstandsunternehmen ungefähr so nützlich sind wie die Kartoffelkäfer für die Landwirtschaft.

»Ich finde ihn ganz lieb, ein bißchen zu lieb sogar«, sagen Sie und meinen es ganz ehrlich. »Und ein hübscher

Junge. Wohlerzogen. Nie hätte ich gedacht, daß uns Justine einen solchen Knaben anschleppt.«

»Ein geschniegelter Jungbourgeois«, faucht der Mann.

»Na und du?«

». . . bin ein Selfmademan . . . war nicht in einer Verwaltungshochschule . . .«

»Ich könnte mir vorstellen, daß man auch darüber hinwegkommt.«

»Hm«, knurrt der Mann wenig überzeugt. »Und was hat sie mit ihrem Beamten vor? Will sie ihn heiraten? Meine Tochter als Frau Unterpräfektin! . . .«

Vor Abscheu treten ihm die Augen hervor.

Sie versuchen, Ihrem Mann zu erklären, daß die Ehe eine aus der Mode gekommene Institution ist, der sich seine geliebte Justine nicht unterwerfen wird. Selbstverständlich unterlassen Sie es, ihm zu erklären, daß besagte Ältere Tochter mit dem zukünftigen Unterpräfekten bereits in wilder Ehe lebt. Sie haben bemerkt, daß die Sensibilität der Väter in manchen Fällen reizbarer ist als die der Mütter.

»Auf jeden Fall betet er sie an!« sagen Sie abschließend.

Der Mann knurrt wie ein alter Bär, der in seiner Höhle angegriffen wurde.

Ihr Herz hingegen ist dahingeschmolzen wie Butter in der Sonne, als Sie gesehen haben, wie der schöne Verehrer in Ihrem Büro, Verzeihung, in Justines Mädchenzimmer verschwunden ist und dort den Nachmittag damit zugebracht hat, ihre Plüschtiere, ihren Tennisschläger und die Schulfotos zu bewundern. Sie hatten irgendwie unterschätzt, was die Liebe mit zukünftigen Unterpräfekten und militanten Trotzkistinnen alles machen kann.

Das junge Paar kommt alle zwei Wochen zum sonntäglichen Mittagessen, dies wird bald zur etablierten Gewohnheit. Sie nehmen an, daß die verbleibenden Sonntage der Familie von Louis gewidmet werden. Aber auf Ihre Versuche, Ältere Tochter auszufragen, reagiert sie mit hartnäckigem Schweigen. Daraus folgern Sie, daß Louis einsam in einem fremden Gemüsegarten geboren wurde. Sie finden ihn nach wie vor reizend, trotz eines etwas irritierenden Ticks: Während des Essens klebt er sich Brotkugeln auf die Nase und gibt ihnen die Form eines Rhinozeroshorns. Nun denn. Niemand ist vollkommen.

Außer am Sonntag treffen Sie ihn nie, weder in der Toreinfahrt noch anderswo. Mama Ravioli lauert hinter dem Fenster ihrer Concierge-Wohnung, aber sie überführt nicht einmal seinen Schatten.

Sie schminken sich gerade im Badezimmer. Angesichts Ihrer Grimassen bekäme selbst ein Affenweibchen Angst. Geschickt waren Sie nie mit den Händen. Aber seit Sie eine Brille tragen müssen, ist alles noch schlimmer geworden. Um die Augen zu ummalen, müssen Sie sie abnehmen (die Brille, nicht die Augen, dabei wäre gerade das vielleicht die Lösung). Und ohne Brille sehen Sie nichts von dem, was Sie tun. Der Lidschatten ist zu dick aufgetragen. Die Wimperntusche fließt in kleinen Rinnsalen. Der Eyeliner sucht sich in Schlangenlinien seinen Weg. Sobald Sie die Brille wieder aufsetzen, stellen Sie die Katastrophe fest. Sie verstehen nicht, wie andere bebrillte Frauen zurechtkommen können.

Da stehen Sie nun in Ihre Gedanken vertieft, die Nase zum Spiegel vorgereckt, den Mund leicht geöffnet wie ein ängstlicher Karpfen. Und vernehmen plötzlich ein Hüsteln. Sie zucken so fürchterlich zusammen, daß der Augenbrauenstift im Zickzack Ihre Schläfe entlangfährt.

Da ist jemand.

Nein. Unmöglich. Sie sind allein in der Wohnung. Der Mann ist in seiner Fabrik. Joséphine in der Schule, zumindest hoffen Sie es. Die Putzfrau kommt erst morgen. Also Justine? Sie rufen leise, mit erstickter Stimme. Justine? Keine Antwort. Aber ...

... kein Zweifel, in Ihrem Badezimmer atmet jemand.

... Hinter dem Duschvorhang.

... Ein Einbrecher belauert Sie hinter der Plastikgardine mit den rosaroten Herzchen.

... Schnell! Das Überfallkommando rufen!

... Zu spät! Er wird gleich herausspringen! Sie erwürgen!

... Darum müssen Sie angreifen, ihm zuvorkommen. Den Feind überraschen, wie Napoleon und Clausewitz. Sie packen Ihre Nagelschere. Reißen brutal den Duschvorhang zur Seite ...

Wer liegt da gemütlich in der Badewanne? Louis.

Sie stoßen einen Schrei aus.

»Ich bitte um Verzeihung«, sagt Louis und lächelt freundlich. Es scheint ihn absolut nicht zu stören, daß er nackt ist, und auch die auf ihn gerichtete Nagelschere beeindruckt ihn nicht. »Ich hatte keine Zeit mehr, zu meiner Mutter zu gehen, um ein Bad zu nehmen. Justine hat mir geschworen, ich könnte ohne weiteres zu Ihnen kommen.«

»Justine hatte ganz recht«, erwidern Sie hastig, »aber um Himmels willen, warnen Sie mich in Zukunft. Fast hätte ich Ihnen durch den Duschvorhang hindurch mit meiner Nagelschere das Herz durchbohrt.«

»Es tut mir wirklich leid«, versichert Ihnen der Verehrer Ihrer Älteren Tochter. Er wirkt kein bißchen erschüttert, dabei ist er gerade einer Alptraumszene entronnen, die dem Film Psycho hätte entnommen sein können. »Sagen sie mir, zu welcher Tageszeit ich Sie am wenigsten erschrecke.«

Ältere Tochter zeigte sich empört über Ihr Verhalten.

»Ich höre, du hinderst Louis daran, sich zu waschen!«

»Keinen Menschen werde ich jemals daran hindern, sich zu waschen«, verteidigen Sie sich. »Es war schwer genug, euch beide, deine Schwester und dich, an den Umgang mit Wasser und Seife zu gewöhnen. Ich habe ihn nur gebeten, sich auf eine bestimmte Tageszeit festzulegen.«

Ältere Tochter ist deshalb noch lange nicht besänftigt.

»Bei seinen vielen Vorlesungen ist das nicht sehr praktisch für ihn. Wenn du dich dermaßen anstellst wegen deiner Badewanne, wird er eben in die städischen Bäder gehen.«

Trotz dieser Drohung hören Sie Louis nachmittags hin und nieder in Ihrer Badewanne vor sich hin pfeifen, oder Sie treffen ihn nackt auf dem Flur. Es gibt niemand, dem Sie einzugestehen wagen, daß diese unverhoffte Intimität mit einem Mann, der weder Ihr Ehemann noch Ihr Liebhaber, noch Ihr Sohn ist, Sie stört. Offenbar noch ein Überbleibsel Ihrer ärgerlich prüden Erziehung.

Ältere Tochter eröffnet Ihnen, daß sie den sechsten Stock verläßt, um offiziell mit Louis zusammenzuziehen. Selbiger hat beschlossen, die höhere Verwaltungslaufbahn auszuschlagen, für die er – wie er soeben entdeckt hat – nicht geschaffen ist. Er möchte Schriftsteller werden. Vorerst wird er sich mit Gelegenheitsjobs über Wasser halten. Hinter diesem Kurswechsel steckt, so ahnen Sie, Justines Einfluß. Ihr Verdacht bestätigt sich, als Sie erfahren, wie Louis' Mutter (er hatte wirklich eine!) auf den Entschluß ihres Sohnes, der Unterpräfektenkarriere zu entsagen, reagiert hat: Wutentbrannt hat sie ihm den Unterhalt gestrichen.

»Glaubst du nicht, daß wir sie finanziell ein wenig unterstützen sollten?« fragen Sie am Abend den Mann.

»Ganz bestimmt nicht«, antwortet der ärgerlich. »Mir hat niemand geholfen. Dir auch nicht.«

»Ja, aber damals war es nicht so schlimm mit der Arbeitslosigkeit.«

»Man kann nicht zugleich die Butter und das Geld für die Butter, die Freiheit und das Geld der Eltern haben«, knurrt der Vater, der die Entführung seiner geliebten Älteren Tochter durch ein junges männliches Individuum im dunkelblauen Anzug nicht überwinden kann.

Sie bestätigen dem Mann, daß er recht hat. Und stillschweigend erhöhen Sie Justines eher bescheidenen Monatswechsel, denn ihre Tätigkeit als Assistentin eines Vorstadthochzeitsfotografen scheint nicht sehr lukrativ zu sein. Offenbar ist sie nicht die einzige, die großbürgerliche Zeremonien verwirft.

Der Auszug der Älteren Tochter aus ihrer Dachkemenate war für Sie eine harte Probe. Insgeheim haben Sie sich zurückgesehnt nach den Razzias im Kühlschrank, den Badewannenbesetzungen, den gigantischen Waschaktionen, wo sich Louis' Hemden mit Justines Höschen vermischten. Sie nahm ihre Teddybären, ihre Klassenfotos und ihren längst nicht mehr benutzten Tennisschläger mit, und auch ihre Gitarre packte sie ein, gespielt hatte sie, wie man sich denken kann, nie.

Jetzt haben Sie ein richtiges Arbeitszimmer, ganz für sich alleine.

Und eine Last Traurigkeit auf den Schultern.

Ältere Tochter taucht unter im dreizehnten Arrondissement.

Lädt Sie dann mal ein, sie zu besuchen.

Und gibt eine falsche Adresse an.

Die angegebene Hausnummer konfrontiert Sie nämlich mit einem alten, geschlossenen Waschsalon. Sie ziehen lange Zeit suchend durch die Gegend. Niemand scheint Justine und Louis zu kennen. Nur der Bäcker hat plötzlich eine Erleuchtung: Handelt es sich etwa um die

Clique junger Leute, die vor kurzem nebenan eingezogen ist?

Und schließlich finden Sie Ältere Tochter in dem Waschsalon, der zur Einzimmerwohnung umfunktioniert wurde.

»Fabelhaft, meinst du nicht?« erklärt sie stolz. »Findest du nicht, daß es irre aussieht? Vor allem, wenn im Schaufenster mal Gardinen sind, die die Straße verdekken.«

Sie bejahen aufs herzlichste. Aber die Einrichtung überzeugt Sie nicht ganz. Zahllose mit indischen Baumwollstoffen überzogene Matratzen und ebenso zahllose Kissen liegen auf dem Boden herum.

»Wozu denn die vielen Matratzen?« können Sie nicht umhin zu fragen und steigen mühsam drüber.

»Das sind doch Diwane«, antwortet der Stolz Ihrer alten Tage der beschränkten Mutter. »Und zugleich Betten. Für die Freunde, wenn sie Lust haben, über Nacht zu bleiben.«

Ihnen war es nie in den Sinn gekommen – außer in Kriegszeiten und während Ihrer Pfadfinderjahre –, auf dem Fußboden zu schlafen, die Nase im Staub, inmitten einer Horde von Freunden. Für Sie ist ein Bett eine Insel, die sich fünfzig Zentimeter über dem Erdboden und dem Ungeziefer befindet und wo Sie sich allein oder mit dem Mann Ihres Lebens zurückziehen. Und was die Diwane betrifft, so haben Sie große Sehnsucht nach den richtigen, sobald Sie sich von der Matratze zu erheben versuchen, wo Sie sich hindrapiert hatten. Sie müssen sich auf äußerst ungraziöse Weise auf alle viere begeben, sich an den Böcken eines improvisierten Tisches festhalten, den Sie samt Hunderten von Dingen drauf prompt zu Fall bringen, Louis' Sammlung von leeren Käseschachteln inbegriffen. Nächstes Mal werden Sie Ihren eigenen Stuhl mitbringen. Auf Justines insistierende Bitte hin bewundern Sie die Wände, die erstens verschiedenfarbig und zweitens fluoreszierend angestrichen wurden. Heiß, findest du nicht? Richtig geil, hm? Ja, mein Liebling, geil, das ist wohl das Wort. Auch über die übrige Dekoration staunen Sie. Hyperrealistische Poster, die Autounfälle darstellen. Eine riesige Zahnpastatube, die von der Decke herabhängt und an der Sie sich mehrmals die Stirn anstoßen. Überall Topfpflanzen. Nie hätten sie gedacht, daß Justine eine solche Liebe für Topfpflanzen hegt. Sie bieten ihr Ableger von Ihren Geranien aus dem Landhaus im Périgord an. Pfui! Nur keine Geranien! ruft sie angewidert. Eine typisch kleinbürgerliche Pflanze. Ach so? Sie wußten noch nicht, daß sich der Klassenkampf auch auf Blumen erstreckt.

Worüber Sie aber am meisten staunen, das ist das ingeniöse Verwahrsystem, das sich Ihre Tochter zu eigen gemacht hat. Keine Schränke. Nur Obst- und Gemüsekisten, die bunt angestrichen wurden und in denen die Pullover, T-Shirts und Hemden des jungen Paares artig zusammengefaltet liegen. Hosen und Röcke hängen an einer langen Schnur, die quer durch den Laden beziehungsweise das Appartement gespannt ist. Eine Dusche und eine Miniküche hinten im Korridor vervollständigen das Ganze.

»Nachts kriegen wir mit, wie der Bäcker sein Brot bäckt und dabei Radio hört. Morgens holen wir dann die noch heißen Croissants. Spitze, findest du nicht?«

Spitze, in der Tat.

Das gesamte Ambiente ist von unerhörter Sauberkeit. Nicht ein einziges Staubkörnchen. Sie gratulieren Älterer Tochter zu ihren Hausfrauentalenten. Sie bitten sie sogar um Verzeihung, weil Sie in all den Jahren Ihres gemeinsamen Lebens diesbezüglich an ihr gezweifelt hatten.

»Das ist Louis; er wischt so wahnsinnig gerne auf, und dann kommt bei uns jeder abwechselnd dran mit der Küche, dem Einkaufen und so.«

Sie machen Justine noch mehr Komplimente dafür, daß sie ein männliches Wesen an Land gezogen hat, das damit einverstanden ist, den lästigen Alltagskram zu teilen. Sie beneiden sie richtig. Von ihrem Mann haben Sie nie erreicht, daß er den Fuß in einen Supermarkt setzt.

»Dafür bist du noch eine Sklavin nach dem ganz alten Modell«, reibt Ihnen Ältere Tochter unter die Nase. »Zum Glück sind die Feministinnen dabei, die Dinge ins Gleichgewicht zu bringen.«

Aber Justine hat ein ganz anderes Problem. Sie sammelt plötzlich Erfahrungen mit Rechnungen, die einfach so ins Haus fliegen. Sie hat entdeckt, daß es Ungeheuer gibt, die sich Elektrizitäts- und Wasserwerk nennen oder Postbehörde oder Hausbesitzer. Denen muß man an bestimmten festen Tagen Geld geben. Sonst wird einem schonungslos der Strom, das Gas oder das Telefon abgestellt. Und der sich Hausbesitzer nennende Menschenfresser verfolgt einen mit eingeschriebenen Briefen. Justine ist kurz vor dem Ausflippen.

Auch Sie sind kurz vor dem Ausflippen. Aber aus anderen Gründen.

Als was soll man Louis der eigenen Umwelt vorstellen? Der Sie als Eltern endgültig akzeptiert zu haben scheint, Sie und den Mann. Fortan ist er nicht nur beim Mittagessen am Sonntag dabei, sondern auch bei Familientreffen, beim Abendessen mit Freunden etc. (Ohne jedoch auf seine Manie zu verzichten, sich Brotkügelchen auf die Nase zu kleben!)

»Das ist Louis«, erklärt Ältere Tochter und strahlt übers ganze Gesicht.

Und am folgenden Tag werden sie mit Fragen buchstäblich bombardiert.

Wer ist Louis? Wo ist sein Standort auf dem Schachbrett der Familie?

Ja, wie soll man das erklären ... nun ja ... Louis ist ... hm ... ein Freund ... Ein Freund? Mehr als ein Freund ...

Ja, was denn nun?

Es scheint Ihnen gar zu umgangssprachlich zu antworten: Er ist Justines Typ oder Kerl oder Macker. Vor allem Tante Madeline gegenüber.

Ihr Liebhaber? Klingt nach Boulevardtheater.

Ihr Romeo? Zu altmodisch.

Lebensgefährte will Ihnen nicht über die Lippen. Da haben Sie den Eindruck, ein gestelztes Wort in den Mund zu nehmen oder ein Formular der Sozialversicherung auszufüllen.

Einen Augenblick erwägen Sie: »Eine Art Schwiegersohn ... mein Fast-Schwiegersohn ... mein seltsamer Schwiegersohn ...«

Aber Sie spüren, daß Justine alle diese Varianten gleich unerträglich finden würde, wenn sie ihr zu Ohren kämen.

Noch viel weniger würde sie »der Verlobte« ertragen. Ein Begriff, der an Ringtausch, Kaffee und Kuchen im Schoße der Familie, an keusche Küsse erinnert. An den ganzen bürgerlichen Horror.

Ja, gestehen Sie gegen Ende des Mittagessens Ihren Freundinnen, die sich den Bericht über Ältere Tochters Auszug und ihre Liebschaften interessiert angehört haben, nicht so sehr Louis' Existenz an sich hatte Ihnen Sorgen gemacht, sondern der Name, mit dem Sie ihn benennen sollten.

Ihre Freundinnen sagen heftig jaja. Genau da liege das Problem. Wie nennt man die Individuen, die mit unseren

Töchtern leben? Cathérine hat sich für das Wort »Gefährte« entschieden: »Darf ich vorstellen, Jean-Charles, Virginies Gefährte.« Bettina betont, das Wort habe so etwas ungeklärt Provisorisches. Wie lange bleibt er denn, der Gefährte? Wird er unsere Lieblinge schwängern? Wenn er allzuoft wechselt, sollte er nicht das Etikett »Macker der Woche« erhalten? Sophie hat sich für die subtile Lösung des *und* entschieden. Das ist meine Tochter Anémone *und* Michel. Alles liegt in diesem *und*. Wenn die entsprechende Person unaufmerksam ist und es nicht hört, oder wenn Michel sich gerade in einer anderen Ecke des Raumes befindet, bleiben die Bande zwischen Anémone *und* Michel unbemerkt, und es können sich die schlimmsten Fauxpas ergeben. Aber was soll's? Die wilde Ehe hat eben auch Nachteile!

»Ich komme auf das zurück, was ich zu Beginn des Essens sagte«, unterbricht Cathérine. »Im Gegensatz zu ihren älteren Geschwistern wollen unsere jüngeren Töchter nicht mehr in die Dachkammer ziehen oder sich ans andere Ende von Paris absetzen, in ein unbeheizbares Loch.«

So verblüffend das auch sein mag, die Nesthäkchen bleiben lieber in ihrem Kinderzimmer. Und strecken am Abend die Füße unter den Eßtisch aus, um ein von Mama gekochtes Essen zu genießen und sich vor dem Fernsehgerät der Familie zu entspannen.

»Und wenn sie außer Haus sind, dann kündigen sie es höflich vorher an«, versichert Sophie.

»Aber noch verblüffender ist«, erklärt Bettina, »daß sie uns nicht einmal mehr die beiden stereotypen Vorwürfe machen: Wir würden uns nur dann um sie kümmern, wenn es darum geht, sie anzublaffen, und wir würden den Gedanken nicht ertragen, daß sie fern von uns frei und glücklich leben können.«

Diese Information läßt Sie in der Tat fassungslos.

»Du willst sagen, wir sind nicht mehr die reaktionären Spießerinnen, die kastrierenden Mütter, die Imperialistinnen, beziehungsweise ganz schlicht: Wir sind keine Ungeheuer mehr?«

»Du bist offenbar überhaupt nicht auf dem laufenden. Angeblich sind wir mittlerweile das Gegenteil geworden, super, ausgesprochen sympathisch, dazu komisch und sogar – unglaublich! – interessant. Ob ihr's glaubt oder nicht, aber meine Sabrina hört auf mein Urteil, und zwar auf jedem Gebiet, sogar was die Politik betrifft. Und wenn sie nicht einverstanden ist, läßt sie mich nicht einfach schimpfend stehen und knallt die Tür hinter sich zu, wie das Pauline zu tun pflegte.«

Die anwesenden Mütter schauen mich an und nicken.

»Vielleicht sind wir wirklich weniger nervtötend geworden«, gesteht Sophie. »Die älteren waren unsere Versuchskaninchen, aber sie haben uns dressiert. Letztlich lassen wir die Jüngeren tun, was sie wollen. Zu Hause bekommen sie Kost und Logis und haben ihr liebes kleines Bettchen stehen. Sie schlafen mit den Jungs, wann immer sie wollen. Wir fragen nicht mehr, wo und mit wem. Sie haben ihre Pille und ihren Gynäkologen. Wenn ich das alles gehabt hätte bei meinen Eltern, hätte ich niemals Hals über Kopf meinen ersten Mann geheiratet, nur um mich aus dem Haus hinaus zu retten.«

Jetzt wird das allgemeine Interesse auf Victoire gelenkt, die Mutter von vier Söhnen. Wie steht es mit den Söhnen? Verlassen sie das Haus?

»Nicht die Spur«, erklärt Victoire finster. »Ich mußte für die beiden ältesten, den Dreiundzwanzigjährigen und den Zweiundzwanzigjährigen, selbst ein Appartement suchen, dann mußte ich den Umzug machen und sie regelrecht hinauskomplimentieren. Was sie nicht daran hindert, dreimal die Woche mit einem Rucksack voll schmutziger Wäsche aufzukreuzen.«

Alle sind sich einig, daß die schmutzige Wäsche eine äußerst zähe Nabelschnur ist.

»Im Grunde«, seufzt Bettina, »wollen sie nicht mehr weggehen, weil sie in Anbetracht der Arbeitslosigkeit Panik ergreift.«

»Wer wird da nicht in Panik versetzt?«

Die Freundinnen einigen sich jedoch darauf, daß nicht die Angst vor der Arbeitslosigkeit in erster Linie der Grund ist, weshalb die Kinder sich weigern, das Nest der Familie zu verlassen. Nein. Sie scheinen einfach zufrieden zu sein mit ihrem Leben bei den Eltern. Eine echte Kulturrevolution.

Diese Information beglückt Sie. Sie denken oft mit Schrecken an den Augenblick, wo Klein-Schätzchen gehen wird; der Kühlschrank wird dann länger voll bleiben, aber das Haus wird seltsam leer sein, wenn keine Haufen verstreuter Kleider mehr herumliegen, keine Schuhe mehr in den seltsamsten Ecken herumstehen, keine Kosmetika mehr Ihr Badezimmer bis zur Decke hinauf verstopfen. Sie fürchten sich vor dem Augenblick, wo Stille über Ihre Wohnung niedersinken wird; dann werden Sie sich nach den ohrenbetäubenden Rockkonzerten sehnen, nach dem pausenlosen Telefongeklingel, nach dem Geschrei und dem Gelächter von unbekannten jungen Menschen. Dieser Tag wird kommen, und Sie werden sich mit dem Mann zusammen recht hilflos fühlen.

Bettina teilt Ihre Meinung. Es ist doch reizend, sie um sich zu behalten, unsere Töchter, vor allem seit sie zärtlich und anhänglich geworden sind.

»Also, ich muß sagen, ich bin es ein wenig leid mit den Kindern, die meinen Rockzipfel nicht mehr loslassen«, ruft Cathérine. »Ich möchte mich nicht mehr so sehr um ihre Probleme, ihr Essen, ihre Liebesaffären und ihre Jobs kümmern. Ich hätte ganz gerne endlich mal Zeit, ein wenig mehr an mich selbst, an meine Karriere, an meinen eigenen Mann zu denken.«

»Du hast recht«, erklärt Sophie. »Ihr wißt ja, daß ich geschieden bin und daß es Paul gibt in meinem Leben. Julie ist stocksauer beim Gedanken, Paul könnte bei uns einziehen. Aber ihr eigener Freund geht ein und aus, wie er will!«

Die Freundinnen spalten sich in zwei Parteien: die Mütter, die beglückt sind, ihre Engelchen zu behalten, selbst wenn sie schon große Engel sind, und die anderen, die nach etwas mehr Eigenleben und Unabhängigkeit streben.

»Wie wäre es, wir würden mal von was anderem reden als von unseren Kindern!« ruft Bettina. »Habt ihr schon von der neuen Mode in Amerika gehört? Die Keuschheit. Absolute Abstinenz mit den Männern, selbst wenn man verheiratet ist!«

Vor Empörung reden alle durcheinander.

Jetzt wo die Beziehungen zu den Töchtern sich gebessert zu haben scheinen, sollte plötzlich das Verhältnis zu den Männern bedroht sein.

Auf der Stelle bilden Sie mit Ihren Freundinnen einen Kontrollrat, der mit allen Mitteln dagegen ankämpft, daß dieser neue amerikanische Virus Frankreich jemals infiziert.

Die spinnen, diese Amerikanerinnen!

Kapitel 8

Eines Morgens zur Frühstücks- und Croissant-Zeit ruft Ältere Tochter vom Bäcker aus an. Sie hat ihre Telefonrechnung nicht bezahlt, und der Anschluß wurde gesperrt. Sie ist sehr aufgeregt. Sie möchte Sie auf der Stelle sprechen.

Kann denn die schlechte Nachricht nicht noch zwei Tage warten? (Die guten bekommen Sie sowieso nie übermittelt.)

Sie steigen nämlich in eineinhalb Stunden in den Zug, um Ihrem Landhaus im Périgord eine Blitzvisite abzustatten, denn dort regnet es in Ihr Bett, weil ein Dachziegel sich tückischerweise verschoben hat. Nein, es hat keine zwei Tage Zeit, antwortet Ältere Tochter mit Entschiedenheit. Sie verfluchen Ihr Pech, das Sie wie üblich dann verfolgt, wenn Sie gerade verreisen wollen, und verabreden sich mit Justine im Bahnhofsrestaurant an der Gare d'Austerlitz.

Als sie außer Atem, unfrisiert und mit offener Jacke dort ankommen, sitzt Ältere Tochter schon da, und der Aschenbecher ist bereits übervoll von ihren Kippen.

»Was ist los, mein Liebling?«

Justine belauert Sie wie eine Katze die Maus.

»Wir heiraten, Louis und ich.«

Sie sind wie vom Schlag getroffen. Seit Jahren verkündet Ihnen Ältere Tochter, daß die Ehe eine gräßliche und altmodische Institution sei: »Außer mir geht es niemanden was an, mit wem ich ins Bett gehe, die Inquisitions-Beamten schon gar nicht ...« – »Warum dem bürgerlichen Staat die Gelegenheit geben, noch mehr Bürokratie zu produzieren?« – »Zusammenleben ist okay. Aber dazu braucht man keinen Zwanzigjahresvertrag abzuschließen ...« und so weiter, und so weiter.

Die knallharte Hochzeitsankündigung verschlägt Ihnen die Sprache. Zumal das Bahnhofsrestaurant an der Gare d'Austerlitz nicht wirklich der intime Ort ist für mütterliche Rührungsszenen, Begeisterungsrufe und zärtliche Sätzchen wie zum Beispiel: »Mein Liebling, ich hoffe, du wirst sehr, sehr glücklich sein.«

Justine scheint hochbeglückt über Ihre Verwirrung. Nur Idioten ändern nie ihre Meinung, erklärt sie aggressiv, noch ehe Sie einen Kommentar loswerden können.

»Bist du schwanger?« fragen Sie schließlich.

Das ist wie üblich die einzige Erklärung, die Ihnen einfällt. Justine reagiert entsprechend von oben herab:

»Es ist unglaublich, diese fixe Idee, an der du leidest: Immer willst du mich schwanger sehen. Da liegt doch nicht das Problem. Jetzt kriegen alle Kinder, ohne verheiratet zu sein.«

Stimmt.

Warum also dieser unglaubliche Meinungsumschwung?

»Louis ist es wichtig.«

»Ach so. Und dir?«

»Mir ist Louis wichtig. Und Louis meint, es sei ein Liebesbeweis. Und ... hm ... na ja, stimmt ja auch gewissermaßen, oder?«

Staunend betrachten Sie Ihren kleinen Hitzkopf. Ihre Revoluzzerin, die nicht wie andere Kinder zuerst

»Pa-Pa« oder »Ma-ma« gesagt hat, ihr erstes Wort war »Nein« gewesen. Ihr Hippie-Mädchen, Ihre kleine Grüne, Ihre Zurück-zur-Natur-Ideologin, Ihre Anarchistin, Ihre zornige Feministin, Ihr trotzkistisches Entlein. Und dieses Wesen hält Ihnen einen Vortrag aus einem kitschigen Liebesroman.

Ja, schließlich gehen die Moden vorüber, die Sitten ändern sich, aber die Liebe bleibt doch die Liebe, der Honig der menschlichen Zärtlichkeit. Und die Grundlage der bürgerlichen Ehe.

Ein Gedanke macht Ihnen jedoch zu schaffen.

»Bist du sicher, daß du mit Louis auf lange Sicht leben kannst? Vielleicht fünfzig Jahre lang?«

»Wahrscheinlich kann ich es nicht«, antwortet Ältere Tochter heiter. »Aber wer weiß, was in dieser verrückten Welt alles passieren kann? Wir werden sehen. Aber deine Nummer als Henne, die besorgt ist um ihr Küken, kannst du vorerst einstellen.«

Na schön, meinetwegen.

Und inmitten von gleichgültigen, hastenden Reisenden, von Kellnern, die einen anrempeln und brüllen: »Zwo Bier, zwo!«, von Lautsprecheraufrufen und sonstigem Getöse umarmen Sie Ihr geliebtes kleines Mädchen. Ich hoffe, du wirst sehr, sehr glücklich sein, mein Liebling!

Plötzlich aber sieht Justine verlegen aus. Aha, es liegt also doch ein schlimmeres Problem in der Luft. Was denn?

»Also . . . (Sie schafft es nicht, es zu sagen.) Wirst du dich auch nicht lustig machen?«

»Aber wieso denn?«

Gott im Himmel, was kommt jetzt wohl noch? Ihre Phantasie schlägt schon wieder Purzelbäume. »Louis hat bereits drei illegitime Kinder. Oder ist trotz seiner aufgeräumten Art mehrmals vorbestraft. Ja, das ist er, er ist Mitglied der Mafia und . . .«

»Wir würden gerne eine große Hochzeit machen!«

»WAS bitte?«

»Eine große Hochzeit, mit mir in Weiß, Louis in Grau, eine Reihe von kleinen Brautjungfern, eine hübsche kleine Kirche auf dem Land, ein altes Haus mit einem großen Garten. Und mit allen Freunden!«

Diesmal sind Sie wirklich entsetzt. Sie hätten sich vorstellen können, daß Ältere Tochter unbedingt in einer geflickten Jeans heiraten will, mit zwei Clochards als Zeugen. Oder im Taucherdreß. Oder in einem löchrigen Hippie-Kleid, mit einem Sträußchen Feldblumen in der Hand. Oder im Lederoverall samt Sturzhelm, eine Horde von Motorradfreaks im Gefolge. Oder im blauen Anton. Sie hatten sich sogar vorgestellt, daß sie selbst im langen Kleid und mit wehendem Schal hinter dem um zwanzig Jahre verjüngten Mann auf einem Tandem zum Haus des Volkes radeln und dort von einem Spalier erhobener Fäuste begrüßt werden. Das Szenario hätte immerhin Stil gehabt.

Aber Ihre Anarchosympathisantin im langen weißen Kleid mit Orangenblüten im Haar, mit kleinen Ehrenjungfern in einem alten Kirchlein auf dem Land, einem alten Haus, möglichst Familienbesitz, bei ländlichem Büfett mit Freunden, Verwandten und Eltern, das hätten Sie sich nicht vorgestellt. Nie und nimmer.

Diese Nachricht bringt Sie dermaßen aus der Fassung, daß Sie Ihren Zug verpassen. Sei's drum. Dann werden Sie eben den morgigen nehmen. Sie rufen die Sekretärin des Mannes an, sie möge ihm mitteilen, Sie wünschten in der Kantine seiner Fabrik mit ihm zu Mittag zu essen. Sie hätten ihm etwas Ungeheuerliches zu sagen.

»Beeil dich mit deiner mysteriösen Geschichte«, sagt

der Mann etwas aggressiv, während Sie sich mit Ihren Selbstbedienungstabletts einander gegenübersitzen, unter den neugierigen Blicken der Angestellten. »Um vierzehn Uhr erwarte ich japanische Kunden.«

»Justine will Louis heiraten.«

»Wer ist Louis?« fragt der Mann absolut unaufrichtig. Er ist offensichtlich wütend. Daß seine heißgeliebte Ältere Tochter mit einem Louis zusammenlebt, mag gerade noch hingehen, das ist der Lauf der Zeit, dem kann man nicht entrinnen, und so weiter und so weiter.

Aber daß dieser junge Hohlkopf – der seiner Justine unwürdig ist – offiziell auch noch sein Schwiegersohn werden soll, daß er seiner töchterlichen Erbin einen fremden Namen aufnötigen, daß er mit ihr Kinder zeugen soll, das ist mehr, als der Mann unvorbereitet vertragen kann. Im Grunde war die Lösung mit der wilden Ehe ja ganz akzeptabel. Nichts Feierliches, nichts Endgültiges. Ein kleiner Nebelschleier verhüllte, was der Mann in den verborgensten Winkeln seines Herzens nicht hinnehmen kann: Seine geliebte Tochter liebt einen anderen Mann.

»Wir wissen nichts über diesen Louis und seine Familie«, wütet er.

Alle Angestellten linsen herüber, sie ahnen mit Entzükken, daß sich in der Familie des Chefs ein Drama abspielt.

»Du kennst ihn seit zwei Jahren«, protestieren Sie. »Das ist schon ein ungeheures Glück. Ich habe eine Freundin, deren Tochter in Las Vegas einen Mann geheiratet hat, den die Mutter überhaupt nie gesehen hatte. Wichtig ist, daß Louis in Ordnung ist und daß Justine und er sich lieben. Was mich stets erstaunt hat, weil er fast noch was von einem Kavalier der alten Schule hat, so anständig und wohlerzogen ist er, und zu diesem Thema wollte ich übrigens sagen ...«

Der Mann fällt Ihnen ins Wort. Um sich in einem langen Monolog zu verlieren, aus dem hervorgeht, daß er sogar bei Roquefort, wenn er ihn mit irgendeiner kleinen Hündin paaren will, den Stammbaum bis ins siebte Glied aufdecken, seinen Gesundheitszustand beschreiben, seinen Charakter erläutern muß. Dafür werden mittlerweile bei den Kindern der Bourgeoisie die Ehen dem Zufall oder einer Reise nach Katmandu überlassen. Sie werfen ein, daß Louis kein Drogensüchtiger ist – schon ein phantastischer Pluspunkt – und ... Aber der Mann hört gar nicht hin. Wenn die Töchter fortan den Schritt in den Stand der Ehe tun, ohne den Vater nach seiner Meinung zu fragen, ohne die Familien ins Spiel zu bringen, ohne beim Pfarrer Auskunft über den Gesundheitszustand der Verwandten dritten Grades einzuholen, ohne einen Polizisten mit Ermittlungen über den Lebenswandel des Bräutigams zu beauftragen ... ja, dann soll Justine eben heiraten. Ihm, dem Mann, sei das vollkommen egal. Er werde nicht einmal zur Zeremonie beim Standesamt gehen.

In diesem Augenblick holen Sie zum Tiefschlag aus.

Es soll eine große Hochzeit werden.

Eine WAS?

Eine große Hochzeit, Ältere Tochter im langen Kleid, mit Schleier und Orangenblütenkranz im Haar, sechs Brautjungfern im geblümten Liberty-Kleid, eine kleine romantische Kirche, ein hübsches Landhaus, ein alter, milde lächelnder Pfarrer, Sie selbst im langen Kleid ... und der Mann im Cut.

»Im Cut?«

»Na ja, in etwas Elegantem halt«, sagen Sie schnell. (In Wirklichkeit wissen Sie auch nicht ganz genau, wie ein Cut aussieht.) »Denn Ältere Tochter wünscht sich eine große, bürgerliche Hochzeit mit allem Drum und Dran.«

»Sie ist wahnsinnig geworden!« brüllt der Mann und schluckt mühsam seine Pommes frites hinunter.

Sie stimmen zu. Aber macht das nicht gerade das Glück der Eltern aus und hält sie jung? Das Unerwartete in den Handlungen ihrer Brut.

Wie dem auch sei, warum sollte man die Gelegenheit nicht nutzen, wenn Justine ihre wilde Ehe mit Louis mit einem gesellschaftlichen Ereignis legalisieren will. Das wäre die Chance, alle Einladungen, die Sie seit ein paar Jahren schuldig geblieben sind, endlich zu erwidern. Sie könnten den Trotting-Club im Faubourg Saint-Honoré mieten (höchst elegant) oder das Trianon-Palace in Versailles (reizend), oder ein Ausflugsboot auf der Seine (entzückend) und schwupp! schon könnten Sie alle Verwandten, alle Freunde, alle Bekannten in einem Aufwasch einladen. Dieser Gedanke scheint den Mann zu reizen. Man könnte sogar seine japanischen Kunden dazu einladen. Vielleicht würde sie der Anblick einer französischen Hochzeit dazu bewegen, einen Vertrag zu unterzeichnen, an dem sie seit Monaten herumnörgeln.

Ältere Tochter bekam Schreikrämpfe.

Gewiß, die konvertierte Trotzkistin wollte eine große Hochzeit in Weiß, mit all ihren Freunden, und, na ja, wenn es unbedingt sein muß, mit ein wenig Verwandtschaft. Aber nicht in Paris oder in Versailles. Nein. Auf dem Land, in einem kleinen Kirchlein, in einem alten glyzinienbewachsenen Haus, auf einem winzigen Standesamt, in einem Dorf, dessen Einwohnern man ein Gläschen Champagner kredenzen würde und so weiter.

Eine ganz schlichte Hochzeit eben!

»Du bist verrückt! Du wirst sehen, das ist die Hölle!« rief Ihre Freundin Cathérine, eine in Ihrer Frauenrunde anerkannte Spezialistin für solche Ereignisse.

»Seit Paulines Hochzeit bin ich mit der Instandsetzung unseres Hauses in der Normandie beschäftigt«, jammert Bettina, Ihre andere Freundin. »Und ich mußte den Garten neu anlegen, der von einer Horde Mongolen zertrampelt worden war. Wenn ich dir einen guten Rat geben darf, behaupte zum vorgesehenen Zeitpunkt, dein Arzt habe dir dringend Fangobäder in Italien verschrieben, oder flüchte nach China und tauche unter in der Milliarde Chinesen!«

Auf solche Unkenrufe hören Sie nicht. Entschlossen betreten Sie das Schlachtfeld, auf dem Brautmütter sich zu bewähren haben.

Bei Ihnen zu Hause herrscht knisternde Hochspannung. Jegliche Unterhaltung, die nichts mit der Hochzeit zu tun hat, ist verboten. Klein-Schätzchen ist wie von Sinnen und springt herum wie ein junges Böckchen. Sie träumt von einer Krinoline aus *Vom Winde verweht*. Dein Kleid ist mir scheißegal! schreit Justine, ich heirate, *mein* Kleid ist wichtig. Die beiden Schwestern streiten. Sie selbst haben absolut keine Zeit mehr zum Arbeiten. Sie benachrichtigen Ihren Verleger, daß er so schnell nicht mit der Abgabe Ihres Manuskripts rechnen soll. Sie fühlen sich vollkommen überfordert wie damals, als Sie Zahn-, Bauchweh, Röteln, Kindergarten, Ferienlager und sonstige Probleme entdeckten. Sie beginnen, lange Listen mit dem Vermerk »äußerst eilig« anzulegen.

Sie haben das Gefühl, am dringlichsten wäre eigentlich, daß Sie die Schwiegerfamilie kennenlernten.

Aber da scheint Ältere Tochter plötzlich zurückhaltend. Bringt nix, knurrt sie. Wieso? Es gelingt Ihnen, aus ihr herauszuquetschen, daß Louis' Eltern geschieden sind. Der Vater ist Arzt und lebt in der Provinz. Die Mutter leitet eine international anerkannte Modefirma. Also beschließen Sie, sie anzurufen.

»Kommt nicht in Frage«, wendet der Mann ein, »der Vater des jungen Mannes hat sich den Eltern der jungen Dame vorzustellen.«

»Wir leben doch nicht mehr im neunzehnten Jahrhundert«, rufen Sie dem Mann ins Gedächtnis.

Was um so ungerechter von Ihnen ist, als Sie sich in aller Form geweigert haben, nachdem Sie Louis zum offiziellen Eintritt in die Familie herzlich umarmt hatten, sich von ihm zwanglos beim Vornamen nennen zu lassen. Sie bestehen auf der Titulierung Schwiegermama.

»Alle meine Freundinnen nennen ihre Schwiegermütter beim Vornamen«, empört sich Justine. »Altmodischer als du, das gibt's nicht.«

»Absolut. Aber die Kinder müssen die Eltern, die sie unglücklicherweise haben, ertragen. Die Mutter von Louis kannst du von mir aus so anreden, als wärt ihr zusammen im Stadtguerilla-Untergrund.«

»Sie hat mich gebeten, sie ganz einfach Dolly zu nennen.«

»Ist das ihr richtiger Vorname?«

»Ach Unsinn! Louis hat mir gestanden, daß sie Marcelle heißt.«

Sie können Dolly/Marcelle vom ersten Augenblick an nicht leiden: Sie haben sie ins Nobelrestaurant Tour d'Argent eingeladen in der heimlichen Hoffnung, sie ein wenig zu beeindrucken. Aber sie gibt Ihnen schon beim Auseinanderfalten der Serviette zu verstehen, daß das Haus sozusagen ihre Kantine ist, wo sie mit ihren arabischen Kunden tagtäglich speist. Vor Ihren Augen haben Sie ein Wesen, wie Sie es vehement verabscheuen: die perfekte Frau. Eine Frau, die ihre Geschäfte mit furchterregender Effizienz abwickelt, während Sie sogar bei Ihrem bescheidenen Familienbudget pausenlos die Übersicht verlieren. Die mit göttlicher Eleganz gekleidet ist und einer Geschenkpackung entstiegen zu sein scheint, während es Ihnen nie gelungen ist, Ihre Tasche auf Ihre Schuhe abzustimmen, oder Ihr frisch gebügeltes Kostüm länger als fünf Minuten zu tragen, ohne daß es wie ein zerknitterter Lappen aussieht. Die alles gelesen hat, jeden Film schon vor der Premiere gesehen hat, durch die ganze Welt gereist ist. Kurz: Superwoman. Neben ihr fühlen Sie sich angezogen wie ein Sack, unfrisiert, Mutter von ungezogenen Töchtern, biedere Ehefrau, unbekannte Autorin, unfähig, ein Entenconfit hinzukriegen, das sie hingegen mit seltener Vollkommenheit zu zaubern vermag, das Luder. Nach dem Essen kommen Sie mit einem gigantischen Minderwertigkeitskomplex nach Hause. Und zutiefst betrübt über die Tatsache, daß Sie in Zukunft bei Familientreffen mit dieser Person konfrontiert sein werden, die es gewagt hat, den ganzen Abend lang zu verstehen zu geben, daß Ihre Ältere Tochter unwürdig ist, ihren wundervollen geliebten Sohn zu heiraten. In diesem Punkt jedoch haben Sie sich wacker geschlagen. Sie haben sie wissen lassen, daß ihr langer Tölpel von Sohn sich unendlich glücklich schätzen muß, von Ihrer kleinen Königin akzeptiert zu werden. Der Mann hat nichts mitgekriegt von Ihren gegenseitigen giftigen Andeutungen. Er findet, Dolly/Marcelle sei eine interessante Frau. Was Ihre schlechte Laune nur noch steigert.

Sie kommen zum nächsten Problem auf Ihrer Liste: dem Ort der Hochzeit.

Ihr entzückendes Häuschen im Périgord bietet sich an.

»Zu weit! Kein Mensch kommt da hin, höchstens ein paar Freunde«, wehrt sich Justine.

Genau darauf hatten Sie heimlich gehofft.

Superwoman hat zwar ein Chalet in Crans-sur-Sierre.

Bestimmt sehr elegant eingerichtet. Jedoch völlig ungeeignet für die Feierlichkeiten, die sich Justine erträumt. Schweigend registrieren Sie jedoch, daß dieses Chalet für Ihre Tochter äußerst praktisch sein wird, wenn sie in den Schulferien ihre zahlreichen Kinder – die sie zweifelsohne haben wird – unterbringen will.

Plötzlich kommt Ihnen die Erleuchtung. Warum nicht das Haus Ihrer Mutter bei Senlis? Nicht sehr groß, aber mit einem riesigen, romantischen Garten, einer Kirche ganz in der Nähe im Dorf, und . . .

»Genial«, schreit Ältere Tochter, »genial!«

Ihre Mutter allerdings teilt diese bündige Meinung nicht. Der Gedanke, Hunderte von Menschen in ihr ruhiges kleines Häuschen einfallen zu sehen, versetzt sie in Angst und Schrecken. »Man wird mir alles klauen«, jammert sie. Sie schwören ihr, daß Ihre Freunde, Ihre Verwandten, selbst die japanischen Kunden unfähig sind, eine einzige Porzellantasse mitgehen zu lassen. Im übrigen werden Sie die Wertsachen einfach im Keller einschließen. Außerdem versprechen Sie Ihrer Mutter, daß sie sich um nichts kümmern muß. Außer: sich einen schönen Hut kaufen. Den Sie ihr schenken werden. Sie übernehmen die ganze Organisation der Hochzeit, inklusive Hausputz, vom Keller bis zum Dachboden.

»Und was ist mit dem Streichen der Küche?«

»Auch das übernehme ich.«

Sie ist besänftigt und erklärt sich einverstanden.

»Aber ich warne dich«, fügt sie hinzu, »der Pfarrer ist so ein junger Flegel, der in zerschlissenen Jeans herumläuft, der in der Predigt die ein wenig bigotten alten Damen, wie ich eine bin, beschimpft und der die Monstranz mit dem heiligen Sakrament in einer Plastiktüte aus dem Supermarkt herumträgt.«

»Mit Justine wird er sich sehr gut verstehen.«

Aber Ältere Tochter – die trotz Vorfreude auf eine bürgerliche Hochzeit keineswegs ihren Widerspruchsgeist verloren hat, schimpft wie ein Rohrspatz. »Ich will nicht so 'ne Type im beige-grauen Polohemd, womit sich die heutigen Priester so gerne kostümieren«, motzt sie. »Ich will einen altmodischen Pfarrer mit Soutane und gutmütigem Lächeln.«

Sie machen ihr den Vorschlag, mit ihrer ehemaligen Trotzkistentruppe in der Pfarrei Saint-Nicolas-du-Chardonnet oder bei Bischof Lefèbvre einen zu entführen. Sie nutzen die Gelegenheit, um sie daran zu erinnern, daß sie seit ihrer Kommunion nie mehr einen Fuß in eine Kirche gesetzt hat und daß ihre plötzliche Bekehrung zum hundertprozentigen Integrismus Sie doch etwas erstaunt. Ältere Tochter antwortet verärgert, sie habe keine Zeit, um dialektische Wortgefechte mit Ihnen zu veranstalten. Tante Madeline rettet die Situation. Ein alter Freund, ein Dominikaner, willigt ein, die Trauung in der traditionellen weißen Kutte vorzunehmen. Ältere Tochter ist entzückt. Dann kommt der Tag, wo Sie feierlich mit ihr das Hochzeitskleid aussuchen gehen. Ihre Freundinnen haben Ihnen mehrere Adressen gegeben. Darunter die eines sehr eleganten Geschäftes, Faubourg Saint-Honoré. Sie tauchen in eine Symphonie in Weiß. Justine trägt einen khakifarbenen Militäroverall, als Tasche eine Gasmaske um die Schulter gehängt – die neueste Mode vom Flohmarkt –, und sie scheint wie gelähmt vor Staunen. Dann lächelt sie wie eine ekstatisch verklärte Jungfrau. Sie müssen sich kneifen, um zu glauben, was Sie sehen. Mit Begeisterung läßt sie sich in einen Wirbel von Tüll, Crêpe, englischer Stickerei, Pikee, Spitze und so weiter hineinziehen. Indessen erkundigen Sie sich diskret nach dem Durchschnittspreis dieser Traumkleider.

Sie fallen schier in Ohnmacht.

Er entspricht dem garantierten Mindestlohn.

»Unsere Modelle werden maßgeschneidert, mit zwei Anproben«, erklärt die Verkäuferin schleunigst, als sie Ihre Verstörung bemerkt.

»Wollen wir nicht lieber ins Kaufhaus gehen«, flüstern Sie Älterer Tochter zu. »Das würde eher unseren Preisvorstellungen entsprechen.«

Aber Justine hört nicht hin. Sie strahlt und zögert zwischen zwei Modellen, einem sehr kunstvollen aus weißem Crêpe und einem aus Pikee, im Stil eines romantischen jungen Mädchens in einem englischen Park. Sie ist so ergriffen, daß sie Sie sogar nach Ihrer Meinung fragt, was sie seit dem zarten Alter von vier Jahren nie mehr getan hatte.

»Sie stehen dir beide gleich gut«, erklären Sie mit ehrlicher Bewunderung. (Wie schön sie doch ist, Ihre Tochter, mit ihrer schlanken Taille, ihrem goldenen Haar, ihren grauen Augen!) Die Frage ist nur: Was wirst du nachher damit anfangen?

Justine betrachtet Sie überrascht.

»Ich habe nicht vor, mehrmals im selben Kleid zu heiraten«, antwortet sie empört.

Die Verkäuferin schaltet sich ein. Ihr sanfter Ton läßt keinen Zweifel, daß sie diese ganzen Probleme durch und durch kennt. »Wenn Sie das Crêpe-Kleid kürzen, haben Sie ein entzückendes Cocktailkleid. Mit dem anderen aus Pikee können Sie wunderhübsch eine Kinderwiege ausschlagen . . . und im übrigen (das flüstert sie Ihnen ins Ohr), gewähren wir auch Kredit.«

»Wie bitte? Ich werde ja schließlich meiner Tochter noch ein Hochzeitskleid bezahlen können!« sagt am Abend der empörte Mann.

»Und was ist mit meinem Kleid und Joséphines, was ist mit den Kleidern der Brautjungfern, dem Hut meiner

Mutter, den Einladungen, dem Empfang und dem ganzen Krempel? Das kostet alles ein Vermögen!« prophezeien Sie besorgt.

»Wenn wir neben den japanischen auch noch meine deutschen Kunden einladen würden, könnten wir das Ganze vielleicht von der Steuer absetzen ...«

»Den Empfang vielleicht. Aber das Hochzeitskleid?«

Das Gesicht der Steuerbeamten können Sie sich lebhaft vorstellen.

»Sie sind ja dermaßen kleinlich«, räumt der Mann ein. »Stell dir vor, gestern ...«

Sie unterbrechen ihn. Die Auseinandersetzungen des Mannes mit dem Finanzamt sind ein unerschöpflicher Fortsetzungsroman.

Sie müssen sich entscheiden: Entweder eine schöne Hochzeit. Oder ein neues Dach auf dem Haus im Périgord – das es sehr nötig hätte.

»Zumal ich nicht weiß, ob es bis zum nächsten Jahr standhält«, fährt der Mann stirnrunzelnd fort. »Ich habe auch meine Steuer noch nicht vollends bezahlt. Nein, wirklich, diese große Hochzeit ist nicht vernünftig.«

Sie sehen sich niedergeschlagen an.

»Andererseits macht Justine gerade eine romantisch-bürgerliche Phase durch«, sagen Sie seufzend, »ich weiß nicht, ob ich das Herz habe ...«

»Also gut, machen wir's halt«, beschließt der Mann, der den Gedanken nicht ertragen kann, daß er seine ach so geliebte Ältere Tochter enttäuschen könnte. »Wir erneuern das Dach eben nächstes Jahr. Und was die Steuer betrifft, so sollen diese Blutsauger ruhig noch warten!«

Er brüllt jedoch wie ein verwundeter Tiger in der Falle, als Sie die Einladungslisten auf Ihrem Taschenrechner zusammenzählen – Justines Freunde, Louis' Freunde, Ihre eigenen, die Mitglieder der beiden Familien, Joséphines

Schulklasse, alle gesellschaftlichen Verpflichtungen, die sich seit zehn Jahren angesammelt haben, die Spezialkunden des Mannes und jene von Superwoman, die alten Bridge-Freundinnen Ihrer Mutter, die des Gärtners (allein Louis' Vater kündet seinen Besuch aus Nizza als Single an): tausend Einladungen.

Tausend!

»Das ist unmöglich!« schreit Ihre Mutter. »Tausend Leute, die über mein Puppenhäuschen herfallen und über meinen lieben Blumengarten! Ich schließe mich ein und rufe die Feuerwehr.«

»Das kann nicht wahr sein!« brüllt der Mann. »Ich habe nur drei Kunden eingeladen . . .«

»Und deine ganze Familie«, geben Sie zu bedenken. »Und weiß Gott, sie ist zahlreich und besteht aus lauter Vielfraßen. Wir brauchen uns gar keine Hoffnungen machen, daß die nicht kommen.«

»Deine sind noch unzähliger«, knurrt der Mann und packt somit einen alten ehelichen Vorwurf wieder aus. »Ein echter Clan. Aber das kennt man ja aus deiner Gegend.«

»Aber es ist *meine* Hochzeit«, muckt Justine auf. »Das ist doch ganz klar, daß ich alle Freunde einlade. Und Louis auch.«

»Du kannst mir doch nicht erzählen, daß ihr beide zusammen dreihundert enge Freunde habt. Wenn du schon eine bürgerliche Großhochzeit willst, dann müßt ihr wohl oder übel die Verwandtschaft einladen. Zumal Tante Madeline sowieso schon in ganz Frankreich herumtelefoniert hat: aus allen Himmelsrichtungen werden Onkel, Tanten und Vettern anreisen. Das wird eine wahre Landwirtschaftsmesse.«

Sie werden sich einig darüber, daß die überflüssigen Einladungen von Louis' Mutter kommen.

Letztere aber teilt diese Ansicht mitnichten.

»Ich bezahle meinen Anteil, was meine Gäste betrifft«, erklärt sie trocken am Telefon.

»Da liegt nicht das Problem Gnädigste«, antworten Sie mit zuckersüßer Stimme, »das Haus meiner Mutter kann auf keinen Fall eine solche Menschenmenge beherbergen, es würde explodieren.«

Nach zahlreichen stürmischen, manchmal sogar tränenreichen Diskussionen und ebenso zahlreichen Telefonbesprechungen mit Dolly/Marcelle beschließen Sie, einen energischen Sparplan zu erstellen, der jeder sozialistischen Regierung zur Ehre gereichen würde. Erstens: Jeder wird seine Liste drastisch kürzen. Darauf werden Sie persönlich achten. Zweitens: Es werden siebenhundert Hochzeitsanzeigen verschickt werden, aber nur dreihundert Einladungen.

Ihre Freundin Victoire hat Ihnen den Trick verraten: »Vergiß nicht dazuzuschreiben: ›Die Hochzeit wird im engsten Familienkreis gefeiert.‹«

Mit dreihundert Leuten?

Eines Morgens kommt Ältere Tochter sehr aufgeregt in die Wohnung. Zur Zeit lebt sie mehr bei Ihnen als in ihrem Exwaschsalon. Der Generalstab der Alliierten Streitkräfte war bei der Vorbereitung der Invasion sicher nicht beschäftigter als Sie beide vor Justines Hochzeit.

»Ich bin mit Louis beim Juwelier verabredet wegen der Verlobungsringe.«

»So? Du willst mit deinem khakifarbenen Nahkampfanzug, deinen zerrissenen und vom Tabak gelbgewordenen Fingernägeln einen Verlobungsring tragen?«

Ältere Tochter scheint etwas verlegen.

»Ich werde ihn nicht jeden Tag tragen«, sagt sie bescheiden. »Aber ich kann doch nicht ablehnen. Louis'

Mutter besitzt einen wunderschönen Diamanten aus der Familie, der für diese Gelegenheit vorgesehen ist.«

Ihre Linksaktivistin mit einem Diamantenklunker!

»Er soll sehr, sehr viel wert sein«, fährt Justine aufgeregt fort. »Louis möchte, daß wir ihn verkaufen und mit dem Geld eine tolle Weltreise machen.«

»Das ist, scheint mir, keine schlechte Idee!«

»Niemals«, schreit Ältere Tochter, die von Sekunde zu Sekunde bürgerlicher wird. (Wenn die Feministinnen das hören könnten!) »Das bringt Unglück. Ein Verlobungsring ist ein Verlobungsring. Ich finde es nur wahnsinnig altmodisch, ihn am Ringfinger zu tragen. Ich werde ihn am Zeigefinger tragen.«

Oh, immerhin!

Der Juwelier in der Rue de la Paix schien keineswegs erstaunt, weder über die abgerissenen Fingernägel von Älterer Tochter noch über ihre Guerillero-Aufmachung, noch über ihren Wunsch, den Verlobungsring am Zeigefinger zu tragen. Er hatte wohl schon Schlimmeres erlebt. Aber Sie selbst haben noch nicht ausgestaunt.

»Gestern waren wir beim Notar, Louis und ich, wegen des Ehevertrags«, erklärt Justine friedlich, als sie sich zu einem der vielen Generalstabstreffen einfindet.

»Wegen des Ehevertrags? Du hast doch gar keine Mitgift. Wir sind nicht in der Lage, dein Vater und ich, dir etwas anderes als zwei Paar Laken und sechs Handtücher mitzugeben.«

»Aber Louis hat eine Mitgift. Seine Mutter schenkt ihm eine Zwei-Zimmer-Wohnung. Da ziehen wir rein. Aber sie hat auf einem Gütertrennungsvertrag bestanden.«

Louis hatte also eine Mitgift!

Und Ihre Tochter nicht.

Der Mann brauchte einen Monat, um sich von dieser

Enthüllung zu erholen, und weigerte sich, mit Dolly/Marcelle anders zu reden als per Knurrtönen. Danach beschloß er, den Frischvermählten die Hochzeitsreise nach Venedig zu schenken. Die Dachreparatur im Périgord wurde um zwei Jahre verschoben.

Noch immer um dieses verdammte Dach besorgt (der Nachbar hatte sie angerufen und benachrichtigt, daß er in allen Zimmern Plastikkübel hatte aufstellen müssen, um das Regenwasser aufzufangen), wohnen Sie der zweiten Anprobe des Hochzeitskleides bei.

Ihr Herz schlägt höher vor bewundernder Anbetung für dieses junge Traumgeschöpf, das seinen khakifarbenen Anzug gegen ein jungfräulich weißes Kleid eingetauscht hat und sich lächelnd im Spiegel betrachtet.

Aber plötzlich wird Ihnen bewußt, daß etwas nicht ganz stimmt mit dem Kleid. Nicht mehr ganz stimmt.

»Ich fühle mich etwas eingeengt«, flüstert Ältere Tochter. »Ich hab' wohl zuviel gegessen in der letzten Zeit.«

Die Verkäuferin antwortet nicht.

Auch Sie nicht.

Ihrer beider Augen sind auf einen Punkt gerichtet.

Älterer Tochters kleiner Bauch ist plötzlich runder geworden.

Ihr jungfräulicher Engel erwartet ein Kind. Nicht vom Heiligen Geist, sondern von Louis. Letzten Endes.

Das Schweigen hält an.

Justine errötet. Zum erstenmal seit langem.

»Also gut, ich geb's zu, es war mir peinlich, es dir zu sagen. Aber . . . es stimmt. Ich bin schwanger. Ich hatte gehofft, man würde es nicht sehen, wenn wir sehr bald heiraten.«

»Der Bauch wächst ganz plötzlich, so bei dreieinhalb Monaten ungefähr«, sagt die Verkäuferin und nickt.

»Was mich verletzt, ist die Tatsache, daß du es mir nicht gesagt hast!« erklären Sie mit Tränen in den Augen.

»Entschuldige, ich weiß, es war blöd«, flüstert Justine und schaut ziemlich kläglich drein, »aber ich konnte einfach nicht. Erinnere dich, es war die erste Frage, die du mir gestellt hast am Bahnhof, als ich dir sagte, daß wir heiraten würden. Na ja, aus Opposition . . .«

Ihr Kummer fliegt davon. Trotz ihrer Zwei-Zimmer-Wohnung, ihrem Verlobungsring am Zeigefinger und ihrer bürgerlichen Großhochzeit bleibt Justine eben doch Ihre Justine. Sie stehen auf und nehmen Ihr Mädchen heftig in den Arm, Ihr Mädchen, das nun seinerseits ein Mädchen bekommen wird. Sie stehen auf dem weißen Saum, aber das spielt jetzt keine Rolle. Ältere Tochter hängt sich Ihnen an den Hals. Sie küssen sich ganz stürmisch.

Sie verstehen sich gegenseitig, und das tut gut.

Die Verkäuferin wartet geduldig, bis Ihre Rührszene beendet ist. Sie steigen wieder auf die Erde herab.

»Was machen wir jetzt mit dem Kleid? Können wir das Modell wechseln, in Anbetracht der Lage?«

»O nein, das nicht, Madame«, erklärt die Verkäuferin sehr ruhig. »Aber wissen Sie, solche Zwischenfälle sind nichts Außerordentliches. Ich muß Ihnen gestehen, daß achtzig Prozent unserer Kundinnen in dieser Situation sind. Bei dem Modell, das Sie ausgesucht haben, können wir die Taille etwas hochnehmen, so . . . und mit ein paar Fältchen auf dem Bauch kann Mademoiselle dieses Kleid noch im sechsten Monat tragen, ohne daß man etwas merkt.«

Jetzt bereuen Sie es nicht mehr, daß Sie sich für diese Boutique entschieden haben – teuer ist sie, das kann man nicht leugnen, aber der Service ist gut.

Justine entlockt Ihnen den Eid, ihr Geheimnis niemandem preiszugeben.

Noch am selben Abend muß Ihnen der Mann schwören, daß er das Geheimnis, das Sie ihm nun enthüllen werden, niemandem, nicht einmal seinem Steuerprüfer, weitersagen darf. Der Mann hebt tatsächlich die rechte Hand. Sie eröffnen ihm, daß er zu den gigantischen Unkosten für die Großhochzeit nun noch eine Subvention für Geburt hinzurechnen muß.

»Ein Schurke, dieser Louis! Konnte der denn nicht warten?«

»Im Zeitalter der Pille müßte man dies Problem eigentlich anders herum betrachten.«

»Zwei Unzurechnungsfähige«, knurrt der Mann.

»Ich habe einmal einen Mann gekannt«, sagen Sie verträumt, »der mich überredet hat, daß es lächerlich sei, bis zum Abend der offiziellen Hochzeit zu warten, um sich zu lieben und ein Kind in die Wege zu leiten. Dieser junge Mann hat also mit seinen bescheidenen Ersparnissen ein Zimmer im Ritz gemietet, und vierzehn Tage vor der Hochzeit erkannten der junge Mann und das junge Mädchen einander, wie es in der Bibel heißt. Und es war so schön, daß sie sich auch in den folgenden vierzehn Tagen ständig erkannten, um noch einmal die Bibel zu bemühen. Dies taten sie in Autos, in Scheunen, zwischen den Dünen am Sandstrand von Le Touquet und sogar im Wandschrank des Jungmädchenzimmers.«

Der Mann lächelt. Eines jener betörenden Knabenlächeln, das Ihr Herz immer noch höher schlagen läßt, nach zwanzig Ehejahren oder mehr.

»Soll ich dich wieder mal ins Ritz mitnehmen?« fragt er zärtlich.

»Mir wäre der Heuschober lieber. Mich würde es sehr reizen, das Gesicht unserer Töchter zu sehen, wenn sie uns auf dem Polizeirevier abholen müßten, wo wir wegen Erregung öffentlichen Ärgernisses festgehalten würden.«

»Vorerst werde ich hier im Schlafzimmer gegen die Sittlichkeit verstoßen«, erklärt der Mann fröhlich.

Und während des Angriffs, mittendrin, sagt er plötzlich: »Und wenn wir auch noch ein Kind machen würden?«

»Erbarmen! Nicht jetzt, wo ich gerade Großmutter werde.«

»Verdammt noch mal, dann werde ich ja Großvater!« ruft der Mann entsetzt.

»Das ist kein Grund, dich in deinem sexuellen Tatendrang zu zügeln!« wenden Sie ein.

Nein, Gott sei Dank.

Kapitel 9

In den folgenden Wochen werden Sie von einem wahnwitzigen Wirbelsturm fortgerissen. Der Familiengeneralstab, der den großen Tag organisieren muß, tagt beinahe stündlich, und es kommt zu hitzigen Debatten.

Diskussion über den Text der Vermählungsanzeigen. Louis' Mutter scheint immer noch einen handfesten Groll gegen ihren Exehemann zu hegen und will nicht, daß dessen Name vor dem ihren genannt wird.

Diskussion über die Anzeige im *Figaro*. Justine weigert sich strikt:

»Meine Freunde lachen sich schief und ziehen mich total durch den Kakao. Ich will eine Anzeige in *Libération.*«

»Das gibt's doch gar nicht! In dem Blatt werden nur schweinische Annoncen veröffentlicht!« erregt sich Superwoman.

Sie selbst erzittern beim Gedanken, daß Tante Madeline die Heiratsanzeige ihrer Großnichte zwischen Texten entdecken könnte wie zum Beispiel: »Voyeurspaar sucht Gleichgesinnte zwecks Pornofotos«, oder »Dreißigjähriger mit hübschem Arsch arbeitet in Shorts und sucht Stellung als Haushälter bei virilem Herrn. Gemeiner, ordinärer Arbeitgeber angenehm . . .«

Der Mann möchte seine Sippe besänftigen und schlägt

Le Monde vor. Sie selbst denken an den *Quotidien de Paris.* Joséphine wiederum fände *Best* oder *Rock and Folk* ganz gut. Schließlich gab Superwoman ihren Text heimlich im Figaro auf – ohne den Namen ihres Exgatten, was zwischen Mutter und Sohn zu einer denkwürdigen Auseinandersetzung führte.

Diskussion über die Anzahl der Ehrenjungfern in rosarot geblümten Liberty-Kleidern. Wenn Sie sich nach den flehentlichen Anrufen der Verwandtschaft richten würden, müßte Ältere Tochter eine ganze Kompanie von Pfadfindermädchen in die Kirche lotsen.

»Ich will nicht diese blöden Nichten und Neffen, die ich gar nicht kenne, sondern die Kinder meiner Freundinnen«, verkündete Justine eines Nachmittags – ihr Gesicht ist erstarrt unter einer Schönheitsmaske aus grünem Lehm, die ihr den Jungmädchenteint erhalten soll.

Sie selbst tragen die gleiche grüne *Lehmmaske,* in der Hoffnung, sie möge Ihnen ebenjenen Jungmädchenteint zurückbringen, desgleichen Joséphine, die alles, was nach Kosmetik aussieht, leidenschaftlich gern ausprobiert.

»Auf jeden Fall ist es meine Rolle, den Zug anzuführen«, verkündet Klein-Schätzchen, schließlich bin ich die Schwester!«

»Du siehst aus wie ein Spargel«, schimpft Ältere Tochter, »du wirst ganz hinten gehen.«

»Ich bringe mich um, wenn ich nicht die erste sein darf«, sagt Joséphine schluchzend.

Mit vorsichtig gespitzten Lippen – ihre Schönheitsmaske soll nicht abbröckeln – schreien Sie Ihre Töchter an, sie möchten gefälligst Ruhe geben. In diesem Augenblick kommt der Mann mit dem Hund nach Hause und fällt schier um vor Schreck beim Anblick der drei grüngesichtigen Hexen, die in seinem Wohnzimmer herumschreien. Roquefort – den Sie nicht mehr Gassi führen, sie haben keine Zeit mehr dazu – erkennt Sie nicht und bellt wie verrückt. Der Mann brüllt ihn an, um ihn zum Schweigen zu bringen. Die Nachbarn eilen zur Concierge hinunter, um sich zu erkundigen, was denn los sei. Seit einiger Zeit hört man bei Ihnen nichts als Gezeter.

Ihre Nerven sind äußerst strapaziert. Sie fahren bei Rot über die Ampeln, und eines Tages fahren Sie sogar auf einen Joghurt-Lastwagen auf. Der Fahrer steigt empört aus. Sie fluchen und beschimpfen ihn mit einem Vokabular, das eine Kompanie Fremdenlegionäre zum Erröten bringen würde, und Sie sind über sich selbst verblüfft. Wo haben Sie das gelernt? Entweder Sie waren in einem früheren Leben Droschkenkutscher, oder ein besonders ordinärer Dämon ist wie in einem amerikanischen Horrorfilm dabei, Besitz von Ihnen zu ergreifen. Der Lkw-Fahrer ist platt: »Nie hätte ich gedacht, daß eine Dame wie Sie solche Sauereien vom Stapel lassen könnte! . . .«, erklärt er mit Würde und steigt wieder in seinen Zehntonner. Der Dämon, der Sie gepackt hat, macht ihm noch ein obszönes Zeichen hinterher. Wird sich irgendwo ein Exorzist finden für die Mutter der Braut?

Sie müssen anerkennen, daß sich Ältere Tochter wie eine Natter durch alle amtlich aufgebauten Hindernisse zum Altar schlängelt; das Aufgebot, die ärztlichen Untersuchungen, die Unterhaltungen mit dem jungen, betont progressiven Pfarrer bringt sie hinter sich, ohne daß ihr ein einziges Mal das Wort vom scheißbürgerlichen Staat über die Lippen kommt.

Ihrerseits verabreden Sie sich mit einem Feinkostlieferanten, der Ihnen empfohlen wurde und der bei Ihrer Mutter in einem glanzvollen Mercedes vorfährt. Stolz zeigt er Ihnen ein Fotoalbum, in dem alle Prunkhochzeiten verewigt sind, bei denen seine Dienste gefragt waren.

»Das ist ja ein ganz winziges Haus!« ruft er verblüfft. »Ich bin an Schlösser gewöhnt. Nun ja, wir können den Garten mitbenutzen. Vorausgesetzt, wir stellen ein Zelt auf, denn im April ist nichts so unsicher wie das Wetter, nicht wahr?«

Sie willigen ein.

»Wie viele Gäste?«

Sie gestehen es ihm leise: Dreihundert.

Er bäumt sich auf.

»Normalerweise mache ich so was erst ab fünfhundert. Allerdings werden auch dreihundert kaum in diesem Häuschen und in diesem Gärtchen Platz haben.«

»Vielleicht kommen sie nicht alle«, stammeln Sie. »Wir haben viele Verwandte, weit weg in der Provinz.«

»Rechnen Sie damit lieber nicht«, erklärte der Fertigkosthändler mit abgebrühter Miene.

Hingegen sprühen seine Augen Blitze, als Sie an der Zusammenstellung des Büfetts etwas auszusetzen haben. Und vor allem an seinem Preis.

»Also gut, ich sehe schon, was Sie brauchen: die zweite Kategorie«, verkündet er verachtungsvoll und in einem Ton, der keinen Widerspruch duldet.

Offenbar werden die Fotos von der Hochzeit Ihrer Tochter in sein schönes Album nicht eingehen.

Die Geschenke treffen allmählich ein. Bald türmen sie sich in sämtlichen freien Ecken Ihrer Wohnung.

Anfangs hatte Justine erklärt, sie wünsche, daß das Geld für die Geschenke an einen Verein zur Alphabetisierung der kleinen Eskimos geschickt wird. Louis sagte keinen Ton dazu. Aber es gelang ihm – Sie werden nie erfahren, wie –, seine zukünftige Frau umzustimmen. Zu Ihrer großen Freude. Nicht, daß Sie etwas gegen den edlen Zweck der Alphabetisierung von Eskimokindern hätten. Aber Sie sind schrecklich gespannt, wer was schenkt.

Ihre Neugierde wird nicht enttäuscht. Ein Berg von Häßlichkeiten wird mit verschiedenen Transportmitteln bei ihnen angekarrt. Käseteller ohne Käseglocke. Käseglokken ohne Käseteller. Die aber nie zusammenpassen. Siebenundsechzig Schälchen für Salzmandeln und Erdnüsse, von denen Sie sich absolut nicht vorstellen können, was Ältere Tochter damit anfangen wird. Schalen ohne Funktion. Kleine Döschen. Nicht zusammenpassende Teller. Aschenbecher in so ungeheurer Zahl, daß selbst Justine und ihre Freundinnen, allesamt Kettenraucherinnen, keine Chance haben, sie jemals mit Asche zu füllen, auch wenn sie hintereinander achtzehn Stunden am Tag je drei Zigaretten zugleich rauchen würden.

Auf allgemeines Anraten hin hatte Ältere Tochter zwei verschiedene Geschenkelisten deponiert. Die erste in einem sehr schicken, sehr teuren Laden. Die Liste wurde ignoriert. Die zweite in einem Haushaltswarengeschäft, um ihre äußerst karge Küchenbestückung etwas aufzubessern. Ebenso erfolglos. Dafür kommen die Ladenhüter, die von den diversesten Lädchen just für Sie beiseite gelegt worden waren.

Nach der Hochzeit wird Ältere Tochter einen ganzen Monat dem Versuch widmen, einen Teil der Geschenke umzutauschen. Dabei entdeckt sie dann 1., daß ein Teil der in Dior-Schachteln verpackten Geschenke keineswegs von Dior kamen; 2., daß der riesige rote Keramikelefant, dessen mysteriöser Zweck nicht durchschaubar war – außer daß er einen Raum ausfüllte –, sehr wohl von Dior stammte, aber aus der Kollektion von vor fünf Jahren: Die Verkäuferin weigerte sich, ihn zurückzunehmen; 3., daß die Stehlampe aus Lederimitation schon sieben Hochzeiten mitgemacht hatte und nun auf die nächste, die achte, warten würde.

Die nicht umtauschbaren Objekte wurden zum Teil

von Ihnen aufgekauft – etwas frisches Geld tat dem jungen Paar gut – zwecks Weiterverschenkung: Als Brautmutter fühlten Sie sich für diese Racheaktion zuständig. Einen ganzen Lieferwagen voller Aschenbecher, Schalen und Dosen (aus Holz, Keramik, Glas, Plastik und so weiter) stiften Sie dem Rathaus Ihres Dörfchens im Périgord, für die große Tombola am 15. August. Und der Rest füllt zur Hälfte Ihren Dachboden.

Den Aschenbecher-Spendern widmeten Sie jedoch in dem Moment ein dankbares Gedenken, als das Präsent einer alten Tante von Louis eintraf.

Ein Käfig mit zwei *lebenden* weißen Tauben.

Der Krisenstab trat zusammen. Was sollte man mit diesem Federvieh des Friedens tun? Niemand wollte die Tiere.

Justine wies sie ab, unter dem Vorwand, sie stecke mitten im Umzug.

Sie, weil Sie nicht eine Sekunde Zeit hätten, um sich darum zu kümmern, höchstens um fünf Uhr früh beim Aufstehen. Der Mann weigerte sich, sie seiner Sekretärin oder seinem Steuerbeamten weiterzuschenken.

Die Concierge verkündete, sie würden ihre Katze wahnsinnig vor Begierde machen.

Louis machte den Vorschlag, den Käfig offen auf dem Balkon stehen zu lassen, auf daß die lästigen Viecher gen freundlichere Himmel flögen.

Daraufhin plärrte Klein-Schätzchen, sie würde diese Familie von Ungeheuern, in der sie lebte, bei Brigitte Bardot anzeigen. Es war doch klar, daß diese Luxustäubchen, die gewöhnt waren, morgens ihr Fressen vorzufinden, im feindlichen Paris, wo nirgendwo ein Korn auf den Trottoirs wächst, vor Hunger eingehen würden.

Alle wurden sich zu guter Letzt einig, daß der Platz für

das ärgerliche Geflügel auf dem Land war, am besten im Haus Ihrer Mutter.

Welche sich jedoch kräftig wehrte. Ich hasse weiße Tauben, fauchte sie. Ihr Gurren macht mich verrückt.

Die Tage vergingen. Die Tauben waren noch immer da. Sie waren stinkwütend, daß Sie – neben Ihren ganzen Vorbereitungsproblemen – auch noch ständig rennen mußten, um Körner einzukaufen (dieses unverschämte Viehzeug fraß wie die Scheunendrescher), den Käfig reinigen mußten (niemals hätten Sie gedacht, daß weiße Tauben so viel Dreck machen!), sie daran hindern mußten, sich zu streiten. Sie wagten es zwar nicht, es offen zu gestehen, aber Sie heckten den Plan aus, sie gebraten und mit Erbsen zu essen. Aber Sie fürchteten; Klein-Schätzchen könnte Wort halten und Sie wirklich Brigitte Bardot melden.

Und dann brach das Drama aus. Zwei Wochen vor dem Großen Tag bestellte Tante Madeline (die die Tauben ebenfalls abgewiesen hatte) den Mann zu sich, um ihm mitzuteilen, daß sie ihn enterbe, wenn Ältere Tochter an ihrem Hochzeitstag nicht den Schleier aus Calais-Spitze trage, der in der Familie von Generation zu Generation weitergegeben wurde.

»Niemals! Dieses Ding setze ich nie und nimmer auf meinen Kopf«, schrie Justine. »Monsieur Valentin hat mir ein entzückendes Blumenkränzchen mit weißem Tüll zusammengestellt. Ich will dieses alte Ding nicht, das auch noch so lang ist, daß es auf dem Boden schleift – ich würde ja aussehen, als sei ich in eine Gardine mit Rüschen eingepackt!«

»Tante Madeline ist die Hüterin der Tradition meiner Familie«, verkündete der Mann ernst.

»Du weißt selber, daß sie ein altes Luder ist«, bellte Ältere Tochter.

»Vielleicht«, antwortete der Vater der Braut, noch immer ernst, »aber da du eine große traditionelle Hochzeit willst – und Gott weiß, daß sie uns ganz schön lästig ist und ein Vermögen kostet –, finde ich es sehr verwegen von dir, daß du den Brauch nicht akzeptierst.«

Daraufhin brachen alle zusammen.

Justine schluchzte und jaulte, wenn das so sei, dann pfeife sie auf die große bürgerliche Hochzeit und wolle Louis lieber barfuß und in Lumpen in einem Nest in den Cevennen heiraten. (Warum gerade in den Cevennen? Das Rätsel wurde nie gelöst.) Sie brachen nun Ihrerseits in Tränen aus und jammerten, daß Sie sich nun seit drei Monaten kaputtmachten mit den Vorbereitungen für ein Fest, an das man sich drei Generationen lang erinnern würde, und daß Ihnen NIEMAND dafür auch nur im geringsten dankbar sei. Wenn Ältere Tochter Sie jetzt vierzehn Tage vor dem Fest sitzenließe, mit dreihundert Gästen, einem Büfett der Kategorie zwei, einem noch nicht abbezahlten Hochzeitskleid, zwei idiotischen Tauben und einer zur wütenden, giftspeienden Schlange gewordenen Dolly/Marcelle (»Ich hatte es ja immer gesagt, mein Sohn begeht den Irrtum seines Lebens, wenn er dieses Mädchen heiratet!«), dann würden Sie sich in eine Irrenanstalt einliefern lassen und Ihren Nervenzusammenbruch pflegen. Oder Sie würden endgültig im Amazonasdschungel verschwinden, und diese grüne Hölle wäre wahrscheinlich ein Hafen der Ruhe im Vergleich zu Ihrer Pariser Wohnung. Und nun keifte auch Joséphine noch los und behauptete, sie würde sich UMBRINGEN, wenn sie ihr Brautjungfernkleid aus rosa geblümtem Liberty-Stoff nicht tragen dürfte. Der Mann brüllte, alle Frauen seien Nervensägen, er wolle in seinem Büro ein Campingbett aufstellen und sich lieber den Auseinandersetzungen mit dem Steuerprüfer widmen, die im Vergleich zu den Scherereien, die er zu Hause habe, das reinste Vergnügen seien. Als Roquefort alle schreien hörte, glaubte er, es sei eine Katastrophe ausgebrochen, und begann wie ein Berserker zu bellen. Die Familie brüllte, er solle doch verdammt noch mal still sein, der blöde Köter. Die Nachbarn gingen wieder zur Concierge und fragten, ob sie nicht die Polizei holen sollten wegen nächtlicher Ruhestörung. Sie waren doch früher eine so ruhige Familie! Wem konnte man denn heutzutage noch trauen?

Allein der zukünftige Herr Schwiegersohn bewahrte die Ruhe und lächelte phlegmatisch. Er wartete, bis alle sich müdegeschrien, -geplärrt und -geheult hatten. Dann schlug er in aller Ruhe vor, man könne doch Monsieur Valentin mal fragen, den Fachmann in Sachen Brautkopfschmuck.

Monsieur Valentin verstand sofort, worum es ging. Er klatschte in die Hände, gab kleine Piepser von sich wie eine entzückte Maus und schwor Älterer Tochter, daß sie mit diesem himmlischen alten Kopfschmuck wie eine Prinzessin aussehen würde. Der Gedanke, Lady Di womöglich in den Schatten zu stellen, mißfiel Ihrer Linksaktivistin keineswegs. Plötzlich war sie hingerissen von der Vorstellung, zehn Meter Calais-Spitze hinter sich herschleppen zu müssen.

Sie widmen Monsieur Valentin ein dankbares Lächeln, und er zwinkert verständnisvoll zurück.

Eine Woche vor dem großen Tag bilden Sie ein Sonderkommando und lassen sich mit Justine und Lucinda, Ihrer Perle von Zugehfrau, im Haus Ihrer Mutter nieder. Um alles blitzblank zu putzen, vom Keller bis zum Dachboden. Und um die Küche wie versprochen neu zu streichen. Bürsten, Schwamm, Scheuerlappen, Allzweckreiniger, Bienenwachs sind in fliegendem Einsatz. Ihre Mutter erschrickt angesichts der fieberhaften Aktivität und zieht sich in ihr Zimmer zurück. Sie kommt nur noch hin und wieder heraus, um Sie mit klagender Stimme zu fragen, warum Sie ihre alten Rouen-Fayencen und ihre China-Vasen geklaut hätten.

»Du könntest wenigstens warten, bis ich tot bin«, sagt sie vorwurfsvoll.

Sie antworten geduldig, daß Sie ihr nicht einen einzigen ihrer Schätze entwendet, sondern sie im Keller gestapelt hätten, um zu verhindern, daß ungeschickte Gäste am großen Tag irgend etwas kaputtschlagen. Ihre Mutter tut so, als würde sie Ihnen glauben.

Am Wochenende kommt Klein-Schätzchen mit einer ganzen Armee von kleinen Freundinnen, um kilometerweise Blumengirlanden aus weißem Seidenpapier zu basteln, die Haus, Garten und Kirche schmücken sollen. Sie stellen den Sohn des Gärtners ein, damit er seinem Vater hilft, das Unkraut zu jäten, das hartnäckig jeden Morgen wieder da ist, und um die Wiese zu mähen. Sie hängen Schildchen auf, um den Weg zu den Toiletten zu kennzeichnen. Ansonsten könnten die Gäste ratlos durchs Haus irren, alle Türen aufmachen, auch die Kellertür, und sich gegenseitig nach dem stillen Örtchen fragen. Ältere Herren könnten womöglich ihre Blase in die Vase mit den weißen Blumen erleichtern (o Graus!).

Sie sind wie gelähmt vor Erschöpfung. Schmutzig, Ihre Haare sehen aus wie die Borsten eines ausgedienten Besens. Die Fingernägel sind alle abgebrochen. Muskelkater wütet in Ihren Gliedern.

Daraufhin erinnert sich Ältere Tochter daran, daß eine ihrer Freundinnen mit ihrem Vater in einem alten Pferdewagen zum Standesamt gefahren ist. Sie finden in einem letzten Aufbäumen von Energie den Mut, nein zu sagen.

Drei Tage vor der Hochzeit einen alten Wagen ausfindig zu machen und ihn neu zu lackieren geht einfach über Ihre Ihnen noch verbleibenden Kräfte.

»Aber wir haben doch das Pferd!« ruft Justine, die offenbar an ihrem Gedanken hängt. »Ganz in der Nähe vom Dorf gibt es einen Reitclub.«

Sie prophezeien, daß es entweder ein schrecklicher Gaul sein wird, der sich weigert, einen Schritt zu tun, und der die ganze Hochzeitsgesellschaft lächerlich macht, die dann den Wagen schieben muß – durch den Dreck, denn es wird natürlich regnen, nach dem Motto »Es wird sowieso alles schiefgehen« –, oder aber, daß es eine nervöse Stute sein wird, die durchgeht. Sie beschwören das apokalyptische Bild der Braut, die an der Seite ihres Vaters im wilden Galopp in unbekannte Fernen entschwindet, in einem weißen Wirbel von Calais-Spitzen.

Zum Glück wird Ältere Tochters Aufmerksamkeit abgelenkt, und zwar durch die Auseinandersetzung mit dem energischen Jungpriester, der sich weigert, seine Kirche mit den weißen Blumengirlanden zu behängen. Eine Hochzeit sei kein Jahrmarkt, gibt er streng zu bedenken. Und er schlägt vor, den Altarraum mit Kinderzeichnungen auszuschmücken, zum Thema: Hunger in der dritten Welt. Ältere Tochter ist selbst engagiert, was die Bekämpfung des Hungers in der dritten Welt angeht. Was sie aber nicht daran hindert, stur auf ihrer Blumendekoration zu bestehen. Der Pfarrer droht mit einem Sitzstreik vor dem Altar am Tag der Feierlichkeiten. Schließlich einigen sie sich auf einen Kompromiß: In der Kirche werden sowohl die Kinderzeichnungen als auch die Blumengirlanden aufgehängt.

UND DANN KOMMT DER TAG . . .

Sie werden im Morgengrauen geweckt – und zwar durch einen lauten Streit zwischen dem Gärtner und dem Party-Service-Menschen, der die Heringe seines Party-

Zeltes in den Rasen bohren möchte. Die beiden Männer werden nahezu handgreiflich. Der Gärtner zieht den kürzeren und flüchtet – wobei er Sie laut verwünscht.

Sie haben so gut wie nicht geschlafen. Die Aufregung hat Sie wach gehalten – aber auch die Angst, die ungeheure Frisur, die Monsieur Yves am Vorabend auf Ihrem Kopf geschaffen hat, zu zerstören.

Der Braut ist es schlecht. Mein Gott, das ist nun aber wirklich der falsche Augenblick. Joséphine hat bis fünf Uhr früh mit ihren Freundinnen geschwatzt, die die Nacht zu viert in einem Bett verbracht haben. Der Mann wurde von Alpträumen heimgesucht und brüllte:

»Herr Finanzinspektor, stecken Sie mich ins Gefängnis, und zwar sofort!«

Nur Ihre Mutter hat seelenruhig geschnarcht.

Sie treffen sich alle im leichten Morgengewand in der Küche zum Frühstück, da fallen bereits die Büfettmenschen ein wie die Hunnen und drängen Sie in Ihre Gemächer zurück. Justine, Joséphine und ein ganzer Schwarm von Freundinnen aller Alterskategorien besetzen nun – in BH und Unterhöschen – das einzige Badezimmer des Hauses. Im Seidenkimono schleichen Sie ins Wohnzimmer, um zu prüfen, wie es den Blumensträußen geht (die am Vorabend im Hallenviertel gekauft wurden) und ob die WC-Schildchen auch richtig angebracht wurden, als plötzlich und hochdramatisch Justine auf der Treppe erscheint.

Es fehlt der Gürtel ihres Hochzeitskleides, das wie ein duftiges Gespenst in ihrem Zimmer hängt. Sie stürzen ans Telefon, um Cousine Jeanne zu bitten, im Geschäft vorbeizufahren und den Gürtel mitzubringen. Die letzte Rate eines gürtellosen Kleides würden Sie auf keinen Fall bezahlen!

»Und wo ist mein blaues Strumpfband?« schreit Justine, die offenbar fest entschlossen ist, auch nicht eine einzige Tradition der bürgerlichen Hochzeit zu übergehen. »Wer hat an mein blaues Strumpfband gedacht?«

Die Wahrheit kommt ans Licht. Sie haben das blaue Strumpfband vergessen.

»Aber ich *muß* etwas Blaues tragen. Das bringt Glück!« schluchzt Ältere Tochter.

Es gibt wohl niemand, der abergläubischer wäre als eine bekehrte Trotzkistin. Sie stürzen abermals ans Telefon, um Cousine Jeanne nochmals anzurufen. Die das Haus schon verlassen hat. Sie setzen durch, daß Justine einen Kompromiß schließt: Sie wird sich über dem rechten Knie ein blaues Bändchen umbinden, das einst eine Pralinenschachtel schmückte und das Ihre Mutter, die nichts wegschmeißt, in einer alten Suppenschüssel aufbewahrt hat. Jetzt nutzen Sie einen Augenblick der allgemeinen Unaufmerksamkeit und huschen ins Bad, unter die Dusche. Wo Sie sich bemühen, die Frisur, die auf Ihrem Kopf thront, zu schonen. Sie ziehen ein hinreißend hellbeiges Seidenkleid von Per Spook an (ein sündteures Textil, aber Sie haben dem Mann versprochen, dieses Fähnchen würde Sie bei allen Empfängen bis zu Ihrem Lebensende kleiden). Sie schminken sich. Etwas zu stark. Aber die Mutter der Braut darf nicht erschöpft aussehen. So, und nun noch eine Wolke Diorissimo. Fertig.

Sie treten aus dem Badezimmer und treffen auf den Sohn des Gärtners. Welcher Sie verblüfft ansieht, die Hand staunend zum Mund führt und ruft: »Oh! Madame, wie schön Sie sind! *Es wird Sie niemand wiedererkennen!*« Sie denken lieber nicht darüber nach, ob das wohl ein Kompliment war. Sie eilen zum Mann, um ihn beim Anziehen zu beraten. Er hat sich energisch geweigert, einen Cut zu leihen, und hat sich ganz in Schwarz gekleidet, wie ein Anarchist des vorigen Jahrhunderts. Er macht jedoch ein Zugeständnis und steckt sich eine weiße Kamelie ins Knopfloch, außerdem läßt er sich überreden, nicht zweierlei Schuhe – einen Lackschuh und einen anderen – anzuziehen.

Joséphine hat bereits ihr rosarotes Liberty-Kleid zugeknöpft, wenn auch schief, und beaufsichtigt die Rotte der Ehrenjungfern und der Knaben, die wie Sandflöhe überall herumhüpfen.

Die ersten Gäste kommen. Unbekannte. Sie schicken sie zum Standesamt. Danach eine Truppe von Öko-Genossen – Freunde von Älterer Tochter –, sie führen kuriose alte Musikinstrumente mit. Freundlich werden Sie aufgeklärt, daß Sie es mit einer okzitanischen Folkloregruppe zu tun haben, die mit mannigfaltigen alten Tänzen aufwarten wird. Sie verschieben den Augenblick auf später, wo Sie ihnen mitteilen werden, daß der Mann eine eigene, bürgerliche Fünf-Mann-Kapelle bestellt hat (die letzte Wahnsinnsidee!).

Schließlich entsteigen einem schnittigen Alfa Romeo Louis und seine Mutter. Sie fauchen innerlich. Superwoman ist superelegant, natürlich. Ganz in Rot, mit einem riesigen schwarzen Strohhut. Sie fällt kilometerweit auf. Das Luder! Sie wissen, daß sie es absichtlich getan hat. Im übrigen hatte Sie Ihre Mutter gewarnt: »Am Hut erkennt man die Brautmutter!« Aber Sie haben nicht auf sie gehört und wollten sich nicht mit einem lästigen Hut das Leben schwermachen. Trotz Ihres Per-Spook-Kleides und der kunstvollen Frisur von Monsieur Yves sehen Sie aus wie ein bescheidener Gast. Sie nehmen sich fest vor, zu Klein-Schätzchens Hochzeit ebenfalls eine riesige fliegende Untertasse aufzusetzen, die von Blumen und Bändern nur so strotzt. Louis' Vater stellt sich vor. Und wirft seiner Exfrau einen haßerfüllten Blick zu. Die beiden begrüßen sich sehr kühl und nur von weitem. Der Gürtel ist noch immer nicht eingetroffen. Nun gut. Dann muß jetzt eben ohne Gürtel zum Standesamt aufgebrochen werden, das in fünf Minuten zu Fuß zu erreichen ist. Sie schwören Justine, daß ihr Kleid ohne Gürtel sowieso hübscher sei. Ihr Bäuchlein kommt weniger zur Geltung. Der Zug setzt sich allmählich in Bewegung. Der Mann nimmt feierlich den Arm seiner geliebten Älteren Tochter. Sie selbst haken sich fröhlich beim stets phlegmatischen Louis ein.

»Pardon! Das ist meine Rolle! Ich muß meinen Sohn führen«, erklärt Dolly/Marcelle vehement und entreißt Ihnen ihren Sprößling.

Also landen Sie an der Seite von Louis' Vater. Er macht Ihnen ein Kompliment über Ihr Seidenkleid und über Ihren Pfirsichteint à la Helena Rubinstein.

»Ich habe den Eindruck, daß ich meine eigene Tochter zum Altar führe«, fügt er im Ton des Charmeurs hinzu.

Sie finden ihn ab-so-lut hin-rei-ßend. Kein Wunder, daß er sich von der schrecklichen Superwoman hat scheiden lassen. Sie erfahren, daß er ein Altersheim bei Nizza leitet. Ah ja, jetzt wissen Sie, wo Sie hinkönnen, wenn Sie einmal alt sind!

Vorerst scheint die Sonne. Die Apfelbäume stehen in voller Blüte. Die Hochzeitsgesellschaft ist reizend anzuschauen. Sie vergessen, daß Sie müde sind, daß Ihre Beine eine Tonne wiegen, daß Sie Muskelkater haben, daß Ihre Stöckelschuhe Sie drücken und Ihnen zusätzlich das Gefühl vermitteln, Sie gingen auf Stricknadeln. Wer schön sein will, muß leiden. Den Tag werden Sie mit kaputten Füßen und verstauchten Knöcheln beschließen. Das ist sicher. Jetzt aber auf in den Kampf! Ein Schrei: Großmutter! Wo ist Großmutter? Ihre Mutter genießt ihren Auftritt, als sie feierlich aus dem Haus hervorkommt. Sie trägt den frechen kleinen Hut mit Gesichtsschleier, den

Sie ihr geschenkt haben. Was den Erbschleier angeht, so läßt ihn Tante Madeline nicht aus den Augen.

Standesamt. Sie hören nichts als ein dumpfes Stimmengewirr. Der Bürgermeister liest feierlich die entsprechenden Paragraphen aus dem Zivilgesetzbuch – das Paar hört ernst zu, aber eine seltsame kleine Gruppe in der Ecke grinst unverhohlen. Sie haben den Verdacht, daß es die Trotzkisten-Freunde von Älterer Tochter sind. Man verlangt eine Unterschrift von Ihnen. Sie gehorchen. Was unterschreiben Sie? Das ist Ihnen egal.

Der Brautzug geht weiter zur Kirche. Die Ankunft der Braut ruft ein Geraune der Bewunderung hervor. Der Mann ist bleich vor Rührung. Ihr Mutterherz schlägt so heftig, daß es zu zerspringen droht. Ihr kleines Mädchen strahlt vor Schönheit und vor Freude. Zehn Meter Spitze wölben sich hinter ihr wie die Segel eines Zauberschiffs. Die Trotzkisten erstarren hinten in der Kirche. Das Gefolge von kleinen Jungen und kleinen Mädchen trottet in heilloser Unordnung hinterher. Der kleine Adrien – drei Jahre alt – stolpert über den hochheiligen Schleier, der Justine ums Haar vom Kopf gerissen wird – sie muß in ihrem feierlichen Gang zum Altar eine Vollbremsung einlegen. Eine anonyme Hand zieht den kleinen Schuldigen zur Seite, der die Lage nutzt, um vor Schreck laut »Pipi« zu schreien. Ältere Tochter hat sich nichts anmerken lassen: Sie hat weiter gelächelt. Offenbar hat sie heimlich Unterricht am englischen Hof genommen.

Gottesdienst wie im Traum.

Das zweifache »Ja«.

Der Tausch der Ringe – Louis hat sie nicht vergessen. Allerdings haben Sie ihn diesbezüglich seit gestern abend auch vierzehnmal angerufen.

Beim Hochzeitsmarsch von Mendelssohn steigen Ihnen die Tränen in die Augen. La-la, la . . . la-la-la-la.

Beim Verlassen der Kirche klatscht die ganze Gesellschaft Beifall. Die Müsli-Hippies werfen mit Feldblumen. Die Trotzkisten mit Reis statt mit Molotowcocktails. Fotografen treten in Aktion. Das Hochzeitspaar allein. Das Paar mit den fröhlichen, Grimassen schneidenden Kindern. Das Paar mit den Eltern. Ihnen widerstrebt der Gedanke, sich mit Superwoman in ihrem roten Kleid ablichten zu lassen – der Hut wird drei Viertel des Fotos einnehmen. Sie flüchten. Man fängt Sie wieder ein. Sie hatten recht, mißtrauisch zu sein. Später, als Sie die Fotos sehen, stellen Sie fest, daß Sie aussehen wie eine erschrockene Häsin neben einem knallroten Tigerweib. Sie werden zwei Monate damit zubringen, alle Fotos, auf denen Sie zu sehen sind, aus dem Familienalbum zu verbannen.

Umtrunk für die Dorfbewohner. Indessen sausen einzelne Gäste zum Haus zurück und plündern das Büfett. Und besetzen das Klo. Lange Warteschlangen haben sich gebildet, wie im Flugzeug. Wider alle Ihre Erwartungen kommt es ansonsten zu keinerlei Zwischenfällen. Außer, daß Louis' Eltern abseits in einer Ecke stehen und leise alte Fehden auszutragen scheinen – dem Augengeblitze und -gerolle nach zu schließen.

Es war eine gute Entscheidung, das Menü der Kategorie zwei zu wählen – alle scheinen es zu schätzen. Das Gedränge unter dem Zeltdach ist unbeschreiblich. Der Ober wirkt besorgt. »Es wird zusammenbrechen«, prophezeit er zwischen den Zähnen. »Das sind mehr als dreihundert Gäste, da bin ich mir ganz sicher ... Ich weiß nicht, ob der Sekt ausreichen wird.« Wir werden sehen. Sie sind in einem Schwebezustand. Eine Menge Leute, die Sie nicht kennen, umarmen Sie unentwegt und beglückwünschen Sie. Aha, die Vettern aus dem Baskenland sind doch gekommen! Sie hatten doch abgesagt. Ein weiblicher Kleiderschrank im aprikosenfarbenen Hängekleid blockiert der Reihe nach alle Türen und pflanzt sich schließlich vor dem Büfett auf, wo er mindestens vier Leuten den Zutritt verwehrt. Niemand weiß, wer das ist. Sie nicht (also ist es jemand aus Louis' Familie. (Gewiß nicht, die Dame kommt bestimmt aus Ihren Rängen.) Auch der Ober nicht. (Nein das ist nicht eine jener Cocktail-Schmarotzer, die man überall trifft.) Das Rätsel wurde nie gelöst.

Sie erwischen einen der scheinbar wohlerzogenen Freunde von Louis, wie er sich gerade die schokoladencremebeschmierten Finger an den Gardinen Ihrer Mutter abwischt. Der zweite Großputz ist schon in Sicht. Der dynamische Jungpriester findet Ihren Sekt ganz akzeptabel. Der Dominikanerpater auch. Überhaupt alle. Eine unbekannte Hand – die vom Mann in Petits-fours-Währung bestochen wurde, das werden Sie viel später erfahren – öffnet den Taubenkäfig, der im Garten auf einem Tisch steht. Inmitten des Freudengeschreis fliegt das lästige Federvieh davon und verschwindet aus Ihrem Leben.

Der Lärm der Unterhaltung ist ohrenbetäubend. Justine eröffnet den Tanz mit demjenigen, den Sie fortan Herr Schwiegersohn nennen werden. Der Mann verspricht Ihnen eine Polka piquée. Das ist der einzige Tanz, den er beherrscht, und Sie ernten echte Bewunderung. Sogar Klein-Schätzchen fragt Sie, ob es sich da um einen heidnischen Tanz aus der Vorzeit handle.

Die okzitanische Folklore-Gruppe spielt eine muntere Bourrée. Und blickt müde und verächtlich über die ach so bürgerliche Hochzeitsgesellschaft hin. Aber sie hört sehr bald auf – Gott sei Dank, denn der Lärm der beiden simultan spielenden Kontrastensembles ist höllisch –, um sich zum drittenmal über das Büfett herzumachen, das der Party-Spezialist inzwischen wieder aufgefrischt hat. »Ich hatte es Ihnen ja gesagt, daß die wie fünfhundert essen würden!« flüstert er Ihnen zu. »Zum Glück kenne ich mein Gewerbe.«

Der Tag verfliegt in Windeseile.

Wie im Traum oder wie in einer amerikanischen Komödie sputen Ältere Tochter und Herr Schwiegersohn davon, ziehen sich um, nehmen ihre Koffer und rasen nach Orly, um ein Flugzeug zu den Balearen zu besteigen, ein Reiseziel, das sie Venedig schließlich vorgezogen haben. Jetzt sind sie weg.

Sie brechen in Tränen aus. Der Mann legt eine zärtliche Hand auf Ihre Schulter. »Es ist die Erschöpfung«, läßt er ein wenig hilflos verlauten. »Ja, es ist die Erschöpfung«, bestätigen Sie, tränenüberströmt.

Obwohl Ältere Tochter den Hort der Familie schon vor Jahren verlassen hat, haben Sie plötzlich, hier, heute, das Gefühl, daß sie Sie wirklich verlassen hat. Und Sie sind untröstlich. Idiotisch, oder?

Kapitel 10

Sonntag, spätnachmittags. Sie sitzen friedlich vor dem Fernseher. Das Telefon klingelt. Klein-Schätzchen trabt los wie ein Büffelweibchen. Kommt wieder. Es war ein Wahnsinniger, der unverständliches Zeug ins Telefon gebrüllt hat. Sie hat eingehängt. Der Wahnsinnige ruft erneut an. Er verlangt, Sie persönlich zu sprechen. Sie seufzen. Wieso werden Sie immer gerade während der Nachrichtensendungen, die Sie am meisten interessieren, gestört?

Sie haben Mühe, die Stimme von Herrn Schwiegersohn zu erkennen, der undeutliche Worte in den Hörer sprudelt. Schließlich kapieren Sie, daß er von der Frauenklinik aus anruft, wo Ältere Tochter gerade ihr erstes Kind zur Welt bringt. »Schnell! Kommen Sie schnell!« brüllt Herr Schwiegersohn und hängt ein. Ohne Ihnen die Adresse der Entbindungsklinik zu geben. Zum Glück waren Sie darauf gefaßt und haben alle Informationen in dicken Lettern auf Ihren Schreibtischblock notiert. Sie hatten noch nicht einmal die Zeit, diesen angehenden Vater darüber zu belehren, daß eine Erstgeburt im allgemeinen lange dauert. Zu lange.

Sie ziehen sich in aller Ruhe einen Mantel über, stecken einen eigens für den Zweck gekauften Krimi ein und teilen dem Mann mit, daß Sie jetzt wegen Geburtsfall aushäusig sein werden. Er war gerade in seine Steuerakten vertieft und ist einen Augenblick lang verwirrt. Nein, nein, nicht Sie werden ein Kind bekommen, seine geliebte Ältere Tochter. Wie bitte? Was? Welches Kind? spricht der Mann und gibt sich vollkommen verstört. Das geht Ihnen jetzt auf die Nerven. Diese Nummer hat er Ihnen schon bei Ihren Niederkünften gebracht – die totale Verwunderung: Was ist denn los, Liebling? Dabei hatte er schon vor neun Monaten beschlossen, wie der Sohn heißen würde. (Daß der Sohn dann eine Tochter wurde, war ein Schock!)

Der Mann wird sich schließlich bewußt, daß sein erstes Enkelkind das Licht der Welt erblicken wird. Glaubst du, ich soll mitkommen? fragt er besorgt. Gewiß nicht. Der Mann ist Ihnen in solchen Situationen noch nie sehr nützlich vorgekommen. Seine einzige Tat hatte damals darin bestanden, sich im Wartezimmer flach auf den Boden zu legen – Hebamme und andere Väter waren höchst erstaunt – und dort tief einzuschlafen.

Sie bitten Klein-Schätzchen, sie möge ihrem Vater etwas zu essen machen. Sie protestiert. Warum darf sie nicht auch mit in die Klinik? Nein, sagen Sie mit Nachdruck. Sie wird schnell genug an der Reihe sein.

Friedlich kommen Sie in der Entbindungsklinik an. Dort finden Sie Herrn Schwiegersohn vor – zwischen zwei behelmten Polizisten. Herr Schwiegersohn wirft sich auf Sie. Sie leidet. Sie leidet sehr! brüllt er und schüttelt Sie wie einen Pflaumenbaum. Man muß einen Kaiserschnitt machen!

Sie versuchen den Unglückseligen zu beruhigen. Die bewaffneten Polizisten versuchen es auch. Machen Sie sich doch keine Sorge, das wird alles gutgehen, versichern Sie ihm, Sie können uns glauben, wir kennen das. Die Anwesenheit dieser beiden Ordnungshüter macht

Sie neugierig. Sie erfahren, daß Ältere Tochter und Herr Schwiegersohn, einen schönen Septembernachmittag nutzend, auf dem Land spazierengingen, als die ersten Wehen einsetzten. Rein ins Auto und los. Staus auf der West-Autobahn. Herr Schwiegersohn drehte nahezu durch, als er das Gejammer einer Erstgebärenden hörte, fuhr auf die Spur, die für Notfälle reserviert ist, und raste wie ein Wahnsinniger in Richtung Paris, hupend und den erstaunten Autofahrern dramatisch zugestikulierend. Die beiden behelmten Polizisten waren urplötzlich mit ihren Motorrädern aufgetaucht. Hatten sofort kapiert, worum es ging, und der werdenden Mutter mit lautem Tüüt-tüüüt Geleitschutz gegeben. Und so war denn Ältere Tochter an diesem ruhigen Sonntagnachmittag in der Klinik angekommen mit einer offiziellen Eskorte von zwei Polizisten in voller Montur. Das Klinikpersonal wurde durch den Lärm aufgeschreckt und eilte geschlossen zum Eingang, um Justine zu empfangen – die in den robusten Armen des ersten Gendarmen hereingetragen wurde, während der zweite Ordnungshüter das Auto einparkte, da Herr Schwiegersohn unfähig war, es in eine Lücke zu fahren, die für drei Lkw gereicht hätte.

»Warum seid ihr denn auch so kurz vor der Entbindung aufs Land gefahren?« sagen Sie vorwurfsvoll zu Herrn Schwiegersohn.

»Bei der letzten Untersuchung hat der Gynäkologe geschworen, die Geburt sei in zehn Tagen fällig.«

Es gibt Augenblicke, wo es unpassend ist zu sagen: »Ich hatte recht.« Schade. Diese Sache mit dem Geburtstermin hatte zu einer Auseinandersetzung zwischen Älterer Tochter und Ihnen geführt. Sie behauptet, diesen ganzen hypermodernen Geräte in der Klinik würden auf die Stunde genau den Zeitpunkt der Geburt vorausberechnen. Sie hingegen gaben zu verstehen, man dürfe die Rolle des Vollmondes nicht unterschätzen.

Ältere Tochter hatte höhnisch gelacht. Der Vollmond! Und was denn noch? Schäfchen zur Linken, das Glück tut winken! Spinne am Abend, erquickend und labend! Im Zeitalter der Computer der dritten Generation kannst du dir deine Großmüttersprüche hinter den Kachelofen stecken, meine arme Mama. Sie haben sich daran gehalten. Und triumphieren schweigend. Heute abend ist Vollmond.

Der Gynäkologe erscheint und wendet sich an den werdenden Vater. Alles in Ordnung. Es wird sogar schneller gehen als sonst bei Primiparas. (Das Wort war Ihnen schon immer verhaßt, Sie denken dabei an Primaten, speziell an Gorillaweibchen!) »Ihre Frau verlangt nach Ihnen, Sie sollen bei der Geburt dabeisein.«

Sie ziehen eine Augenbraue hoch.

»Selbstverständlich«, erklärt Herr Schwiegersohn, der sich etwas gefangen zu haben scheint. »Justine meint ... das heißt, wir meinen, daß es wichtig ist, gemeinsam die Geburt unseres Kindes zu erleben, und ich solle diese Prüfung mit ihr teilen.«

Sie sparen sich den Kommentar. Wieder diese Kluft zwischen den Generationen. Um nichts in der Welt hätten Sie die Anwesenheit des Mannes ertragen, zum Zeitpunkt, wo das Zauberwesen Frau mehr einer kalbenden Kuh als der Fee Melusine ähnlich sieht. Aber Sie sind nicht in, das wissen Sie; die jungen Väter verkünden eben heutzutage, daß es nichts Schöneres gibt auf der Welt, als bei der Ankunft ihres Kindes dabeizusein.

Der Gynäkologe verschwindet: Er wird von der aufgeregten Krankenschwester entführt. Schnell, Herr Doktor! Noch ein unvorhergesehener Fall! Aha! Es scheint, der Vollmond beginnt zuzuschlagen.

Die beiden Polizisten sind noch immer da. Jetzt gehören sie irgendwie zur Familie. Sie erklären, daß ihr Dienst beendet sei und daß sie also warten können bis zur Geburt »ihres« Kindes, um dann der Mutter zu gratulieren. Sie selbst geben Herrn Schwiegersohn leise den Rat, er möge sie ins Nebengebäude führen. Was denn für ein Nebengebäude? stammelt der Neuling. Na die Kneipe um die Ecke natürlich. Ach so, jaja, eine gute Idee, murmelt Herr Schwiegersohn und führt die beiden Begleitschützer zu einem stärkenden Pastis.

Sie nutzen die Gelegenheit und gehen zu Älterer Tochter, die schon im Kreißsaal liegt, inmitten von hochmodernen, befremdlichen Geräten, die nach allen Richtungen blinken. Auf der Stirn des Säuglings sind, obwohl er noch im Mutterleib steckt, Elektroden angebracht. Sie kommen sich vor wie in einem Science-fiction-Film. Justine erscheint Ihnen blaß und voller Angst, trotz ihres mutigen Lächelns. Sie hält sich krampfhaft an Ihnen fest.

»Es ist blöd, aber plötzlich habe ich Angst«, gesteht sie.

»Mach dir nichts draus! Es wird alles wie geölt vor sich gehen«, schwören Sie ihr.

»Wie ging das damals bei dir mit mir?« fragt Ältere Tochter.

»Wunderbar. Du bist nur so rausgeflutscht«, lügen Sie und lächeln aufmunternd.

Sie hüten sich, ihr zu erzählen, daß es damals nur einen Platz im Flur gab, als Sie in der Klinik ankamen – mit Hilfe eines schrecklichen Taxifahrers, dem die Panik, es könnte in seinem Wagen zur Geburt kommen, im Genick saß; der Mann war im letzten Augenblick nicht in der Lage gewesen, seinen Peugeot zu starten, obwohl er ihn vorsorglich in der Werkstatt hatte inspizieren lassen. Sie haben stundenlang im Flur gelegen, und die Leute, die vorbeikamen, blickten neugierig her – alle, von der Hebamme bis zum Klempner. Doch, ein Klempner war auch darunter, dessen sind Sie sich ganz sicher: Er schleppte seine Werkzeugtasche. Ihr berühmtes Schamgefühl wurde ganz schön in Mitleidenschaft gezogen. Was danach passierte, wissen alle Mütter.

»Jetzt werden deine Übungen zur schmerzfreien Geburt nützlich sein«, erklären Sie.

Und erfahren, daß Justine den Kurs nicht besucht hat. Es ging ihr auf die Nerven, dieses Pseudo-Yoga, dieses lächerliche Geschnaufe.

»Ich ging immer ganz entspannt hin und kam in einem entsetzlich angespannten Zustand wieder nach Hause. Dieses ganze Zeugs ist Quatsch. Viele meiner Freundinnen haben es mir bestätigt.«

Am Klang ihrer Stimme spüren Sie, daß dieses »Zeugs« ihr im Augenblick etwas weniger als »Quatsch« vorkommt.

»Denk einfach daran, zwischen den Wehen regelmäßig zu atmen«, raten Sie ihr.

»Ja, denk daran, ganz regelmäßig zu atmen«, wiederholt Herr Schwiegersohn, der wieder aufgetaucht ist.

Seine Selbstsicherheit hat gewiß mit einem doppelten Pastis zu tun, den er auf Anweisung der französischen Staatspolizei als Mutmacher zu sich genommen hat.

Sie gehen zur Tür, um Ältere Tochter und Herrn Schwiegersohn die Geburt ihres ersten Kindes unter vier Augen erleben zu lassen. Sie treffen auf eine Krankenschwester.

»Wo ist der Koffer?« fragt sie Herrn Schwiegersohn.

»Tja ... das Kind kommt zu früh ... wir hatten ihn nicht vorbereitet ... und außerdem ...«

Die Krankenschwester hebt die Hände zum Himmel.

»Wenn ich seit zwanzig Jahren Bußgeld kassiert hätte

von allen Frauen, die im Glauben hierherkommen, ihr Kind würde in weißer Babywäsche zur Welt kommen, dann wäre ich heute Millionärin.«

Also erbieten Sie sich, zu Älterer Tochter nach Hause zu sausen und ein paar Hemdchen, Höschen und so weiter zusammenzusuchen. Und dazu noch ein langes T-Shirt mit einem wilden japanischen Krieger vorne drauf, anstelle eines Nachthemds für die junge Mutter. Justine weigert sich seit jeher, irgendein klassisches Wäschestück zu tragen. Als Sie in die Klinik zurückkommen, ermahnen Sie sie, daß das erste, was die ganz neuen Äuglein ihres Kindes erblicken würden, das verzerrte Gesicht eines »Banzai!« schreienden Samurai sein würde. Wenn man den Forschungen von Professor Lorenz über die Graugänse Glauben schenkt, so wird dieser erste Eindruck unauslöschlich sein und unvorhersehbare Folgen haben. Aber Ältere Tochter ist in einem derartigen Zustand, daß sie über den Professor Lorenz und seine Gänse Obszönes von sich gibt. Außerdem rechne sie fest damit, daß sie nicht eine Gans, sondern ein Menschenkind zur Welt bringen werde.

Als Sie ins Wartezimmer zurückkehren, ist es voll von angsterfüllten Familien. (Der Vollmond scheint fest entschlossen zu sein, die Berechungen der Computer über den Haufen zu werfen.) Ein schnauzbärtiger Vater geht hektisch auf und ab. Nanu, tatsächlich einer, der nicht bei der Geburt seines Sprößlings dabeisein wird. Eine arabische Sippe mit Großeltern, Onkeln, Tanten, Kindern, Sack und Pack kauert auf dem Boden und ißt Gebäck – Nußhörnchen, Sie sind ganz wild danach – und trinkt Pfefferminztee aus einer Thermosflasche. Sie betteln ihnen ein Glas ab. Die Sippe vertraut Ihnen an, daß sie Drillinge erwartet. Wer spricht da von Geburtenrückgang?

Eine Mutter und eine Schwiegermutter streiten leise

über den Namen des zukünftigen Säuglings. Zu Ihrer großen Freude hat Ältere Tochter beschlossen, daß Superwoman erst nach der Geburt zur Klinik kommen dürfe. Dolly/Marcelle war wütend. Aber Ältere Tochter blieb standhaft. Schließlich kriege ich ein Kind, oder? Also hat *meine* Mutter dazusein. Basta.

Sie rufen den Mann an, um ihm den neuesten Stand der Dinge zu berichten. Ältere Tochter ist mittendrin in den Wehen, und Herr Schwiegersohn hält ihr die Hand und zählt mit ihr die Kontraktionen. Der geknurrte Kommentar lautet, daß dies ja wohl nicht der richtige Platz für einen Mann sei. Gebären ist Frauensache, erklärt der Befürworter des reinen, strengen Patriarchats. Aus Widerspruchsgeist erklären Sie mit Verve, Sie fänden es sehr rührend, wenn der Vater die schwere Prüfung der Mutter miterlebt, und Sie fänden es sehr schade, daß der Mann Ihres Lebens bei der Geburt seiner beiden Töchter nicht dabei war. Das hätte ihm nämlich geholfen, die Überlegenheit des weiblichen Geschlechts zu verstehen, eine Überzeugung, in der Sie sich mehr denn je bestätigt fühlten. Ihr ganz privater Macho hängt wutschnaubend ein, nachdem er Sie eine tollwütige Feministin geschimpft hat.

Die beiden Polizisten sitzen noch immer in der Kneipe und unterhalten sich feucht-fröhlich bei der inzwischen wohl dritten oder vierten Runde. Sie laden sie zu einer fünften ein.

Und kehren in die Klinik zurück. Das Warten kommt Ihnen jetzt endlos vor. Unmöglich, die Aufmerksamkeit auf diesen Krimi zu konzentrieren, obwohl da lawinenartig grauenvolle Morde aufeinander folgen. Normalerweise beruhigt Sie solche Lektüre, ist sogar ein Schlafmittel für Sie. Aber heute nervt es Sie nur. Aufgeregt treten Sie im Korridor auf der Stelle und lassen die Tür nicht aus dem Auge, hinter der Ihr kleines Mädchen nun seinerseits den Schmerz des Gebärens erlebt. Für eine Mutter gibt es nichts Schlimmeres als die Schmerzen ihrer Kinder. Lieber würden Sie selbst eine dritte Geburt durchmachen.

Plötzlich geht die Tür auf. Sie rennen los. Es ist soweit! Das Kind ist geboren!

Zwei Krankenschwestern kommen heraus und stützen einen halb ohnmächtigen Herrn Schwiegersohn: Sein Hemd ist zerrissen, überall hat er Schrammen und Kratzwunden. Die Schwestern lassen ihn wie einen Sack schmutziger Wäsche auf den erstbesten Stuhl fallen.

»Er hat schlapp gemacht da drinnen«, erklärt die erste Schwester.

»Eine Plage, diese Väter!« ruft die zweite. »Wir haben wirklich Wichtigeres zu tun, aber nein, sie müssen ihre Schau abziehen.«

Das Pflegepersonal kehrt hastig in den Kreißsaal zurück, und Sie vernehmen ein langgedehntes Jammern von Älterer Tochter, das Ihnen den Magen umdreht.

Sie neigen sich über den armen zukünftigen Vater. Und verpassen ihm zwei energische Ohrfeigen. Er kommt wieder zu sich. Elend. Verstört. Schamerfüllt. Er war der Situation nicht gewachsen. Er konnte einfach nicht. Sie leidet. Sie leidet so sehr, schluchzt er. Sie können sich das nicht vorstellen. O doch, Sie wissen das. Sie wird sterben. Aber nein. Aber nein. Sie wiegen ihn in Ihren Armen. Sie schneuzen ihm die Nase. Sie schwören ihm, daß Sie niemals ein Sterbenswörtchen verraten werden von seinem Schwächeanfall. Um ihn zu trösten, erzählen Sie ihm den Fall jenes berühmten Boxers, der ebenfalls ohnmächtig wurde, als er die Geburt seines ersten Sohnes filmen wollte. Im Eifer des Gefechts haben der Gynäkologe – der Ihnen diese Geschichte erzählt hat – und die Krankenschwestern den glasig Blickenden einfach mit dem Fuß unter den Entbindungstisch geschoben. Und dort ist er liegengeblieben. Als der Säugling dann da war, widmete sich das Klinikpersonal dem glücklichen Vater. Und entdeckte, daß er sich beim Hinfallen auf die Steinfliesen einen Schädelbruch zugezogen hatte. Mit anderen Worten, ein werdender Vater ist ungeahnten Gefahren ausgesetzt.

Warum aber ist das Hemd des Herrn Schwiegersohns in Fetzen? Warum hat er allerlei Verletzungen auf Gesicht, Brust und Armen? Hat er sich mit dem Gynäkologen oder mit den Krankenschwestern gekeilt? Nein. Ältere Tochter hat ihn bei jeder neuen Wehe gekniffen, gekratzt, sein Hemd zerrissen. Und trotzdem hat sie sich standhaft geweigert, erklärt Herr Schwiegersohn stolz, eine Periduralanästhesie vornehmen zu lassen. Eine Ökologin hat ihre Prinzipien.

Jetzt landen immer mehr, und zwar ganz massiv, nicht eingeplante werdende Mütter in der Klinik. Der Vollmond wütet. Die Kreißsäle sind voll, alle Apparaturen besetzt, die Computer voll ausgelastet, die Krankenschwestern rasen wie wild durch die Gegend. *Panik in der Frauenklinik*. Die Neuankömmlinge werden im Flur untergebracht, wo sie zu jammern beginnen – Herr Schwiegersohn erschrickt, und in Ihnen werden alte Erinnerungen wach. Unglaublich, wie bei Vollmond alles wiederkehrt. Jetzt fehlt nur noch der Klempner.

Sie werden gebeten, sich ins Wartezimmer zurückzuziehen, das mittlerweile wie eine Bahnhofshalle um sieben Uhr abends anmutet. Dort erregt der Anblick des zerschlissenen Hemdes und der Wunden des Herrn Schwiegersohns großes Aufsehen. Eine schwarzhäutige Dame kann nicht umhin, ihn zu fragen, ob die werdenden Väter hier denn geprügelt würden.

Die kabylische Sippe jammert lauthals. Die Drillinge

sind drei Mädchen. Der Vater schlägt sich gegen die Brust. Sie überlegen sich, ob Sie das nicht den Oberfeministinnen der Nation melden sollen.

Die Krankenschwester kommt wieder herein und stürzt sich auf Sie.

»Es ist soweit! Ein stattlicher Knabe! Kommen Sie!«

»Sie zuerst«, sagen Sie zu Herrn Schwiegersohn. »Sie sollen Ihren Sohn zuerst sehen!«

Er läuft davon wie ein Irrer.

Ihr Nachbar, der ängstliche, schnurrbärtige Jungvater, teilt Ihnen seine Unzufriedenheit mit. Was? Das Ihre ist schon geboren? Ich bin schon seit Stunden hier. Lange vor Ihnen. Offenbar ist er schockiert über die Launen der Natur. Vermutlich arbeitet er in der Computerbranche.

Herr Schwiegersohn kommt zurück und holt Sie. Er strahlt vor Glück.

»Er ist wunderschön. Das schönste Baby, das ich je gesehen habe!«

Offenbar hat er noch nie ein anderes gesehen, denn als Sie sich nun über das Knäblein neigen, erscheint es Ihnen – trotz Ihrer tiefen Rührung – wie ein absolut normales Neugeborenes. Ein kleines, kahlköpfiges, rotes Etwas. Aber Ältere Tochter und Herr Schwiegersohn betrachten es mit überschwenglichem Stolz. (Er ist so rot, daß Joséphine später meint, sie hätten ihn nach der Geburt wie einen Hummer durch kochendes Wasser gezogen.)

Ältere Tochter wird gebeten, ihren Platz schnellstens zu räumen, zugunsten einer Gebärenden, die draußen auf dem Gang wartet und schlimme Schreie ausstößt. Und Sie verlassen den Kreißsaal im Triumphzug, mit dem Hummerbaby wandern Sie in Justines Zimmer. Wo bereits eine andere Mutter und ein zwei Stunden alter Säugling liegen. Die junge Frau empfängt Sie mit spontanen Ausrufen:

»Oh, der ist aber schön, Ihr Säugling! Schauen Sie sich mal meinen an: Er ist potthäßlich. Dabei hatte ich mir einen prachtvollen Kerl als Vater ausgesucht. Aber der Hund hat mir ein kleines Ungeheuer gemacht. Mit diesem plattgedrückten Kopf und den abstehenden Ohren sieht er aus wie ein Marsmännchen!«

Sie besänftigen die niedergeschlagene Mutter, die erklärt, sie heiße Zouzou. Es wird schon alles gut. In ein paar Tagen wird auch sie das schönste Baby der Welt haben. Ältere Tochter hält Herrn Schwiegersohn die Hand und schläft ein. Letzterer bewacht Frau und Kind wie ein Trapper, der am Lagerfeuer sitzt und weiß, daß ringsum die Indianer lauern.

Jetzt gehen Sie in die Kneipe, die Polizisten benachrichtigen. Sie stoßen einen Triumphschrei aus. Ihr zwölfter Junge! Sie wollen ihn sehen. Ihre Anwesenheit an Justines Bett, ihr militärischer Gruß dem Kind zu Ehren bewirken einen gewissen Aufruhr in der Klinik. Sie müssen eine sehr wichtige Person sein. Vielleicht jemand von der Regierung. Die Vertreter der motorisierten Gendarmerie künden an, daß sie nun wieder in die Kneipe gingen, um die Geburt eines zukünftigen kleinen Polizisten zu feiern. Herr Schwiegersohn beschließt, sie zu begleiten, ein kleines Aufputschmittel wird ihm nicht schaden. Sie erinnern ihn an seine Pflicht, Superwoman mitzuteilen, daß sie eine glückliche Großmutter ist.

Sie gehen nach Hause. Es ist immerhin halb vier in der Früh – diese dumme Angewohnheit der Säuglinge, immer nachts zur Welt zu kommen! Sie wecken den Mann, um auch ihm zu verkünden, daß er ein glücklicher Großvater ist. Endlich ein männlicher Erbe in der Familie! knurrt er und schläft sofort wieder ein – kehrt zurück in das Walhalla der frauenfeindlichen Krieger.

Am nächsten Morgen erledigen Sie zahlreiche Telefonanrufe, um die Sippe zu benachrichtigen, daß ein neues Mitglied geboren ist. Halleluja.

»Aha!« wirft Tante Madeline säuerlich ein, noch ehe Sie Ihren Satz beenden können. »Es war also doch eine eilige Hochzeit ...«

Später erfahren Sie, daß Dolly/Marcelle mitten in der Nacht in der Klinik aufkreuzte und – ihren eigenen Sohn in volltrunkenem Zustand vorfand. In Begleitung von zwei fröhlichen Polizisten. Darin sah sie den unwiderlegbaren Beweis dafür, daß Ihre Familie auf ihren Erbprinzen einen schlechten Einfluß ausübt.

Jedesmal, wenn Sie in den folgenden Tagen in die Klinik kommen, wimmelt es von Menschen in Älterer Tochters Zimmer. Alle politischen und intellektuellen Himmelsrichtungen sind da in brüderlicher Eintracht vertreten. Müslis in Indien-Gewändern, die auf dem Boden hocken, und Bübchens Zukunft aus Tarotkarten lesen. Zwei bärtige Kerle sitzen auf dem Bett der jungen Mutter und diskutieren über Marx und seinen Begriff des Lumpenproletariats. Ein Freund des Herrn Schwiegersohns im grauen Flanellanzug stopft heimlich Justines Mittagessen in sich hinein, während sie dem Bericht einer etwas sonderbaren Kreatur mit exotischer Frisur lauscht, die auf eine »wilde« Geburt in einem lauwarmen Schwimmbad mit gedämpftem Licht zurückblicken kann. Diese Generation kennt offenbar keine Angst. Der Gedanke, Sie könnte mitsamt dem Säugling ertrinken, hätte Sie in Angst und Schrecken versetzt. Bübchen wird, Ihren Protestrufen zum Trotz, herumgereicht. Aber er wächst und gedeiht ganz tüchtig inmitten all der Bazillen, des Lärms und des dichten Zigarettenqualms. Was wieder einmal Ihre Meinung bestätigt, daß nichts so widerstandsfähig ist wie ein Neugeborenes. Ein köstlicher Rotwein fließt in Strömen – er wird in Zahnbechern serviert und wurde von Zouzou gestiftet. Da sie weder Ehemann noch Liebhaber, noch Verwandtschaft hat, wurde sie in die Gruppe von Justines Freunden integriert und feiert auf ihre Art die Geburt ihres »häßlichen Wurms«. Sie weigert sich, ihn zu stillen, was die Krankenschwestern so sehr empört, daß sie den Kinderarzt zu Hilfe rufen. Ebenso weigert sie sich, das Kind den besonderen Untersuchungen für bretonische Säuglinge zu unterziehen (in einer schwachen Stunde hatte sie preisgegeben, daß der Vater aus Quimper stammt). Dabei ist diese Sonderuntersuchung sehr anzuraten, ruft der rassistische Pariser Kinderarzt mißmutig, wegen der Alkoholikererbmasse in der Bretagne. Wenn mein Kind wegen Alkohol erblich belastet ist, erklärt Zouzou höhnisch, dann kommt das von mir. Sie wird Justines beste Freundin. Sie glauben zu spüren, daß das Klinikpersonal die Tage zählt, bis diese beiden verrückten Nudeln entlassen werden.

Bübchen heißt fortan Sébastien. Aber Sie verbringen einen ganzen Nachmittag mit Überlegungen, wie man denn Zouzous Wurm taufen könnte. Schließlich entscheidet sie sich für Simon. So heißt mein Friseur, sagt sie lachend. Superwoman, die gerade aus Hongkong zurückkommt, gleich nach New York weiterfliegt und trotzdem schnell vorbeischaut, kneift die Lippen zusammen. Die Frau ihres Sohnes hat unmögliche Freundinnen. Das wundert sie nicht. Ein schlechtes Omen!

Sie beschließen, etwas später am Nachmittag in die Klinik zu gehen, wenn die Flut der Besucher etwas abgeebbt und Ruhe eingekehrt ist.

Es ist Ihre größte Freude, beim letzten Stillen dabeizusein, eine ungewöhnliche Gunst, die Sie vermutlich den motorisierten Polizisten zu verdanken haben und der herrschenden Unklarheit über Ihren sozialen Status.

In der nunmehr stillen Frauenklinik hören Sie, wie die

Säuglinge herangekarrt werden, vom Säuglingsraum, wo die Nacht für sie schon begonnen hat. In ihren im riesigen Lastenaufzug zusammengepferchten Bettchen schreien sie um die Wette. Das hungrige Maunzen wird immer vernehmlicher, je höher der Fahrstuhl kommt; wenn er das Stockwerk erreicht und die Tür sich öffnet, ertönt durchdringendes Geschrei. Justine behauptet, sie würde die wütenden Lautäußerungen von Bübchen unter Tausenden erkennen. Sie tun so, als würden Sie ihr glauben.

Die Zimmertür geht brutal auf. Die Krankenschwester – sie hat es eilig, sie möchte ihren letzten Nahverkehrszug noch erwischen – kommt mit zwei Knilchen herein, wirft Bübchen Justine in die Arme und eilt davon, um den anderen Säugling im Nachbarzimmer abzuliefern. Justine knöpft ihr Spezialnachthemd auf, das Sie ihr praktisch aufgezwungen haben. Das Baby wirft sich gierig an ihre Brust. Sie betrachten nun dieses Bild der »Mutterschaft«, das schöner ist als alle flämischen Gemälde zu diesem Thema zusammen. Bübchen trinkt mit Verzückung. Justine lächelt, strahlt. Welch hübscher Augenblick!

Aber irgend etwas stört Sie, etwas Undefinierbares.

Ältere Tochter sagt mit schläfriger Stimme: »Hast du bemerkt? Seine Haare sind heute unglaublich gewachsen.«

Ja, das ist es. Dieser Säugling hat einen schwarzen Flaum auf dem Kopf, während Bübchen noch vor zwei Stunden kahl wie eine Billardkugel war.

Justine stößt einen Schrei aus, der die schlafende Zouzou weckt. »Das ist nicht mein Kind!«

Sie reißt sich das Baby von der Brust und blickt verstört um sich, als wolle sie es gleich in den Papierkorb werfen. Sie stürzen zur Glocke und klingeln die Schwester herbei. Die empört ist über diesen Lärm.

»Das ist nicht MEIN Kind! Man hat mir MEIN Kind gestohlen!« brüllt Justine.

»Das ist nicht UNSER Kind!« brüllen Sie hinterher.

Der kleine Fremdling, dem plötzlich die Muttermilch entzogen wird (und der absolut nicht bemerkt hatte, daß er an einer fremden Brust hing), protestiert schreiend. Nun mischt sich auch Zouzou in das allgemeine Gezeter. Die Schwester stürzt sich auf das Stoffbändchen, das dem dunkelhaarigen Kind ums Handgelenk gebunden ist. Mist! ruft sie, packt ohne weiteren Kommentar den fremden Säugling, der noch einen Tropfen Milch von Justines Brust an den Lippen hat, und stürmt in das Nachbarzimmer. Dort ertönt das empörte Jammern einer Frau, der man ohne Erklärung ihr Herzblut entreißt.

Die Schwester kommt mit Bübchen zurück, der entzückt zu sein scheint, eine exotische Milch gekostet zu haben. Er ist keineswegs nachtragend und macht sich gierig an der Brust seiner richtigen Mutter zu schaffen.

Die Schwester ist niedergeschmettert. Sie weiß, das war ein ernstes Dienstvergehen, und sie könnte rausgeschmissen werden. Sie fleht Sie an, ihren Irrtum auf keinen Fall zu melden.

Sie schwören. Aber Ältere Tochter ist noch ganz unter der Einwirkung des Schocks: Sie zieht ihren Sohn vollkommen aus, begutachtet ihn minuziös. Ja doch, er ist es, sie erkennt den kleinen Leberfleck auf der rechten Pobacke. Doch, doch, sie ist ganz sicher. Nun gut, um so besser! Manchmal ertappen Sie sich beim Gedanken, daß niemand den Tausch jemals beweisen könnte, wenn die Kinder nicht dieses Stoffbändchen am Arm hätten. Bübchen wäre in Ihrer blonden Sippe aufgewachsen mit schwarz gekräuseltem Haar und glühenden Augen. Tante Madeline hätte diese fremden Züge einer Großmutter der anderen Seite zugeschrieben. Und aus Jux hätte man Bübchen bei Familientreffen das Kind des Briefträgers genannt und Justine dabei schelmisch angeschaut.

Und Sie, Sie schauen Bübchen zuweilen von der Seite an. Was, wenn in der Panik jener Vollmondnacht jemand die Stoffbändchen vertauscht hätte?

Kapitel 11

Sie warnen Ältere Tochter vor. Nach einer Niederkunft und nur fünf Tagen Klinikaufenthalt mit einem Neugeborenen nach Hause zu kommen, das ist keine leichte Sache. Sie schlagen ihr vor, sich eine Hilfe zu nehmen. Doch Justine weigert sich hochnäsig. Sie wird problemlos alleine zurechtkommen. Schließlich nähmen die Frauen in Afrika schon zwei Stunden nach der Geburt ihrer Babys die Feldarbeit wieder auf. Sie machen Ältere Tochter darauf aufmerksam, daß sie erstens keine Afrikanerin ist und daß sie zweitens keine Ahnung hat, in welchem Maße Bübchen ihr Leben verändern wird. Ach wo, davon könne keine Rede sein, versichert sie. Sie habe sich allerdings entschlossen, vorübergehend ihre Fotografenkarriere aufzugeben, um sich voll und ganz ihrem Kind widmen zu können. Sie sei eine zu einhundertzwanzig Prozent verantwortungsbewußte Mutter und würde es bleiben. Sie beglückwünschten sie zu diesem Entschluß. Würden Sie einen Satz im Stil: »Du tust natürlich, was du für richtig hältst, nichts liegt mir ferner, als dich mit meinen Ratschlägen zu belästigen, aber . . .« von sich geben, so würde Ältere Tochter Sie wie eine Katze anspringen, das spüren Sie. Denn Justine ist nicht mehr das kleine Mädchen, das einer Erwachsenen gegenübersteht, sondern eine Mutter, die mit einer anderen Mutter spricht.

Unter dem Vorwand, die Waage zu bringen, damit Bübchen für Sie gewogen werden kann, statten Sie dieser neuen Person einen Besuch ab.

Die Atmosphäre des Räuberhöhlen-Waschsalons ist voll in die Zwei-Zimmer-Wohnung hinübergerettet worden. Auf dem Boden zahlreiche Matratzen, dazu die indischen Stoffe, die Topfpflanzen, die riesige Zahnpastatube und so weiter. Alte Zeitungen ersetzen den Fußabstreifer. Bübchens Eintreffen schlägt sich lediglich in der Anwesenheit einer weißlackierten Lattenkiste nieder, in der sich seine Babywäsche stapelt, eines Brettes in der Küche, das für seine Fläschchen bestimmt ist, einer Plastikwanne für sein tägliches Bad und eines großen Korbes, der ihm als wanderndes Bett dient.

Entsetzt hat Ältere Tochter den Kinderwagen abgelehnt, den Sie ihr schenken wollten.

»Du stellst dir doch nicht im Ernst vor, daß ich Sébastien jeden Nachmittag im KINDERWAGEN spazierenkutschiere?« hat sie höhnisch gefeixt. »Nein, ich werde ihn in einem umgebundenen Tuch überallhin mitnehmen. So machen es die Afrikanerinnen, und das ist auch der Grund, weshalb ihre Babys so hübsch und fröhlich sind: Sie brauchen nie auf die Körperwärme ihrer Mütter zu verzichten.«

Allmählich haben Sie genug von den Afrikanerinnen. Trotzdem beschränken Sie sich auf den zaghaften Vorschlag:

»Wenn dein weißes Baby dir zu schwer wird und du einen Sportwagen haben willst, läßt du es mich wissen.«

Ältere Tochter gibt Ihnen zu verstehen, daß der ganze »Ramsch«, mit dem Sie Ihre eigenen Kinder umgeben haben, völlig überholt ist. Alles ist altmodisch, das weißlackierte Bett, der dazu passende Schrank, die zusammenklappbare Badewanne und vieles mehr. Nein, nein. Die

Babys von heute bekommen einen Korb zum Schlafen, eine Art Känguruhsack für die Spaziergänge, eine Kiste für die Kleidung, und alles ist in Butter.

Zehn Tage später. Zwei Uhr fünfzehn in der Nacht. Ein Klingeln reißt Sie brutal aus tiefem Schlummer. Sie machen einen Satz aus dem Bett und hasten zum Telefon, wobei Sie sich an sämtlichen Möbelkanten blaue Flecke holen. Etwas Schreckliches ist passiert, ganz sicher. Nicht dem Mann, der schnarcht seelenruhig mit offenem Mund. Auch nicht Joséphine, die ebenfalls in ihrem Zimmer schläft. Das wollen Sie wenigstens hoffen. Es kann sich nur um Ihre Mutter handeln, die mitten in der Nacht ins Krankenhaus gebracht werden mußte. Oder aber das Entsetzliche hat sich bei Älterer Tochter zugetragen.

So ist es.

Ihre Stimme klingt angsterfüllt:

»Mama! Er wird sterben!«

»Um Himmels willen, wer?« schreien Sie auf.

»Der Kleine!«

»O Gott! Was ist denn passiert?«

»Er gibt ein entsetzliches Gurgeln von sich . . . schneidet furchtbare Grimassen . . . Er windet seine Händchen und den Kopf in alle Richtungen . . . wie ein Epileptiker.«

»Hast du den Kinderarzt angerufen?«

»Dieser Mistkerl hat bis sechs Uhr dreißig auf automatischen Anrufbeantworter umgestellt.«

»Hat er Fieber?«

»Wie soll ich das denn wissen?«

»Indem du ihm seine Temperatur mißt!«

»Einem so kleinen Baby? Das traue ich mich nicht . . . er wird strampeln . . . sich das Thermometer im Po zerbrechen.«

»Du hältst ihm die Füßchen nach oben, wie einem Hasen auf dem Markt.«

»Mama, ich habe solche Angst! Die Geräusche, die er von sich gibt . . . er röchelt, als wäre es gleich aus!«

»Verlier nur nicht den Kopf, ich komme!«

Sie sausen wie eine Verrückte ins Schlafzimmer zurück, wo Sie einen alten schwarzen Umhang – todschick, aber das war vor zehn Jahren – aus dem Schrank zerren und sich über das Nachthemd werfen.

». . . was machst du?« fragt der Mann im Halbschlaf.

»Ich fahre zu Justine. Bübchen ist krank.«

»Soll ich dich schnell hinfahren?« murmelt er in rührender Hilfsbereitschaft – und ist im selben Augenblick wieder eingeschlafen.

Sie haben nicht die Zeit, ihn wieder zu wecken, und auch nicht den Mut, hinunterzugehen, um das Auto aus dem fünften Untergeschoß der dunklen und zu dieser späten Stunde völlig verlassenen Parkgarage zu holen. Also rufen Sie ein Taxi. Dessen Fahrer Sie mißtrauisch fragt, was Sie denn mitten in der Nacht, in Nachthemd und schwarzem Umhang, am anderen Ende von Paris vorhaben. Sie schwören ihm, daß Sie nicht aus der Nervenheilanstalt entlaufen sind und genügend Geld haben, ihn zu bezahlen.

Sie treffen Ältere Tochter und Herrn Schwiegersohn nackt auf ihren Matratzen hockend an; angsterfüllt betrachten sie Bübchen in seinem Korb. In der Tat, das Baby gurgelt, zieht furchterregende Grimassen, indem es ganz seltsam seinen Mund verzerrt, und verrenkt seine kleinen Arme und Beine in eigenartige Stellungen. Seine Gesichtsfarbe jedoch ist rosig, seine Stirn und der Hals kühl, und es duftet köstlich nach Baby. Nicht die geringste Spur epileptischen Speichels, keine Anzeichen heftigen Fiebers sind zu erkennen.

»Diesem Baby hier fehlt nichts«, versichern Sie, »es träumt ganz einfach.«

»Mit anderen Worten, ich habe mich bescheuert aufgeführt«, meint Justine wütend.

Aber nein. Sie hat sich so verhalten, wie es vollkommen natürlich ist für eine junge Mutter in Panik. Sie erzählen ihr, wie Sie, als sie selbst noch ein Säugling war, ständig in Angst lebten, sie könnte unter ihrer Decke ersticken, und daß Sie jede Nacht zehnmal an ihr Bettchen schlichen, um auf ihren kaum vernehmbaren Atem zu horchen.

»Justine macht es genauso«, verrät der Herr Schwiegersohn, »ich komme gar nicht mehr zum Schlafen.«

Und Justine gesteht: »So ein Neugeborenes kostet einen schon Nerven. Immer hat man das Gefühl, es wird sterben, sobald man es aus den Augen läßt.«

Da können Sie sie beruhigen. Ein Säugling ist verteufelt widerstandsfähig. Manchmal hält er sogar mehr aus als seine eigene Mutter. Und nach diesen weisen Worten werden Sie in Ihrem schwarzen Umhang und dem Nachthemd darunter vom Herrn Schwiegersohn wieder nach Hause gefahren.

»War es etwas Schlimmes?« erkundigt sich der Mann, aus dem Tiefschlaf kurz emportauchend, mit vernebelter Stimme. Aber ohne Antwort abzuwarten, ist er schon wieder eingeschlafen, nachdem ihm sein Unterbewußtsein signalisiert hat, daß die Sache nicht so dramatisch gewesen sein kann. Sie hätten ihn sonst furiengleich aus Schlaf und Bett gerissen.

Bevor auch Sie wieder in Schlaf versinken, denken Sie noch einmal liebevoll an Ältere Tochter, die in dieser Nacht ein Gefühl entdeckt hat, das sie ihr ganzes Leben hindurch begleiten wird: die Angst der Mütter.

Warum schreit mein Baby? Es hat sein Fläschchen

nicht ausgetrunken; ob das wohl irgend etwas Schlimmeres bedeutet? Hilfe, es ist vom Stuhl gefallen, auf die Küchenfliesen! Schnell ins Krankenhaus, der Kopf muß geröntgt werden! Meine Güte, es hat Durchfall – eine schlimme Erkältung – eine Ohrenentzündung – die Masern – die Windpocken – Mumps – Scharlach (aber auch nichts wird ausgelassen). Und vorstehende Zähne hat der Kleine auch noch. Gnädige Frau, er muß einige Jahre lang zur Korrektur eine Spange tragen, ja, so ist das, einige Jahre lang! Nicht vergessen, seine Sehschärfe kontrollieren lassen. Was denn, du hörst nichts, wenn du im Klassenzimmer hinten sitzt? Gnädige Frau, dieses Kind bringt keine guten Leistungen in der Schule. Es ist unkonzentriert, faul und tut sich sehr schwer beim Lesen. Aha, das bedeutet die Lehrer aufsuchen, den Psychologen, den Sprachpädagogen, einen Intelligenztest machen lassen. Plattfüße? Kein Mensch in der Familie hatte jemals Plattfüße. Ich kann den Gesundheitspaß nicht mehr finden: Sind wir mit irgendwelchen Impfungen im Rückstand? Doch. Nein! In Ordnung, mein Liebling, in Zukunft darfst auch du wie deine Schulkameraden allein zur Schule gehen, aber geh um Himmels willen erst bei Grün, und nachdem du nach rechts und links geschaut hast, über die Straße. Und, hörst du, geh mit niemandem mit, der dir Bonbons schenkt oder dich bittet, mit ihm zusammen seine kleine Katze zu suchen. Hallo, Mama! Ist Sébastien zufällig bei dir? Er müßte schon seit zwei Stunden zu Hause sein. Ich weiß, er wird wohl zu einem seiner Freunde spielen gegangen sein, aber ... Was? Schon wieder Schulferien? Habt ihr eigentlich nur noch Ferien? Also, ich weiß wirklich nicht, was aus dir werden soll. Womit willst du denn später dein Geld verdienen, wenn du jetzt beim Abitur durchfällst, hm? Und deinen Freund Charles, den finde ich etwas merkwürdig: Er nimmt doch nicht etwa Rauschgift? Und so weiter und so weiter und so weiter und so weiter und so weiter.

Vorläufig allerdings ist Ältere Tochter so beleidigt, daß Sie nie nieder etwas über Bübchens Gesundheitsprobleme zu Ohren bekommen. Nicht einmal während der sonntäglichen Mittagessen, bei denen der Kleine in seinem Korb Gegenstand der allgemeinen Bewunderung ist. Und auch nicht während der endlosen Telefonplauderstündchen, die – das fühlen Sie ganz genau – den Herrn Schwiegersohn maßlos ärgern, obwohl Sie es sorgfältig vermeiden, zu den Tageszeiten anzurufen, wo er zu Hause ist.

»Ich möchte nur wissen, wo du für diese stundenlangen Telefonate mit deiner Mutter den Gesprächsstoff hernimmst?« fragt er Ältere Tochter gereizt.

»Das frage ich mich auch jedesmal, wenn ich einhänge«, antwortet Justine spöttisch.

»Ich bin sicher, du erzählst ihr Vertraulichkeiten über uns beide, und ich kann das nicht ausstehen.«

»Überhaupt nicht. Das schwöre ich dir.«

Ältere Tochter kann mit Recht schwören. Die einzigen Diskussionen zwischen den Eheleuten, deren Echo bis zu Ihnen vordringt, betreffen die finanziellen Schwierigkeiten. Am fünfzehnten des Monats ist kein Pfennig mehr übrig. Justine und Herr Schwiegersohn setzen sich dann regelmäßig auf Schinken-mit-Nudeln-beziehungsweise auf Nudel-mit-Schinken-Diät, angereichert mit ein wenig Apfelkompott, das sie Bübchen wegstibitzen. Systematisch werden die Kleingeldverstecke durchsucht. Doch unabwendbar stellt sich die Frage: Bei wem könnte man wohl das Geld für die Gasrechnung und für Bübchens Hacksteaks ausleihen? Superwoman?

»Nie!« schreit Justine. »Deiner Mutter käme das nur allzu gelegen. Sie kann mich nicht ausstehen, das weiß ich sehr wohl. Ich frage lieber meine.«

»Kommt nicht in Frage!« ist Herr Schwiegersohns zornige Antwort. »Deine Mutter hält mich sowieso schon für einen Jammerlappen, der unfähig ist, diese dreiköpfige Familie zu ernähren.«

Das Paar einigt sich schließlich auf einen Kompromiß. Vom zwanzigsten bis fünfundzwanzigsten des Monats wird Herr Schwiegersohn seine Mutter anpumpen. Die Rückzahlung aber erfolgt mit dem Geld, das Justine wiederum Ihnen vom fünfundzwanzigsten bis zum dreißigsten abknöpft und das sie Ihnen gewissenhaft zurückgibt, sobald Herr Schwiegersohn vom Reisebüro, in dem er arbeitet, sein Gehalt auf dem Konto hat. Dieses Finanzmanöver funktioniert allmonatlich zur allgemeinen Zufriedenheit.

Abgesehen von diesem Bagatellproblem, von dem nicht wenige junge Paare ein Lied singen können, scheint die Sonne weiterhin über dem Leben Ihrer zärtlich geliebten Älteren Tochter, mit der Sie sich nunmehr – ob es wohl an der gutbürgerlichen Heirat oder an der Geburt des Kindes liegt? – bestens verstehen.

Dann, eines Tages, zerreißt Ihnen ihre zornschrille Stimme fast das Trommelfell am Telefonhörer.

»Dieser Mistkerl! Dieser Hundesohn! Ich hasse ihn!«

Nach einem Augenblick der Überrumpelung begreifen Sie, daß es sich hierbei um den Herrn Schwiegersohn handelt.

Der zu seiner Mutter zurückgegangen ist.

Doch, wirklich!

Zurück zu Dolly/Marcelle.

»Das werde ich ihm nie verzeihen!« heult Justine auf,

ohne Ihre Fragen zu beachten. »Nie. Sollen sie doch krepieren, er und seine Frau Mama!«

Sie brauchen eine ganze Weile, um das Durcheinander der Ereignisse zu entwirren.

Wic in den meisten Fällen hatte sich der Ehekrach aus nichtigem Anlaß entfacht. Justine hatte für das Abendessen eine Konservenbüchse geöffnet, deren Etikett sich losgelöst hatte. Sie glaubte, es sei Ragout mit weißen Bohnen. Doch es stellte sich als Sauerkraut heraus. Und Herr Schwiegersohn haßt Sauerkraut, was er denn auch recht frostig zu verstehen gab. Justine entgegnete nicht weniger frostig, daß er nur selbst seine Konservenbüchsen zu öffnen brauche und daß es im Leben weitaus wichtigere Dinge gebe als das tägliche Ragout-Sauerkraut. Die Spannung wuchs. Herr Schwiegersohn sah sich plötzlich konfrontiert mit Vorwürfen von wegen seiner entnervenden Angewohnheit, die angebrannten Zündhölzer wieder in die Schachtel zu legen; außerdem habe er eine Mutter, die unangemeldet auftauche und Ältere Tochter mit Schuldgefühlen belade, indem sie ostentativ mit ihren weißen Händen und makellos manikürten Fingernägeln das herumstehende Geschirr spüle. Justine wurde ihrerseits beschuldigt, den Camembert im Kühlschrank aufzubewahren, kein »anständiges Essen« kochen zu können, im Bad die schmutzige Wäsche auf dem Boden liegenzulassen, kurz, ein von ihrer Mutter verwöhntes Kind zu sein. (Der Herr Schwiegersohn rächte sich heimtückisch für Ihre zu häufigen Telefonanrufe.)

»Gut, das sehe ich ein«, hatte Justine geschrien, »als Hausfrau tauge ich nichts. Aber du hattest schließlich mit mir zusammengelebt, bevor du mich geheiratet hast. Es ist also zwecklos, jetzt groß den Überraschten zu spielen. Erst recht nicht brauchst du einfließen zu lassen, daß dein elendes Luder von Mutter alles auf einmal kann. Du weißt ja gar nicht, wie sehr mich diese Frau ankotzt mit ihrer Miene, wenn sie sich ihren Teil denkt, ohne es auszusprechen.«

»Aber du hast offenbar nichts dagegen, daß ihre Putzfrau jede Woche kommt, um deine Wäsche zu bügeln.«

Diese letzte (wahre) Bemerkung war ein Tiefschlag, der Ältere Tochter in blinde Wut versetzte. Sie schimpfte den Herrn Schwiegersohn einen Waschlappen, einen faulen Sack und dann ein gelacktes Arschloch. Und Herr Schwiegersohn erwiderte, er lebe auf einem Campingplatz, umgeben von einer Müllansammlung.

Jetzt drehte Justine durch.

»Wenn es dir bei mir nicht gefällt, mein Schatz, dann hau doch ab zu deiner Mama.«

»Gute Idee«, meinte Herr Schwiegersohn.

Er nahm seine Jacke und ließ die Tür hinter sich zuknallen.

Ältere Tochter packte, außer sich, den Korb mit den Hemden und Unterhosen des Vaters ihres Kindes und kippte ihn aus dem Fenster. Dann, um das Maß voll zu machen, tat sie desgleichen mit dem Inhalt des Abfalleimers, und zwar genau in dem Augenblick, als Herr Schwiegersohn unten vorbeikam. Eine Karottenschale auf dem Kopf, grüßte er noch einmal ironisch hinauf, raffte seine zwischen Abfällen liegenden Hemden und Unterhosen zusammen und verschwand in Richtung des mütterlichen Wohnsitzes.

Zu Tode getroffen, heulte Justine auf und warf mit einer Geste, die einer antiken Tragödie würdig gewesen wäre, ihren Ehering zum Fenster hinaus. Dann raste sie, nur mit einem T-Shirt und einem kleinen Höschen bekleidet, auf die Straße hinunter und kroch heulend den Rinnstein entlang, bis sie ihn wiederhatte.

Das war der Stand der Dinge um acht Uhr dreißig morgens. Das Ungeheuer war nicht wieder aufgetaucht und hatte nicht einmal angerufen, um Abbitte zu leisten.

»Bei seiner Mutter ist er gut aufgehoben, dieser Mistkerl!« Gleichzeitig von Schmerz und Wut geschüttelt, bekam Ältere Tochter auch noch einen Schluckauf. »Wie wird sie doch froh sein, diese Schlampe, ihren heißgeliebten Sohn wieder unter ihren Fittichen zu haben! Und ich, ich bin völlig am Ende.«

Sie brach in Tränen aus.

»Aber das ist doch alles halb so wild, mein Liebling. Der erste Streit, nichts weiter. Ich komme gleich zu dir«, sagen Sie zärtlich, obwohl Ihr Gewissen leise aufbegehrt: Ein eingespannter Bogen Papier wartet in Ihrer Schreibmaschine.

Als Ältere Tochter Ihnen die Tür öffnet und Sie ihr armes wassermelonenrot verschwollenes Gesicht sehen, blutet Ihr Herz. Sie hat Bübchen auf dem Arm, der nach Kräften brüllt, um seine Mißbilligung der Situation zu bekunden. Ringsum herrscht ein verheerendes Tohuwabohu.

Sie drücken Ältere Tochter und Bübchen – der nicht besonders gut riecht – an Ihre voluminöse und, wie Sie hoffen, tröstende Mutterbrust. Sie summen Ihren beiden Lieblingen beruhigende Worte ins Ohr. Alles wird wieder gut werden, versprechen Sie. Schon beginnt Bübchen wieder fröhlich draufloszubrabbeln, wobei er versucht, Ihnen die Brille von der Nase zu reißen, und auch Justines Schluchzer lassen nach.

»Das Schlimmste ist«, gesteht sie mit kleinlauter Stimme, »daß ich diesen Schuft liebe.«

Gott sei Dank.

Ganz klar, daß Sie der Versuchung widerstehen, Ihr Urteil über das feige Verschwinden des Ehemannes abzugeben. Die Überaschungen der Liebe sind Ihnen zur Genüge bekannt. Die beiden hier beten sich an, sie werden sich wieder versöhnen, und die geringste Ihrer kritischen Bemerkungen wird dem Herrn Schwiegersohn zugetragen werden. »Meine Mutter hat gesagt, daß ...« Auf diese Art und Weise entstehen dann ewige Familienfeindschaften. Und außerdem sind Sie nicht gekommen, um das Feuer zu schüren, sondern um zu versuchen, mit dem bißchen Diplomatie, das Sie besitzen, einen ehrenhaften Friedensschluß anzubahnen. Im Grunde Ihres Herzens allerdings finden Sie, daß der Herr Schwiegersohn unrecht tut, wenn er bei der geringsten Sturmwolke zu seiner Mama zurückgeht. Und überhaupt, was soll denn das wieder für eine neue Mode sein? Zu Ihrer Zeit waren es noch die Frauen, die zu ihrer Mutter zurückkehrten.

»Du verstehst doch«, stöhnt Justine, »ich halte das nicht mehr aus, mich den ganzen Tag lang um Kinderbrei, Pampers, Wäschewaschen und Geschirrspülen kümmern zu müssen. Ich fühle mich nicht mehr wie eine Frau, sondern wie eine Dienstleistungsfirma. Und seit der Geburt des Kindes kommt noch hinzu, daß Louis unter dem Vorwand, er sei nach der Arbeit viel zu erledigt, mir im Haushalt nicht mehr hilft. Also wieder die alte Rollenverteilung. Der Mann, der draußen irgendwo den Familienunterhalt verdient. Und ich, ich bin das Heimchen am Herd. Ich ertrage das nicht. Ich eigne mich nicht für ein Leben als kleinkarierter, ewig nörgelnder, mit Belanglosigkeiten ausgefüllter Putzteufel.«

Sie vertun Ihre Zeit nicht mit einer glühenden Verteidigungsrede. Für Sie bedeutet die Hausfrauenrolle keinesfalls zwangsläufig kleinkariertes, nörgelndes Putzteufeldasein. Danke schön übrigens für die zweifelhaften Komplimente, mein Tochterschatz! Sie sind sich darüber klar, daß Ihre vielgeliebte Ältere Tochter eine höchst progressive Intellektuelle ist, eine PASIONARIA, eine nicht unbedingt für das tägliche Allerlei geschaffene Künstlernatur. Und Sie sollen ihr helfen, sich mit einem eher biederen Ehemann und Vater zusammenzuraufen. Irgend jemand hat einmal gesagt, es sei nicht leicht, einen Streik zu beenden. Für einen Ehestreit gilt das erst recht! Keine Fakultät der Welt lehrt die Kunst des Streitens mit dem Partner, und schon gar nicht die der Wiederversöhnung. Dabei wäre es nützlicher, als die Psyche der Gorillas zu studieren oder die Sippengepflogenheiten der Yamamanis am Amazonas.

»Dein Mann hat gewiß seine Fehler, aber vielleicht . . . (Vorsicht, sprachlich bewegen Sie sich auf dünnem Seil) hast du auch nicht gerade recht daran getan, ihn als . . . gelacktes Arschloch zu beschimpfen . . .«

Ältere Tochter räumt ein, daß ihr bei diesem Ausdruck die Pferde wohl etwas durchgegangen seien.

»Und schließlich und endlich warst du es doch, die ihn vor die Tür gesetzt hat«, erinnern Sie sie ganz behutsam und sanft.

Ein herzzerreißender Schluchzer ist Justines zustimmender Kommentar.

Schweigend schauen Sie sich an.

»Vielleicht solltest du den ersten Schritt tun?« versuchen Sie ihr immer noch vorsichtig nahezulegen, denn Sie kennen den empfindlichen Stolz Ihrer vielgeliebten Älteren Tochter.

»Niemals werde ich ihn bei seiner Mutter anrufen!« braust sie auch schon auf. »Die aufgetakelte Schrulle wäre fähig, einfach einzuhängen.«

»Und in seinem Büro?«

»Ich werde darüber nachdenken«, gesteht Justine Ihnen zu.

So weit, so gut. Nun müssen Sie die Frage erörtern,

ob es zweckmäßig ist, diesen ersten Schritt bereits am ersten Tag zu tun. Allzu leicht könnte dies vom Gegner als Ermutigung aufgefaßt werden, auch in Zukunft beim geringsten Vorfall wieder zu Dolly/Marcelle zu rennen. Wäre es nicht ratsamer, den Übeltäter zwei oder drei Tage lang in beleidigtem Schweigen schmoren zu lassen?

Ältere Tochter entschließt sich zu dieser Lösung.

Herrn Schwiegersohns Strafe wird also darin bestehen, daß er achtundvierzig Stunden lang keinerlei Nachricht von Frau und Kind bekommt.

Inzwischen wendet sich Justine schniefend ihren mütterlichen Pflichten zu, deren dringlichste das Wechseln von Bübchens Windeln ist; zwar besitzen sie einen sichernden Gummizug, doch riechen sie von Minute zu Minute übler. Sie selbst kehren im Eiltempo nach Hause zurück. Wie besessen hämmern Sie den Rest des Tages auf Ihre Schreibmaschine ein, und am Abend, als das letzte Blatt aus der Walze gerissen ist, rufen Sie gleich Ihr armes, verlassenes Täubchen an.

»Hallo«, antwortet die strahlende Stimme des Herrn Schwiegersohns. »Wie geht es Ihnen, liebe Schwiegermama?«

Nur mit ungeheurer Anstrengung gelingt es Ihnen, Ihre Verblüffung darüber zu verbergen, daß Herr Schwiegersohn sich bereits wieder in der ehelichen Behausung eingefunden hat und ihm die freudestrahlende Zufriedenheit anzumerken ist. Sie brennen förmlich vor Neugierde. Aber die entrückte Stimme von Älterer Tochter läßt Sie begreifen, daß jetzt nicht der rechte Moment für Fragen ist. »Ich rufe dich in den nächsten Tagen mal zurück«, sagt sie noch schnell, als hätten Sie sich seit Jahren nicht gesehen.

Am nächsten Morgen, kaum hat Herr Schwiegersohn

das Haus verlassen, erfahren Sie, wie sich alles zugetragen hat.

Justine hatte, unfähig, zwei Tage lang die Heimkehr des Schurken abzuwarten, Bübchen kurzerhand in den Rucksack gepackt und sich vor dem Schaufenster des Reisebüros, in dem Herr Schwiegersohn seinen Pflichten nachgeht, auf dem Bürgersteig postiert. Jener hatte, mitten in einer Unterredung mit einem Ehepaar, das eine Reise nach Ägypten buchen, aber doch auf keinen Fall Amöben oder Dieben begegnen wollte, den Kopf gehoben und das erschütternde Bild erblickt, das seine in Tränen aufgelöste Frau und sein kleiner Sohn abgaben, wie sie da, gleich jugoslawischen Bettlern, auf dem Bürgersteig saßen. Daraufhin hatte er das ägyptophile Paar einfach sitzenlassen und war hinausgestürzt, um Ältere Tochter vor den Augen des gesamten Personals, Chef und Kundschaft inbegriffen, wie von Sinnen abzuküssen und sie um Vergebung für sein schändliches Verhalten anzuflehen. Justine ihrerseits beteuerte, daß die Schuld allein bei ihr liege, und bat um ihre eigene Absolution. Die beiden verrückten Liebenden heulten, das Personal des Reisebüros auch. Sogar der Chef bekam feuchte Augen. Einzig Bübchen hatte die Ruhe bewahrt und »Popo!« gekräht beim Anblick seines Vaters.

Die Versöhnung muß gefeiert werden, und so bieten Sie Älterer Tochter an, ihr täglich vier Stunden Babysitting zu bezahlen, um sie ein wenig von den Lasten des Haushalts zu befreien und es ihr zu ermöglichen, wieder eine Teilzeitarbeit anzunehmen. Immer schon haben Sie die Teilzeitarbeit für Frauen entschieden befürwortet – für Sie ist es die Patentlösung, und nie haben Sie die ablehnende Haltung der Gewerkschaften verstanden. Vielleicht liegt die Erklärung einfach darin, daß die Gewerkschaftsbosse niemals Mutterpflichten zu erfüllen hatten.

Was den Babysitter anging, so hätte er fast einen Herzinfarkt bei Tante Madeline verschuldet.

Weil die Gute an unglaublicher Neugierde leidet, die sogar die Ihre noch übertrifft, wollte sie um jeden Preis in Augenschein nehmen, wie ihre kleine Nichte denn nun so ihr Leben meisterte. Also strickte sie einen abscheulichen grünen Wollpullover für Bübchen und tauchte dann ohne Vorwarnung mitten am Nachmittag bei Älterer Tochter auf.

Ein schwarzer Koloß öffnete ihr.

Und Tante Madeline machte einen Satz nach hinten.

»Justine ist wohl nicht da?« stammelte sie entsetzt.

Das konnte nur ein Einbrecher sein, den sie mitten in der Arbeit gestört hatte.

»Sie wird nicht lange ausbleiben«, war die gelassene Antwort von Cassius Clays Doppelgänger. »Wenn Sie wollen, können Sie gerne auf sie warten, während ich Sébastien seinen Joghurt gebe.«

»Seinen was?« stotterte Tante Madeline.

»Seinen Joghurt und seinen Vier-Uhr-Keks. Ich bin Traoré, Justines Babysitter aus Senegal«, klärte sie der Afrikaner fröhlich auf.

Da ging Tante Madeline zu Boden, oder besser gesagt, sie sank auf das nächstgelegene indische Kissen und sah mit stieren Augen und offenem Mund zu, wie Traoré Bübchen in seine gewaltigen schwarzen Arme nahm und ihn sorgsam fütterte. Und Bübchen gluckste dabei vor Wohlbehagen. Tante Madeline war so geschockt, daß sie sieben Minuten lang unfähig war, auch nur einen Ton von sich zu geben. Für sie ein Rekord. Der Schrecken stand ihr so deutlich im Gesicht geschrieben, daß der senegalesische Riese es für angeraten hielt, sie ein wenig zu beruhigen. Er sei Student, passe die Nachmittage über auf Bübchen auf, um sich etwas Taschengeld zu verdienen, und er habe auch nichts dagegen, von Zeit zu Zeit mit dem Staubsauger kurz durch die Wohnung zu fahren und die Hemdknöpfe des Kindsvaters anzunähen. Tante Madelines Verstörung wurde nur schlimmer. Traoré versicherte ihr schließlich auch, daß man in seinem Land schon seit langem nicht mehr die Kinder der Weißen zu fressen pflegte.

»Nun ja, aber«, murmelte Tante Madeline schwach, »es ist nicht wegen Ihrer ... ehm ... dunklen Hautfarbe ... sondern, weil Sie ein Mann sind! Wissen Sie denn wirklich, wie man mit Babys umgeht?«

»Ich studiere Medizin, bin im zweiten Semester«, entgegnete ihr der Bursche vergnügt, »und ich betreue auch noch ein kleines Mädchen, das einen sehr zufriedenen Eindruck macht.«

In diesem Augenblick kam Justine nach Hause. Sie küßte Tante Madeline flüchtig zur Begrüßung, dankte ihr für den grünen Pullover (der einen guten Schuhputzlappen abgeben würde) und drückte Traoré zum Abschied zwei schmatzende Küsse auf die Wange – einen rechts, einen links –, bevor dieser zu seinem anderen Baby weiterzog.

»Verspäte dich morgen nicht«, mahnte sie ihn, »ich habe eine Hochzeit im vierzehnten Arrondissement. Also dann, mach's gut, du alter Buschneger!«

»Ciao, o du abscheuliche weiße Frau«, antwortete Bübchens Babysitter fröhlich, setzte sich einen Motorradhelm auf und eilte mit Riesenschritten die Treppe hinunter.

Als Tante Madeline eine Stunde später den Mann in seinem Büro anrief, hatte sie sich immer noch nicht erholt. »Ich hoffe, du weißt, was sich bei deiner Tochter abspielt?« sagte sie in theatralischem Ton.

Der Mann war gerade dabei, seine Briefe zu unterzeichnen.

»Nein«, meinte er beunruhigt.

»Hast du schon gesehen, welch merkwürdige Amme dein Enkelkind betreut?«

»Hm ... nein!« lautete die Antwort des Mannes, der solche Personalfragen ein für allemal den Frauen der Sippe überantwortet hatte.

»Ein schwarzhäutiger Straßenkehrer!«

»Ein was, bitte?«

»Ein schwarzhäutiger Straßenkehrer, der deine Tochter duzt und abküßt.«

»Ach, Quatsch!« antwortet der Mann wenig respektvoll.

»Du brauchst nur deine Frau zu fragen«, versetzte Tante Madeline giftig und legte auf.

Der Mann machte seiner Sekretärin ein gebieterisches Zeichen, das Büro zu verlassen (worauf diese sich hinter der geschlossenen Tür in Horchstellung begab). Dann rief er Sie an. Ohne etwas Böses zu ahnen, hoben Sie mit der einen Hand den Telefonhörer ab, während Sie mit der anderen weitertippten.

»Ich hätte gerne gewußt«, brüllt Ihnen der Mann ins Ohr, »wie es kommt, daß ein schwarzer Straßenkehrer mein Enkelkind hätschelt?«

Eine Viertelstunde brauchten Sie, um dem Mann die Situation zu erklären. Dann mußte er schließlich zugeben, daß ein zukünftiger senegalesischer Kinderarzt wirklich die geeignetste Person für die Betreuung eines kleinen Jungen sei, selbst wenn es sich um den männlichen Nachkommen des Mannes handelte. Aber warum vertrieb sich dieser Medizinprofessor in spe auch noch die Zeit mit Staubsaugen und Knöpfe annähen? Weil sich die Männer von heute, bemerken Sie bissig, nicht mehr zu gut dafür seien, auch die undankbare häusliche Arbeit zu übernehmen. Jetzt spürte Ihr Herr Gemahl, daß er sich hier auf explosivem Boden bewegte, und eiligst wechselte er das Thema. Wozu aber duzte und küßte Justine, zum Teufel noch mal, ihren Babysitter? Er duzte und küßte doch auch nicht seinen Personalchef, Herrn Gazier. Also legen Sie dem Mann dar, daß es sich hierbei um eine typische Zivilisationserscheinung handele. Alle etwa gleichaltrigen jungen Leute duzen und küssen sich eben zur Begrüßung, selbst wenn sie sich nicht oder nur wenig kennen, ohne sich um Klassenkämpfe oder andere rassistische Albernheiten zu scheren.

Zwar schien der Mann nicht überzeugt, doch er verstummte immerhin.

Er versagte sich auch jeden Kommentar, als zu Beginn der Sommerferien, in denen Sie gerne Ihre gesamte Familie in Ihrem Haus im Périgord um sich versammeln, Ältere Tochter Sie fragte, ob sie nicht Traoré mitbringen könnte. Während er auf Bübchen aufpassen würde, könnte sie die Gelegenheit nutzen, um mit Herrn Schwiegersohn für ein paar verliebte Tage auf Reisen zu verschwinden. Der afrikanische Student war begeistert über die Aussicht, das französische Landleben zu entdecken.

Natürlich erregte die Ankunft des schwarzen Riesen in Ihrem Dorf einiges Aufsehen, um so mehr, als Traoré ein passionierter Flötenspieler war. Die Hirtenblockflöte in der Hand und Bübchen im Rucksack, zog er aus auf ausgedehnte Spaziergänge durch grüne Auen.

Und die Nachbarn erzählten sich: »Die Pariser haben einen Negerkönig mitgebracht, der ihren Enkel hütet.«

Doch übermäßig verwunderlich erschien ihnen das nicht bei diesen Zugereisten aus der Hauptstadt.

Kapitel 12

Mehrmals im Jahr beschließt der Mann, ausländische Kunden mit großem Pomp zum Abendessen bei Ihnen zu Hause einzuladen. Sie verabscheuen das. Sie legen ihm statt dessen das Maxims nahe oder die Vergnügungsboote auf der Seine. Wäre doch viel amüsanter für sie, oder? Und für Sie erst! Aber der Mann behauptet, seine Kunden aus dem Ausland würden es besonders schätzen, in einem echt französischen Haus zu Gast zu sein. Also schreiten Sie wohl oder übel zum Großputz besagten echt französischen Hauses. Sie verfolgen den Staub bis in seine Schlupfwinkel, putzen das Silber, spülen das Geschirr nach – Ihre Geschirrspülmaschine hat nämlich die ärgerliche Angewohnheit, weißliche Spuren auf den Gläsern zu hinterlassen. Ihre gute Lucinda muß Überstunden machen, damit die Fenster noch geputzt werden. Ein spezielles Gerät muß gemietet werden, um den Teppichboden auf einen nicht einmal am Tag seiner Anlieferung gekannten Sauberkeitszustand zu bringen. Sie müssen aufräumen, aufräumen und nochmals aufräumen. Und schließlich und endlich das Essen zubereiten. Oder vielmehr – denn Sie sind ja eine klägliche Köchin – still und heimlich das Ganze bei einem Party-Fritzen bestellen. Den Mann lassen Sie im Glauben, daß dieser fabelhaft knusprige Braten und dieses köstliche

Birnensorbet allein Ihrer glücklichen Hand zu verdanken sind. Nein, Sie als Köchin, das bedeutet im besten Falle Grapefruit mit einer Kirsche obendrauf oder Melone mit Portwein.

Eines dieser rituellen Abendessen geht gerade seinem Ende entgegen. Lächelnd stellen Sie Herrn und Frau Kunming Liao, einem chinesischem Ehepaar aus Taiwan, ein Glas echten französischen Pflaumenschnaps vor die Nase, bemühen sich verzweifelt, eine angeregte Unterhaltung auf englisch aufrechtzuerhalten, in einer Sprache, die Sie schlecht sprechen, und mit Leuten, die sie nicht weniger schlecht sprechen, sich aber unaufhörlich bei dem geringsten Ihrer Worte lächelnd verneigen. Ob die beiden etwas von Ihrem Kauderwelsch verstehen, bleibt Ihnen unklar. In diesem Moment werden Sie durch wiederholtes Klingeln an der Tür unterbrochen.

»Wer um Himmels willen kann denn nur so Sturm klingeln mitten in der Nacht?« fragt der Mann und blickt mit einer theatralischen Geste auf die Uhr.

»Wahrscheinlich wieder junge Leute, die zu einer Mitternachtsparty kommen und sich wie so oft im Stockwerk irren.«

Nein.

Als Sie durch den Türgucker spähen – weiß man denn bei dieser wachsenden Kriminalität, wen man auf dem Fußabstreifer vorfindet? –, sind Sie völlig entgeistert. Ältere Tochter steht mit Bübchen im Rucksack und einem Berg von Koffern, Paketen und Plastiktüten auf dem Treppenabsatz. Zwei Gemüsekisten mit Kleidungsstükken und ein Kindersportwagen sind auch noch dabei.

Bestürzt öffnen Sie die Tür.

»Ich lasse mich scheiden!« verkündet Ältere Tochter dramatisch. »Kann ich mit Sébastien einige Tage hier wohnen, bis ich mich wieder gefangen habe?«

»Natürlich, mein Liebes. Du bist doch hier daheim!« antworten Sie in ebenso dramatischem Ton.

Und Sie helfen ihr, das Umzugsgepäck erst einmal hereinzuschaffen.

Ohne von dem Familiendrama etwas zu ahnen, das sich nur wenige Meter von ihnen entfernt abspielt, machen im Salon die Chinesen mit immer neuen Kichersalven Konversation. Sie tauchen dort kurz einmal auf, um Ihren Gästen zu versichern, daß Sie gleich wieder dasein werden – lächelnd verneigt sich das Paar –, und im Handumdrehen sind Sie wieder verschwunden. Der Mann ist völlig verdutzt, und es dauert nicht lang, dann steht er im Flur und will wissen, was los ist. Sie erklären ihm, daß Sie überhaupt keine Zeit hätten, es ihm zu erklären: Großes Drama – Ältere Tochter – Scheidung – Heimkehr – morgen sehen wir weiter. Sie schicken ihn zurück zu seinen Chinesen. Er ist sauer: DEINE Tochter hätte sich weiß Gott einen anderen Moment aussuchen können, um sich scheiden zu lassen.

Sie wecken Joséphine, die Ihnen hilft, in Windeseile Bübchens Behelfsbett auseinanderzuklappen, das Bett von Älterer Tochter in Ihrem Arbeitszimmer zu beziehen, Ihren Arbeitstisch samt Papieren in das Wohnzimmer zu bugsieren, wobei Sie den Asiaten Entschuldigung heischend und dämlich zulächeln. Diese verbeugen sich natürlich weiterhin aufs liebenswürdigste, ohne das geringste Erstaunen zu bekunden. Dann endlich klettern sie über den Berg von Justines Umzugsgepäck zur Wohnungstür – die Diele ist fast unpassierbar – und verabschieden sich von Ihnen, wie auch von Joséphine, die im Nachthemd dasteht, mit einem letzten höflichen Glucksen. Sie werden jetzt nach Taiwan zurückkehren und dort verkünden, daß man alle französischen Familien in psychiatrische Kliniken einsperren müßte.

Wutschnaubend über seine verpatzte Einladung geht der Mann schlafen. Außer der Bemerkung, er wolle sich nicht in »Frauengeschichten« einmischen, entlockt ihm die Heimkehr seiner Älteren Tochter und seines Enkels keinen weiteren Kommentar.

Die vor Neugier brennende Joséphine, die jetzt natürlich unbedingt aufbleiben möchte, kommandieren Sie in ihr Bett zurück.

Dann setzen Sie sich in Ihrem wieder zum Jungmädchenzimmer umgewandelten Büro zu Justine aufs Sofa.

Ältere Tochter hat nur darauf gewartet, Ihnen ihr Herz auszuschütten.

Ja, sie läßt sich scheiden! Am besten gleich doppelt und dreifach! Der Herr Schwiegersohn ist, abgesehen von manchen Eigenschaften, die sie ja als recht angenehm – leider nur seien sie trügerisch – anerkennen wolle, ein Ungeheuer, ein Geistesgestörter, ein Neurotiker, ein Schizo, ein Paranoiker.

Nein, so was!

Und weiter?

Justine eröffnet Ihnen: Herr Schwiegersohn ist verrückt vor Eifersucht, zerfressen von Eifersucht, besessen von Eifersucht.

Also, da bleibt Ihnen die Spucke weg. Herr Schwiegersohn, dieser unauffällige, liebenswürdige Mensch, ein Othello?

Es sei denn, Justine . . . ?

»Du bist wieder mal auf dem falschen Dampfer, wie immer!« (danke) fährt Ihnen Ältere Tochter dazwischen. Nein, nicht um einen bestimmten Mann handelt es sich, auf den Herr Schwiegersohn eifersüchtig ist, sondern auf alle und alles.

»Er ist so besitzergreifend, daß es schon an Wahnsinn grenzt«, erklärt Ihnen Justine. »Er kann weder dich noch unsere langen Telefongespräche ausstehen (na ja, das haben Sie ja bereits gespürt), weder meine Freundinnen noch meine Freunde, einfach niemanden.

Wenn Zouzou mal zum Abendessen bleibt, macht er ein Gesicht wie sieben Tage Regenwetter, und wenn sie dann vielleicht auch mal übernachtet, weil es eben spät geworden ist, spielt er verrückt.

Wenn Freunde manchmal bis zum Morgengrauen dableiben und über Gott und die Welt diskutieren, selbst wenn sie ganz leise reden, dann ist er außer sich. Wenn er morgens, bevor er zur Arbeit muß, über in Schlafsäcke eingerollte Gestalten steigen muß, dann löst das bei ihm haßerfülltes Murren aus. Kurz und gut, Herr Schwiegersohn würde am liebsten in einem eigenen Haus wohnen, die Abende mit Fernsehen verbringen, seine Frau neben sich, und früh schlafen gehen. Justine ist ein Nachtmensch, und sie hat einen Morgenmenschen geheiratet. Sie will sich als moderne, freie und emanzipierte junge Frau sehen – und entdeckt in ihrem Mann einen tückisch verborgenen Macho. Ältere Tochter liebt es, sich mit einer ganzen Freundesclique zu umgeben. Herr Schwiegersohn fürchtet und verabscheut das.

Das Drama war zum Ausbruch gekommen, als um neunzehn Uhr dreißig der Herr Schwiegersohn, ganz besonders genervt von einer Horde Touristen, die unbedingt eine so einsame Insel buchen wollten, daß keine der Klatschzeitschriften, die sich mit den Problemen der Fürstenfamilie von Monaco beschäftigen, dorthin gelangen würde, vom Büro nach Hause kam. Er hatte Boris, den Vorstadthochzeitsspezialisten, mit dem Justine zusammenarbeitete, inmitten von indischen Kissen und Fotoapparaten hingelümmelt angetroffen. Außerdem noch zwei Freundinnen, die es sich ebenfalls bequem gemacht hatten. Die eine fütterte Bübchen gerade mit

Milchreis. Die andere telefonierte. Justine alberte herum.

Leider hatte dieses Bild der Gemütlichkeit keinerlei beruhigende Wirkung auf Herrn Schwiegersohns belastete Nerven.

Mit dem Aufschrei: »Ich habe die Schnauze voll von euch« machte er einen Satz zum Telefonkabel, riß es heraus und unterbrach so eine spannende Unterhaltung über die jüngsten Horoskope einer gewissen Madame Rosie. Der Apparat selbst flog in hohem Bogen ins Aquarium, wo der Goldfisch ihn böse anglotzte. Und nachdem er Alice, Justines älteste Freundin, Bübchens Reisbrei aus den Händen gerissen hatte, machte er sich daran, die sündteure Ausrüstung von Boris mit Fußtritten zu traktieren.

Während sich die beiden Mädchen eiligst aus dem Staub machten, brachte Justine unter Kneifen und Schimpfen Bübchens Milchreis in Sicherheit. Und besagter Boris schickte sich an, sein Handwerkszeug zu verteidigen.

Die beiden Männer wurden handgreiflich. Außer sich, biß Herr Schwiegersohn dem Fotografen von Vorstadthochzeiten ein Stück Ohr ab. Jaulend vor Schmerz und mit blutüberströmter Gesichtshälfte hielt der Unglückliche sein Stückchen Ohr in der Hand (Gottlob hatte es Herr Schwiegersohn nicht verschluckt) und entfloh in Richtung eines Krankenhauses, seine Fotoapparate der Wut von Justines Ehemann schutzlos ausliefernd, der sich trampelnd und brüllend wie ein rasender Elefant an ihnen ausließ.

Jetzt standen sich nur noch die beiden gegenüber, Ältere Tochter und der Mann, den sie eines wunderschönen Tages im April geheiratet hatte.

»Mörder!« heulte sie los. »Mistkerl!«

»Schlampe!« konterte Herr Schwiegersohn grimmig.

Und stürzte sich auf sie.

Um ihre eigenen Ohren besorgt, floh Justine in die Küche, wo sie alles, was ihr in die Finger kam, inklusive die Schüssel mit dem Quark für das Abendessen, Herrn Schwiegersohn an den Kopf schleuderte.

Aber jener kam trotz der halbseitigen Erblindung durch den Quark immer näher, seine Hände würgebegierig nach dem Hals seiner Frau ausstreckend. Es gelang Älterer Tochter, ihm zu entwischen und ins Schlafzimmer zu stürzen, wo die beiden Kampfhähne in erbittertem Handgemenge (*Er* darauf aus, *sie* zu ohrfeigen, sie ihm Fußtritte an die Schienbeine versetzend) eine herrliche Hochzeitsgeschenklampe in Scherben gehen ließen. Die Folge war ein Kurzschluß und totale Finsternis. Justine nutzte die Gelegenheit, um ins Badezimmer zu flüchten und sich dort einzuschließen, worauf Herr Schwiegersohn daranging, mit Hilfe einer riesigen Pfeffermühle aus Holz, einem Hochzeitsgeschenk der baskischen Vettern, die Tür einzurennen. Während all dem saß Bübchen auf seinem Stühlchen und war mucksmäuschenstill.

Aus dem Dunkel tönte Justines Stimme:

»Ich habe ein Messer in der Hand. Wenn du nur einen Schritt machst, hast du es im Bauch!«

Tiefes Schweigen folgte. Es war einer jener Augenblicke, wo alles in Wahnsinn umschlagen kann. Aber wie durch ein Wunder fand Herr Schwiegersohn zu einem Rest von Kaltblütigkeit zurück.

»Du tätest besser daran, dich selbst damit zu durchbohren«, sagte er eisig, »dann gäbe es ein Scheusal weniger auf Erden.«

Hierauf verließ er, immer noch tastend, die Wohnung und verschwand in die Nacht hinaus.

Justine fand ein Feuerzeug und zündete eine Kerze an. Eine Zeitlang saß sie wie gelähmt da, dann packte sie langsam ihre und Bübchens Sachen und verließ die eheliche Wohnung.

»Für immer!« versicherte sie Ihnen leichenblaß. »Du wirst wohl verstehen, daß nach so etwas eine Scheidung unumgänglich ist. Ich will schließlich den Rest meines Lebens nicht mit einem gemeingefährlichen Irren verbringen.«

Nein, natürlich nicht. Wie dem auch sei, Ihr Mutterherz schlägt automatisch höher zur Verteidigung der geliebten Älteren Tochter, dem ganzen Stolz Ihres Lebens. Und trotzdem, eine innere Stimme flüstert Ihnen zu, daß man mit dem Scheidungsentschluß warten sollte, bis der Kopf wieder etwas kühler ist – zumindest bis abgerissene Ohren wieder angenäht sind.

Andererseits empfinden Sie irgendwie Sympathie für Herrn Schwiegersohn, der es Ihrer Meinung nach verstanden hat, sich in Ihrem gefürchteten Familienclan einzufügen. Nach dem Motto, es kommt nichts Besseres nach, weiß eine Schwiegermutter, was sie an ihrem Schwiegersohn hat. Besser einen Spatz in der Hand als eine Taube auf dem Dach und so weiter.

Aber selbstverständlich nehmen Sie Ältere Tochter in die Arme und versichern sie der bedingungslosen Unterstützung der lieben Familie in dieser schweren Zeit.

Und außerdem ist morgen auch noch ein Tag.

Bevor Sie sich schlafen legen, machen Sie auf Zehenspitzen noch eine Kontrollrunde. Bübchen – sein Klappbett schieben Sie ins Wohnzimmer – atmet friedlich mit dem Zipfel einer Windel im Mund.

Klein-Schätzchen ist auch eingeschlummert, nachdem sie, wie jeden Abend, das Licht über dem Waschbecken vergessen hat. Sie müssen einen regelrechten Schutzwall von am Boden angehäuften Kleidungsstücken übersteigen, um es auszumachen.

Der Mann schläft ausnahmsweise noch nicht.

»Also, was hat sie jetzt schon wieder für einen Blödsinn angestellt?«

Das ist etwas, was Sie an ihm immer aufregt. Er ist völlig vernarrt in seine Töchter. Nur hindert ihn das nicht, unentwegt an ihnen herumzunörgeln. Sie können es sich nicht verkneifen, eine diesbezügliche Bemerkung fallenzulassen. »Justine hat schon immer gerne Psychodramen inszeniert«, brummelt er.

Diese Äußerung bringt Sie auf die Palme. Ihr Kind leidet. Es braucht Liebe und kein Pontius-Pilatus-Urteil.

»Jaa! die Liebe ...«, echot der Mann geringschätzig. Sie zu provozieren macht ihm Spaß. »Auch so eine Erfindung der Frauenzeitschriften!«

Und damit sind Sie beide mittendrin im schönsten Ehekrach. Oder vielmehr setzen Sie den von Justine und Herrn Schwiegersohn fort. Seit langem wissen Sie schon, daß sich Ehestreitigkeiten wie ein Fußball oder ein Grippevirus von einem Paar auf das andere übertragen.

Nachdem Sie sich einige Beleidigungen an den Kopf geworfen und unter der Decke zwei, drei hinterhältige Fußtritte versetzt haben, drehen Sie sich gegenseitig den Rücken zu und schlafen endlich ein.

Am nächsten Tag finden Sie eine Schwerkranke vor, eine Verunglückte des Herzens.

Ältere Tochter hütet bewegungs-, wort- und tränenlos das Bett, starr und blaß liegt sie da wie auf einer Grabplatte. Sie verweigert sogar mit einer unmerklichen Kopfbewegung die kleinen, hübsch angerichteten Speisen, die Sie ihr bringen. Dieses Schweigen beeindruckt Sie – wie auch den Mann und Joséphine – so tief, daß Sie alle nur noch auf Zehenspitzen durch die Wohnung schleichen und leise flüstern, wie man es in den Gängen der Intensivstation zu tun pflegt.

Dies hindert Sie allerdings nicht daran, alle Hände voll zu tun zu haben: Sie sorgen voll und ganz für Bübchen. Sie bringen Ihren Papierkram, samt Unterlagen und Schreibmaschine etc. in Ihr Schlafzimmer zurück, nachdem das Wohnzimmer Bübchens Reich geworden ist. Es muß eine neue Badezimmerordnung für die Familie erstellt werden, da dem Warmwasserboiler Erschöpfungsanzeichen anzumerken sind (so was geschieht immer im richtigen Moment). Regelmäßig machen Sie Visite bei der darniederliegenden Älteren Tochter. Und so weiter.

Drei Tage vergehen.

Drei Tage, die Justine bewegungslos verbracht hat.

Sie glauben zu ahnen, worauf sie eingehüllt in ihr Schweigen wartet: daß der Schuldige anruft und um Verzeihung bittet. Oder besser noch, daß das Ungeheuer auftaucht, und ihr wie Johannes der Täufer sein Haupt auf einem goldenen Tablett darreicht. Aber Herr Schwiegersohn hat sich, so scheint es, in Luft aufgelöst. Es sei denn, er hat sich von der Fremdenlegion anwerben lassen.

Nach drei Tagen bricht Ältere Tochter urplötzlich ihr gequältes Schweigen. Sie nimmt das Telefon in Beschlag, macht es sich damit gemütlich und ruft alle ihre Freundinnen an.

Welche allesamt denselben Kampfschrei ausstoßen:

SCHEIDUNG.

Natürlich dauert es nicht lange, bis Klein-Schätzchen einen Aufstand macht, weil Justine den Apparat völlig für sich in Anspruch nimmt.

»Sie könnte ihn doch tagsüber benutzen und mich dann abends ranlassen«, meckert Ihre Jüngste. »Ich wohne schließlich auch noch hier! Aber das kümmert ja keinen von euch!«

Sie machen sie darauf aufmerksam, daß Ihre eigenen Freundinnen überhaupt nicht mehr durchkommen, weil entweder die eine oder die andere Ihrer Töchter unentwegt jemand an der Strippe hat. Sogar noch abends um elf Uhr. Wutschnaubend wenden sich jene nämlich zuerst an die Störungsstelle. Dann haben sie es satt und vergessen Sie. Mindestens zwei alte Klassenkameradinnen können Sie schon bald abschreiben, sagen Sie vorwurfsvoll. Es dauert nicht lange, dann ist Justines Clique da. Jedenfalls die Freundinnen. Eine von ihnen erscheint sogar in kompletter Motorradausrüstung mit Integralhelm und Hund, der, man höre und staune, ebenfalls behelmt ist. Ihren armen Roquefort versetzt dieser schwanzwedelnde Mutant in solchen Schrecken, daß er sich unter das Sofa verkriecht und dort zum Gotterbarmen jault.

Alice, Zouzou, Marie und all die anderen hocken sich zu Älterer Tochter aufs Bett und beginnen bis in die späte Nacht hinein verschwörerisch zu tuscheln. Im Vorbeigehen hören Sie den einen oder anderen Ausruf von Justine:

»Ich übernehme die ganze Verantwortung für meine gescheiterte Ehe . . .«, ». . . das Schema der früheren Zweierbeziehung ablehnen . . .«, ». . . Zusammenleben mit einem Mann unmöglich . . .«, ». . . der Alltag tötet die Liebe . . .« Sie sind verblüfft über die jungen Frauen, die Sie flüchtig zu sehen bekommen. Sie sind schön, elegant, selbstsicher und lebensfroh, und sie scheinen mit einer beunruhigenden Leichtigkeit ihr Leben als berufstätige Mütter zu meistern. Was Sie aber am meisten in Staunen versetzt, ist die Entdeckung, daß sie anscheinend ohne Männer auskommen.

»Du hast recht«, pflichtet Ihnen Ihre Freundin Cathérine bei, als es Ihnen um elf Uhr dreißig abends endlich gelingt, das Telefon Justines und Joséphines vereinter Wachsamkeit zu entziehen. »Das sind Außerirdische. Sie leben mit ihren Sprößlingen allein oder zusammen mit Freundinnen. Sie steigern sich in ihre Arbeit hinein und machen Traumkarrieren. Tja, und Männer, die betrachten sie als vorübergehende Liebhaber, gelegentlich sogar nur als kurzen Imbiß.«

»Als was?«

»Als Imbiß! Männer für eine Nacht. Diese Frauen haben die Einstellung der Männer übernommen. Man hört sogar, daß manche von ihnen über Jahre hinweg sehr gut auch ohne irgendwelche Liebesbeziehungen auskommen können.«

Also, das haut Sie aber jetzt um.

Doch Ältere Tochter bestätigt es Ihnen. Im übrigen wird auch sie sich dieser Gesinnungsgemeinschaft zugesellen und mit zwei Freundinnen sowie einer ganzen Kinderschar in eine große Wohnung ziehen. Ihre Ehe ist ein Irrtum gewesen. Lieber Einsamkeit des Herzens als den falschen Lebensgefährten. Ist doch so, oder!? Angriffslustig sieht sie Sie an. Ja, ja, natürlich, mein Liebes, du hast ja recht! Sie beschwindeln sich selbst, eigentlich müßten Sie eingestehen, zu welcher Kategorie Sie in Wirklichkeit zählen: lieber das Geräusch eines Schlüssels im Schloß als die totale Stille! Aber Sie gehören schließlich einer sehr alten Zivilisation an: der des traditionellen Paares. Außerdem nimmt es Ihnen Ältere Tochter ohnehin nicht ab:

»Ich wiederhole es dir nochmals: Du hast dir schon immer viel zuviel gefallen lassen von Papa.«

Entschieden pflichten Sie ihr bei.

»Papa ist ein Macho.«

Jaja, genau! Das Unglück wollte es nur, daß Sie diesen Macho liebten und es auch immer noch tun.

»Das ist doch nicht zu fassen, daß du in mehr als zwanzig Jahren niemals den Mann gewechselt hast!« entrüstet sich Justine. »Du bist ja nicht normal . . .«

»Ganz recht. Ich bin eine treue Seele.«

»Ich wette, er hat dich körperlich nie wirklich glücklich gemacht.«

Mit Ihrer Tochter Ihr Sexualleben zu besprechen, das geht irgendwie zuweit. Aber hier können Sie nicht umhin zu reagieren. Die Ehre des Mannes steht auf dem Spiel.

»Aber ja doch!«

Ihre Entrüstung ist so echt, daß Justine Sie verblüfft anstarrt. Offensichtlich hat sie aber Mühe, Ihnen zu glauben.

»Die körperliche Liebe ist nicht erst eine Erfindung eurer Generation«, seufzen Sie.

Justine gibt es widerstrebend zu.

»Aber du wirst mir doch nicht erzählen, daß er nie eine Geliebte hatte.«

»Frag ihn doch selber.«

Gesagt, getan.

»Hast du Mama schon einmal betrogen?« fragt Ältere Tochter ihren Vater, der gerade vor dem Fernseher sitzt und gebannt verfolgt, wie sein Lieblingsmoderator die Diskussion befeuert.

»Wie? Was?« schreckt der Mann auf und macht große Augen.

»Hm ... aber nein, sag mal, was faselst du denn da ...? Und im übrigen geht dich das nichts an!«

»Alles, was sich zwischen Männern und Frauen abspielt, geht mich etwas an«, versichert Justine feierlich. »Die Männer sind ja solche Charakterschweine. Ich kenne mich da aus. Ich habe meine Erfahrungen gemacht.«

Der Mann zuckt nur die Achseln und hat sich schon wieder ganz seinem Lieblingsmoderator zugewandt.

Sie beschließen, sich vorsichtig für Herrn Schwiegersohn einzusetzen:

»Zugegeben, dein Mann hat so seine Fehler, aber er hat doch auch Qualitäten«, murmeln Sie so ganz beiläufig.

»Da sieht man wieder, daß du jedenfalls noch keine Szenen solch beispielloser Gewalttätigkeit erlebt hast.«

»Ooch«, lassen Sie fröhlich verlauten, »als ich jünger war, na ja, sagen wir viel jünger, haben wir uns auch verhauen, dein Vater und ich.«

Entgeistert starrt Justine Sie an.

»Du willst sagen, wirklich *körperlich* geschlagen?«

»Sicher! Einmal habe ich ihm einen Regenschirm auf dem Kopf zertrümmert, weil er mich geohrfeigt hatte. Und ein andermal hat er mein Knie so gezielt an einer gewissen Stelle abbekommen, daß er zwei Tage lang das Bett hüten mußte!«

»Sieh mal einer an, langweilig war es wohl nicht, euer Leben!« platzt da Klein-Schätzchen los, die heimlich gelauscht hat.

Ihre beiden Töchter betrachten Sie plötzlich mit Bewunderung.

»Und was hatte Papa gemacht?«

»Daran erinnere ich mich nicht mehr so recht. Ich glaube, er hatte mit irgendeinem Flittchen geflirtet, das wie eine blöde Puppe andauernd mit den Augendeckeln klimperte.«

»Weiter«, drängt Klein-Schätzchen begierig, »hast du Papa oft eins übergebraten?«

»Aber nein, Kind! Allerdings muß man sagen, daß es von Zeit zu Zeit recht guttut, sich zu balgen. Ach ja! Jetzt erinnere ich mich auch wieder, wie ich ihm damals, auf einer ziemlich eleganten Cocktailparty, ein Stück Torte ins Gesicht geklatscht habe. Weil er sich mit einer aufgetakelten Schickse beschäftigte, als ob ich gar nicht existieren würde. Einen fürchterlichen Skandal hat das gegeben!«

»Hui! Du warst ja eifersüchtig wie eine Löwin!« ruft Ältere Tochter mit dem Erstaunen einer Völkerkundlerin aus, die soeben die Gepflogenheiten der Papuafrauen entdeckt.

»Das bin ich immer noch! Ich glaube, Eifersucht und Liebe gehören zusammen. Und deswegen glaube ich auch, daß dein Mann dich geradezu anbetet und daß du dich mit ihm aussprechen solltest . . .«

»Niemals!« weigert sich Justine. Dieses wandelnde Stück Dreck, dieser Schweinehund hat nicht einmal angerufen, um sich nach seinem Sohn zu erkundigen.«

»Es könnte leicht sein, daß er es versucht hat. Aber die Leitung ist ja ewig besetzt in diesem Hause«, wenden Sie leicht verbittert ein.

»Er hätte schreiben oder sonst irgendwie eine Geste machen können. Nee, nee, die Sache ist gelaufen. Meine Freundin Camille ist Rechtsanwältin und wird sich der Scheidungsformalitäten annehmen. Heutzutage kann man sich innerhalb von sechs Monaten trennen.«

»Hm, bei beiderseitigem Einvernehmen. Allein deswegen wird es nötig sein, daß ihr miteinander redet.«

»Er wird einverstanden sein. Da bin ich mir sicher. Das letzte, was er mir noch durch die Tür zugebrüllt hat, war: ›Krepieren sollst du! Und wenn du das nicht von alleine tust, komme ich wieder und erledige es eigenhändig!‹«

Insgeheim müssen Sie zugeben, daß Herr Schwiegersohn eine gewisse Portion Mut besitzt. Noch keiner hat es bisher gewagt, mit Älterer Tochter in einem solchen Ton umzuspringen.

»Würden alle Drohungen, die zwischen zankenden Ehepartnern ausgetauscht werden, in die Tat umgesetzt, dann hätten wir schon längst unseren Atomkrieg erlebt.«

»Der Atomkrieg geht mich einen Dreck an! Ich will einfach nicht mehr mit einem närrischen Verrückten leben, der die Ohren meiner Freunde frißt und mich fast umgebracht hätte.«

»Und dein Sohn!? Wie willst du den großziehen?«

»Alleine. Und zwar sehr gut. Ich werde eben wieder ganztags arbeiten.«

»Er wird ohne Vater aufwachsen.«

»Keineswegs. Ich bin für die gemeinsame Betreuung. Eine Woche beim einen, eine Woche beim anderen.«

»Das ist genau die richtige Methode, ein Kind ausgeglichen aufwachsen zu lassen!«

»Jedenfalls ist das besser, als daß ein Kind miterleben muß, wie sich die Eltern hemmungslos prügeln.«

Sie begreifen, daß es ratsam ist, einen taktischen Rückzug anzutreten und den Neuangriff an einer anderen Front zu planen. Am folgenden Tag rufen Sie die Andere Mutter an, die des Herrn Schwiegersohn.

Die steigt auf ihr hohes Roß.

Sie haben auch gar nichts anderes erwartet.

Nicht umsonst war Ihnen, als Sie sich zu diesem Schritt entschlossen haben, zumute wie einem Vercingetorix, der Cäsar seine Waffen zu Füßen wirft.

»Ich glaube, daß unsere Kinder eine schwere Krise durchmachen«, lautet Ihr Eröffnungssatz (den Sie sich mit Mühe zusammengetüftelt haben; außerdem haben Sie ihn auf ein Blatt Papier, das jetzt vor Ihnen liegt, aufgeschrieben).

»Ja«, stellt Superwoman lakonisch und wenig ermutigend fest.

»Vielleicht könnten wir beide versuchen, die Dinge wieder in Ordnung zu bringen?«

»Ich bin der Meinung, man sollte die jungen Leute das unter sich regeln lassen«, versetzt sie kühl.

Bong! Eins zu null für das Luder am anderen Ende der Leitung. Sie hat recht. Im Prinzip jedenfalls. Aber stoisch wie eine Statue von der Osterinsel lesen Sie weiter von Ihrem Zettel ab:

»Meine Liebe (von wegen!), Sie wissen selbst, wie ungern jeder nach einem Streit den ersten Schritt tut. Nur aus Stolz. Und wir laufen Gefahr, eine Katastrophe zu erleben, die alle später bereuen werden.«

Uff! Dieses ohnehin wirre Plädoyer wäre geschafft.

Ein längeres Schweigen auf der gegnerischen Seite beweist, daß Ihr Argument getroffen hat. Trotz abgöttischer Liebe zu ihrem Sohn und trotz Abscheu gegenüber Justine wäre Dolly/Marcelle, genau wie Ihnen, nichts unliebsamer als eine Scheidung.

»Nun, Justine hat nicht gerade eine sehr umgängliche Art«, träufelt schließlich wieder Gift aus der Leitung.

»Louis hat ebenfalls seine Fehler«, sagen Sie mit ebenso heimtückischer Betonung.

Auf eine genauere Aufzählung scheint Superwoman nicht begierig zu sein. Vermutlich möchte sie nicht daran erinnert werden, daß ihr Sprößling die Ohren von Fotografen verspeist, die sich unvorsichtigerweise in sein Haus wagen. Jetzt unternehmen Sie einen weiteren Vorstoß:

»Eine akademische Erörterung der Schuldfrage führt uns gewiß nicht weiter, meine ich.« (Bong! Eins zu eins.)

»Vielleicht könnten wir aber den Versuch unternehmen, die beiden wieder, wenn irgend möglich, zu versöhnen ...«

Dolly/Marcelle ist bedeutend zäher als Sie.

»Mein Sohn befindet sich zwar in einem kaum ansprechbaren Zustand«, erklärt sie hochmütig, »doch ich werde einmal meine Fühler ausstrecken, um in Erfahrung zu bringen, ob er überhaupt Ihre Tochter wiedersehen will. (»Ihre Schlampe von Tochter« hat sie zwar nicht ausgesprochen, aber gehört haben Sie es wohl!) Allerdings will ich Ihnen nicht verheimlichen, daß ihm im Augenblick dieser Wunsch eher fern zu sein scheint.«

»Justine geht es genauso. (Ihre Geduld stößt allmählich an ihre Grenzen.) Aber ich bin davon überzeugt, daß sich die beiden im Grunde immer noch lieben und daß ...«

»Entschuldigen Sie mich. Da kommt ein Auslandsgespräch.« Mit dem knappen, arroganten Ton der internationalen Geschäftsfrau hat Superwoman Ihnen einfach das Wort abgeschnitten, und, krach, schon hat sie eingehängt.

Schade, daß Sie sie jetzt nicht zwischen den Fingern haben, Sie würden ihr das Gesicht zerkratzen, egal ob Ihre von der Schreibmaschine mitgenommenen Fingernägel mit den ihren konkurrieren können oder nicht. Diese dumme Pute hat Ihnen wunderbar zu verstehen gegeben, daß Sie nicht viel mehr als ein braves Mutterseelchen darstellen. Sie machen sich heftige Vorwürfe, die Initiative ergriffen zu haben. Wenn Ältere Tochter je davon erfahren sollte, haben Sie sowieso nichts zu lachen.

Als Sie zwei Stunden später hektisch aus dem Lädchen schießen, wo Sie gerade Eier für Bübchens Abendessen besorgt haben, sind Sie immer noch ärgerlich.

Auf dem Bürgersteig stolpern Sie, eilig wie Sie es haben, über einen Clochard – sie werden leider immer mehr in den Straßen von Paris. Armselig hockt er vor Ihrer Hauseinfahrt. Nur das Schild, das er auf seinen Knien hält, zeigt nicht den üblichen Spruch: »Ich habe heute noch nichts gegessen. Geben Sie mir 1 F.« Nein, da steht geschrieben: »Justine, komm zurück, ich liebe dich.«

Herr Schwiegersohn sitzt vor Ihnen, unrasiert, ungewaschen, zerlumpt und überhaupt aus jeder Fasson.

Vor Betroffenheit lassen Sie Ihren Korb fallen. Bübchen wird statt weichgekochten Eiern ein Omelett vorgesetzt bekommen.

»Was tun Sie denn hier in diesem Zustand?« fragen Sie etwas dämlich.

»Ich weiß es nicht«, murmelt Herr Schwiegersohn und schnauft tief. »Ich weiß nicht mehr, was ich tun soll ...«

Und er bricht in Tränen aus.

Die Concierge hat ihren Kopf bereits neugierig zum Fenster rausgestreckt und mustert Sie, das heißt, Ihr Omelett und den heulenden Clochard, erstaunt (auch sie erkennt den ehemals strahlenden Ehemann von Älterer Tochter nicht wieder).

»Besser, wir bleiben nicht hier vor der Tür«, sagen Sie rasch entschlossen. »Gehen wir in ein Café.«

Dort bestellen Sie erst einmal einen doppelten Cognac und ein Sandwich für Herrn Schwiegersohns Schatten.

»Wie soll ich nur aus dieser beschissenen Situation herauskommen?« ächzt er, völlig am Boden zerstört.

»Indem Sie sich waschen, Ihren Sohn zu sehen verlangen und sich Justine zu Füßen werfen. Im Grunde ihrer Seele wartet sie nur darauf.«

Dessen sind Sie sich zwar nicht völlig sicher, aber Herr Schwiegersohn umarmt Sie so beglückt, als seien Sie die Erscheinung der heiligen Johanna in Person. Er ist stachelig wie ein Igel, und nach Lavendel riecht er auch nicht gerade.

Bei Ihrer Heimkehr eröffnen Sie Älterer Tochter, daß Sie meinen, das Gespenst ihres Mannes auf der Straße herumschleichen gesehen zu haben. Daß es ein Gespenst war, dessen sich die Heilsarmee erbarmen würde, erwähnen Sie lieber nicht.

»Ich verbiete ihm, mein Stadtviertel zu betreten!« braust Justine ungehalten auf.

»Erstens ist es auch das seiner Mutter, und außerdem

kannst du deinen Mann nicht daran hindern, seinen Sohn sehen zu wollen«, ist Ihre energische Antwort.

Das muß Ältere Tochter zugeben. Na schön. Samstag morgen um zehn Uhr soll Herr Schwiegersohn vorsprechen. Bübchen wird ihm dann blitzsauber mit Kinderwagen, Ersatzwindeln und Breigläschen übergeben werden. Sie selbst, Justine, wird allerdings nicht anzutreffen sein, da sie keinerlei Kontakt mit der Bestie wünscht. Aber ihre Mutter (das sind Sie) wird ihm das Kind übergeben. Und um achtzehn Uhr muß es mit Wägelchen, verbleibenden Windeln, Kinderbrei und in bester Verfassung wieder zu Hause abgeliefert werden.

Samstag morgen um neun Uhr klingelt es an der Haustür. Sie rufen Justine zu, sie solle aufmachen gehen. Sicher der Briefträger.

Nein, nicht der Briefträger, sondern ein atemberaubend herrlicher Strauß weißer Flieder und roter Tulpen ist es, und dahinter der vom Treppensteigen keuchende Lieferant. Das Märchenbukett hat nämlich nicht in den Fahrstuhl hineingepaßt. Eine kleine Karte vom Herrn Schwiegersohn ist im übrigen auch dabei.

Ältere Tochter steht wie angewurzelt. Sie selber brechen in Entzückensschreie aus. Niemals so schöne Blumen gesehen! Und so viele! Wunderbar! Sagenhaft! Königlich! »Nur du kannst da dahinterstecken!« werden Sie von Justine angeklagt.

»Aber, wie käme ich dazu«, lügen Sie prompt und fröhlich. Im Grunde ist es nicht einmal eine Lüge.

Ein kleines Sträußchen, hatten Sie gesagt, und nicht ein ganzer Baum mit der Wiese drum herum.

»Wenn dieser gerissene Mistkerl meint, seine Schandtaten mit drei Fliederzweigen und zwei Tulpen ungeschehen machen zu können, dann hat er sich aber schön geschnitten«, so Justine.

Doch in ihrer Stimme registrieren Sie eine gewisse Weichheit.

Klar, daß Ältere Tochter Ihnen die Nachricht, welche den Blumen beiliegt, vorenthält. Und klar, daß Sie sie lesen, während sie unter der Dusche steht. »Ich hasse dich, aber ich kann nicht ohne dich leben«, hat Herr Schwiegersohn geschrieben.

Als er sich um zehn Uhr eins persönlich präsentiert, bleibt Justine hinter ihrer verschlossenen Zimmertür. Ach, das hat sie von Ihnen, diese Starrköpfigkeit einer Eselin aus dem Massif Central. Der frisch rasierte, sauber gewaschene und nach feinsten Dior-Wässerchen duftende Herr Schwiegersohn macht ein enttäuschtes Gesicht. Sie zwinkern ihm zu. Lassen Sie sich nur nicht entmutigen, mein Guter.

»Um sechs Uhr bringe ich Sébastien wieder zurück«, verkündet er mit sehr lauter Stimme.

Und traurig zieht er mit Bübchen ab.

»Ich werde jedenfalls nicht dasein!« kündigt Justine an. Wie eine Furie steht sie im Türrahmen ihres Zimmers.

»Du wirst gut daran tun, dazusein«, legen Sie jetzt mit grollender Mutterstimme los, »denn ICH, ich habe weiß Gott Wichtigeres zu tun, als um sechs Uhr hier zu sitzen, und allein DEINE Sache ist es, dich um deinen Sohn und deine persönlichen Angelegenheiten zu kümmern. So, und weißt du was? Ich finde, du verhältst dich wie eine Memme, die sich ihren Problemen nicht zu stellen wagt!«

»Ich, eine Memme?«

Sie sind entzückt. Sie wissen, für Ältere Tochter ist das die allerhöchste Beleidigung. Schon als sie noch ganz klein war, sprang sie mit dem Schrei: »Was? Ihr glaubt, das kann ich nicht?« kurzentschlossen vom Dach herunter und brach sich prompt beide Sprungbeine.

Um sechs Uhr trinken Sie also gemütlich eine Tasse Tee

im Café um die Ecke. Mit von der Partie sind der mißvergnügte Mann und ein ebenso mißvergnügtes Klein-Schätzchen. Was sollen wir denn hier? Kein Widerspruch, bitte! Der liebe Gott weiß, welch außerordentliche Mühe es Sie kostet, zu Hause nicht Mäuschen zu spielen, um die Szene zu erleben, die sich dort zutragen wird.

Um sechs Uhr eins klingelt Herr Schwiegersohn mit Bübchen und Bübchens Marschgepäck. Ältere Tochter öffnet, grüßt kühl und will ihren Sohn an sich nehmen. Statt dessen hält ihr Herr Schwiegersohn ein Geschenk entgegen.

»Für dich!«

»Danke«, ist Justines eisige Anwort, »aber das ist sinnlos.«

Trotzdem. Das Paket wird geöffnet, und den Entzükkensschrei, der darauf folgt, kann Justine auch nicht zurückhalten: die Ohrringe ihrer Träume!

»Du bist eine Nervensäge, aber ich liebe dich«, gesteht Herr Schwiegersohn inbrünstig.

»Ich liebe dich doch auch«, seufzt Ältere Tochter und kämpft mit der Rührung.

Dann hat sie sich wieder in der Hand:

»Aber du bist wirklich viel zu eifersüchtig und unkontrolliert. Wir können nicht weiter zusammenleben!«

»Trotzdem. Wir können doch nicht einfach so auseinandergehen!« fleht Herr Schwiegersohn.

Aber Ältere Tochter entgegnet hierauf würdevoll: »Ich bin noch nicht bereit, überhaupt mit einem Kerl zu sprechen, der die Ohren meiner Freunde frißt.«

Herr Schwiegersohn bricht zusammen. Er schmeißt Bübchen in die Arme seiner Mutter. Enteilt die Treppe hinunter. Macht kehrt. Klingelt von neuem. Und Ältere Tochter öffnet von neuem die Tür (hinter der sie stehengeblieben war).

»Ich habe vergessen, dir den Kinderwagen zurückzugeben.«

(Gar nicht schlecht, die Masche mit dem im Erdgeschoß »vergessenen« Kinderwagen.)

Herr Schwiegersohn will sich rechtfertigen. Justine beschimpft ihn. Beide packen sie richtig aus, und das auf dem Treppenabsatz – zur Freude der Nachbarn. Schließlich kommen sie überein, daß sie nicht füreinander geschaffen sind. Unterdessen macht Bübchen in Ihrem Flur fleißig Leibesübungen, wobei er, hingerissen von dem neuen Spiel, die Stäbe Ihrer Regenschirme freilegt.

»Ach, ist doch alles für die Katz!« brüllt Herr Schwiegersohn plötzlich auf und donnert erneut die Treppe hinunter.

Und wieder dreht er um. Und wieder klingelt er.

Als Justine die Tür diesmal öffnet, läuft ihr eine Träne über die Wange hinunter.

»Ich habe keinen Pfennig mehr in der Tasche ... Alles ausgegeben für deine verdammten Blumen und das Geschenk ... Kannst du mir eine Fahrkarte für die Metro leihen?« fragt Herr Schwiegersohn.

Ältere Tochter bricht in schallendes Gelächter aus, und schon liegen sich die zwei chaotischen Liebenden in den Armen.

Eine Stunde später sehen Sie die beiden eng umschlungen im Café auftauchen, wo Sie die Warterei vor Ihrem längst kalt gewordenen Tee kaum mehr ertragen. Der Mann hat dreimal *Le Monde* durchgelesen, und Klein-Schätzchen kann jetzt dreihundert Verse Victor Hugo auswendig.

»Ich kenn' doch meine Mutter«, feixt Ältere Tochter, »ich hab's mir schon gedacht, daß du dich mit den anderen in der Kneipe versteckt hältst!«

»Kinder«, erklären Sie liebevoll, »ich muß euch sagen, daß ich sehr glücklich bin.«

»Du wirst gleich weniger glücklich sein, wenn du hörst, was ich dir mitzuteilen habe«, sagt Justine verschmitzt.

Oje! Was haben sich die zwei wohl jetzt wieder ausgedacht?

»Wir würden gern nach Honfleur, an die Normandieküste fahren, um ein wenig mit uns allein zu sein. Könntest du uns vielleicht ein bißchen Geld pumpen und übers Wochenende Bübchen bei dir behalten?«

Ach, herrje! Genau heute abend sind Sie doch ins Theater eingeladen. Und Joséphine geht auf eine Party.

Aber Justine und Herr Schwiegersohn sehen Sie so ängstlich an, daß Sie nicht den Mut aufbringen, sie zu enttäuschen. Pech für die Komödie der Saison. Sie werden eben daheim bleiben und Babysitter spielen.

Neun Monate später wurde Prinzeßchen geboren.

Bei dieser Geburt allerdings sind Sie von niemandem alarmiert worden, als es losging. Erst *danach* meldete sich Herr Schwiegersohn am Telefon und sprach lässig: Schwiegermama, Sie haben eine kleine Enkelin! Ja, ja, alles wunderbar gelaufen, ohne Komplikationen ...!

Man hat eben jetzt Routine.

Kapitel 13

Schon bei Bübchens Geburt haben Sie Ältere Tochter vorgewarnt: Sie solle bitte nicht mit Ihnen als Traumgroßmutter rechnen. Und Sie haben ihr dazu alle guten Gründe aufgezählt, die sich in einem einzigen zusammenfassen lassen: keine Zeit.

Ohnehin hätten Sie Mühe genug, so haben Sie argumentiert, in Ihrem Zeitplan alles unter einen Hut zu bringen: einen Ehemann, der Sie nach seinem Bürotag ganz für sich allein haben will, eine Tochter im Backfischalter, die Ihnen täglich einen ganzen Sack voll schrecklich wichtiger Dinge zu erzählen hat, wenn sie aus der Schule heimkommt, einen Hund, der darauf versessen ist, ausgedehnte Spaziergänge in Ihrer Gesellschaft zu machen, und eine Arbeit, die einen Gutteil des Tages über, und oft auch nachts, Ihre Gedanken beschäftigt. Dazu komme der Einkaufsstreß, der ständige Kampf gegen die häusliche Unordnung, der Krieg gegen den Staub, die unerbittliche Pflicht des Kochens, das unermüdliche Zahlen von Rechnungen usw. Kurz, Ihre acht Arme würden ohne Unterlaß, wie die des Gottes Schiwa, beansprucht. Um auch noch ein Neugeborenes sanft zu wiegen – dazu fehlen Ihnen Nummer neun und Nummer zehn. Außer in Notfällen natürlich. In Notfällen würden Sie selbstverständlich dasein, haben Sie feierlich versichert. Aber ansonsten solle es ja niemandem einfallen, Sie zur lieben Omama machen zu wollen.

Im übrigen gestehen Sie, daß Sie gerne einmal ein paar Jahre Ihres Lebens genießen möchten, ohne sich mit Kinderproblemen herumzuschlagen. Die Erziehung eines Kindes (die der Älteren Tochter) haben Sie bereits hinter sich. Die des zweiten (Klein-Schätzchens) werden Sie auch noch über die Bühne bringen. Aber Ihr Traum ist es, endlich ein wenig Zeit nur für sich und Ihren ganzen Wust von Wünschen zu haben: China besuchen, Pflanzen und Vögel studieren, klassische Musik hören, auf einem Schießstand einmal ein Gewehr in der Hand halten, Ihre Memoiren schreiben (das macht schließlich jeder), bei der Telefonseelsorge mitmachen, wie eine große Dame täglich um fünf Uhr den Tee nehmen und Kurse für Erste Hilfe, Arabisch und Beschneiden von Obstbäumen belegen. Kurz, bei Ihnen wimmelt es nur so von Plänen bis zum Jahr 3000.

Und außerdem hatten Sie immer schon das peinliche Gefühl, keine vorbildliche Mutter zu sein. Doch, doch. Oft genug hat man Ihnen das zu verstehen gegeben. Es ist völlig klar, daß Sie auch eine unzulängliche Großmutter abgeben werden. Zwecklos, es auszuprobieren.

Ältere Tochter hatte Ihrem Vortrag mit gekränkter Miene zugehört. Habe ich dich um irgend etwas gebeten? Keine Angst, die Sache mit meinen Kindern übernehme ich ganz alleine. Ich habe sowieso vor, sie auf meine Art zu erziehen und nicht auf die deine (Oho, was sollte das nun wieder heißen?). Ich habe immer schon gewußt, daß ich auf dich nicht zählen kann. Seit ich dich kenne, bist du überlastet (zack!).

Nun denn.

Sie müssen zugeben, daß alles jahrelang wunderbar geklappt hat. Mit Hilfe verschiedener Babysitter schlug sich Justine mit Bübchen und Prinzeßchen durch. Von

Zeit zu Zeit erfuhren Sie von ihren Scherereien mit den Nachfolgerinnen des guten Traoré. Da war die junge Engländerin, die mit dem Walkman auf dem Kopf lebte und weder das Geschrei der Kinder noch das Klingeln an der Haustüre registrierte. (Einmal mußte Ältere Tochter eine geschlagene Stunde auf ihrem Fußabstreifer absitzen und warten.) Dann die Amerikanerin, die ständig mit ihrem Boyfriend in Cincinnati (Ohio) telefonierte, was Justines ohnehin heikle Finanzlage nicht verbesserte. Die Deutsche, die sie ersetzte, war, o Wunder, bereit, die Wäsche der Familie zu waschen und zu bügeln. Leider war sie nicht normal, sondern von dem Lady-Macbeth-Komplex geschlagen: Die Waschmaschine fand überhaupt keine Ruhe mehr.

»Ich kann dir sagen, Stromrechnungen habe ich . . . !« gestand Ihnen Ältere Tochter düster. »Und ich getraue mich kaum, etwas zu Boden fallen zu lassen: sofort stürzt sie sich drauf, um es zu reinigen.«

Innerhalb eines Monats waren sämtliche Kleidungsstücke der Familie – Pullover, Socken, Hemden und sogar Herrn Schwiegersohns Hosen – um drei Nummern eingegangen. Ältere Tochter sah sich gezwungen, ihre Familie völlig neu einzukleiden und die besessene Teutonin wieder heimzuschicken. Ihr folgte eine zauberhafte Österreicherin mit fünfundvierzig Koffern und einem Korb voll grüner Äpfel, die allesamt das Treppenhaus hinunterpurzelten. Herr Schwiegersohn holte sich beim Hochheben einer ihrer Kleiderkisten einen Hexenschuß. Die junge Dame blieb drei Tage, gerade so lange, um herauszufinden, daß Ältere Tochter ziemlich weit von Saint-Germain-des-Prés entfernt wohnte und von ihr erwartete, daß sie gelegentlich abends zu Hause blieb. Am vierten Tag fuhr sie per Zufall in einem weißen Rolls-Royce an Ihnen vorbei, neben ihr ein Emir aus dem Morgenland.

Der Wahrheit halber müssen Sie sagen, daß Ältere Tochter trotz fortlaufenden Pechs nie mit der Bitte zu Ihnen kam, ihr auszuhelfen (mit Ausnahme jenes historischen Wochenendes in Honfleur). Sonntags und während der Ferien sehen Sie weiterhin regelmäßig Ihre Enkelkinder, doch die Eltern sind brav dabei. Alles scheint perfekt zu sein.

Bis zu dem Tag, an dem Ihnen Ältere Tochter eine fürchterliche Szene am Telefon macht.

Keine überflüssige Schonung. Sie nehmen zur Kenntnis, daß Sie eine unwürdige Großmutter sind. Daß es Ihre Schuld sein wird, wenn Ihre Enkelkinder, weil sie keine liebevolle Großmutter haben, Schaden davontragen und eines Tages ausreißen, stehlen oder sogar dem Rauschgift verfallen werden. Daß Sie, die Sie doch immer die traditionellen Werte preisen, sich schämen müßte, weil Sie in den Abendstunden keine Märchen erzählen, weil Sie weder alte französische Lieder vorsingen noch dazu fähig sind, einer Verdauungsstörung mit einem Kräutertee abzuhelfen.

Sie versuchen, sich gegen diese Flut von Vorwürfen zu verteidigen. Erstens einmal hätten Sie keinen blassen Dunst in Sachen Kräutertee. Und überhaupt, wie sie sich das vorstelle, daß Sie zwei Enkelkinder in Ihr gehetztes Leben einbeziehen sollten. Eben, versetzte Ältere Tochter ohne Erbarmen, in deinem Alter solltest du allmählich zur Ruhe kommen. Sie machen innerlich einen Satz. Welches Alter, bitte? Sie sind schließlich nicht als Marketenderin bei Waterloo dabeigewesen. Im Gegenteil, Sie sind noch Mutter eines halbwüchsigen Mädchens, das ... Also Zeit wäre es ja, daß du sie endlich erwachsen werden läßt, unterbricht Sie Justine ungehalten. Und meine Arbeit? plädieren Sie in letzter Instanz.

Nun, um Ihre Arbeit schert sich Ältere Tochter erst

recht nicht – und das gilt für alle hier im Hause. Sie begehen nämlich den Fehler, dieser Arbeit im eigenen Heim zu obliegen. Und schon längst haben Sie bemerkt, daß Ihre Familie nicht bereit ist, solcherlei Pseudotätigkeit zu würdigen. Für Ihre Liebe widmen Sie sich tagsüber gemütlich einem belanglosen Zeitvertreib. Einmal haben Sie sogar schon daran gedacht, in einem anderen Stadtviertel ein Büro zu mieten, nur um endlich ernstgenommen zu werden.

Doch Ältere Tochter beachtet Ihre klagenden Einwände gar nicht. Sie hat nämlich die Entdeckung gemacht (und das ist der springende Punkt), daß Kinder zu festgesetzten Zeiten essen müssen, unermüdlich die Aufmerksamkeit ihrer Eltern beanspruchen, abends und die Wochenenden über beaufsichtigt werden müssen, früh schon aus dem Kindergarten kommen und andauernd Ferien haben – kurz, daß sie einer Frau ihre Zeit und ihr Blut aussaugen. Und diese Frau könnte recht gut eine helfende Hand brauchen.

Die einer Großmutter.

Die Anklage lautet also auf Desertion.

»Ja, und die andere?« kontern Sie. »Wie wäre es mit Superwoman, die weder Ehemann noch halbwüchsige Tochter und allem Anschein nach auch keinen Geliebten hat? Die gäbe doch eine fabelhafte Omama ab, oder?«

»Ach, die arbeitet ja noch mehr als du«, tut Justine gehässig kund, »und außerdem ist sie nicht MEINE Mutter.«

Sie sind wütend, als Sie endlich auflegen.

Ältere Tochter hat es geschafft, Ihnen Schuldgefühle einzuflößen.

Nicht zum erstenmal.

Jahrelang haben Sie mit dem beschämenden Gefühl gelebt, an Ihren kleinen Lieblingen zum Dieb zu werden, um die Zeit für Ihre Arbeit zu finden. Und ausgerechnet jetzt, wo Sie die freie Zeit, sozusagen das gelobte Land, greifbar vor sich sehen, da macht es peng, und ein neues Schuldgefühl belastet Sie.

Sie beschließen, Ihre Freundinnen zu Rate zu ziehen.

Sophie: »Laß das bloß nicht mit dir machen. Die kleinen Ungeheuer werden dich aufgefressen haben, bevor du piep sagen kannst!«

Cathérine: »Unsere Töchter hatten immer nur den einen Wunsch, von uns wegzukommen und weit entfernt von uns in totaler Unabhängigkeit zu leben. Und heute haben sie nur noch den einen Gedanken, uns so oft wie irgend möglich ihre Kätzchen mitsamt deren großem Korb vorbeizubringen.«

Bettina: »Letztes Jahr habe ich in den großen Ferien die beiden Babys meines ältesten Sohnes und eine Babysitterin aus England bei mir aufgenommen. Die Engländerin ist mir sofort davongelaufen. Die Kleinen haben die Masern bekommen. Und als mein Sohn und seine Frau braungebrannt von Guadeloupe zurückkehrten, konnte ich mich kaum mehr aufrecht halten. Ich war glücklich, wieder in meine Fabrik zu dürfen.«

Victoire: »Sie klauen dir deine Ringe, pfeffern sie ins Klo und ziehen an der Wasserspülung. Und wenn du es wagst, ihnen dafür eine hinter die Löffel zu geben, sind ihre Mütter empört. Warum mußt du auch deinen Schmuck herumliegen lassen, heißt es dann.«

Marine: »Bei mir ist es genau das Gegenteil. Anscheinend verwöhne ich sie zu sehr. Wenn meine Schwiegertochter sie abholen kommt, brummelt sie jedesmal: ›Man hat ihnen wieder schlechte Manieren beigebracht.‹ Wenn ich zurückknurre: ›Beim nächsten Mal behaltet ihr sie eben!, dann ist das sinnlos. Genau das wird sie sicherlich nicht tun.«

Françoise: »Ganz zu schweigen von den Ängsten, die man um sie aussteht, wenn sie irgendwelche Dummheiten machen. Schlimmer als bei den eigenen Kindern. Einmal hat mein dreijähriger Enkel das Spülbecken erklommen, um an Erdnüsse heranzukommen, die ich auf dem Schrank versteckt hatte. Prompt ist er dabei in die offenstehende Trommel der Waschmaschine gekippt, deren Deckel sich über ihm schloß. Eine Stunde lang habe ich Bertrand wie eine Verrückte gesucht, bis ich ihn schließlich, zusammengekauert wie ein Fötus, durch das Bullauge hindurch entdeckt habe. Alle beide hat man uns ins Krankenhaus bringen müssen, ihn für eine Röntgenuntersuchung des Schädels, mich wegen des Nervenschocks. Ihm fehlte nichts. Ich aber habe drei Monate gebraucht, um mich wieder zu erholen.«

Jeanne: »Alles muß man von neuem lernen. Wieder heißt es, aufgepaßt auf das Chlorwasser, damit sie es nicht saufen, aufgepaßt auf die Autoschlüssel, denn sie könnten sie ja irgendwo vergraben, und aufgepaßt auf die Zündhölzer, sonst brechen sie sie allesamt ab! Ach, es ist einfach anstrengend!«

Bernadette: »Hart ist es auch, irgendwann spüren zu müssen, daß man wegen seiner Kinder die beruflichen Erfolge nicht hat erzielen können, zu denen man eigentlich befähigt gewesen wäre. Und wenn man dann endlich Zeit für die Karriere hätte und auch noch nicht zu alt ist, peng, schon geht's von vorne los, diesmal mit der neuen Generation. Sträubt man sich dagegen, gilt man als Unmensch.«

Jeanne: »Ja, da liegt der Hase im Pfeffer. Unsere Töchter arbeiten, wir aber auch. Und wir lassen uns noch nicht zum alten Eisen werfen.«

Einzig und allein Maria, die sich ganz ihrem Haushalt gewidmet hat, bekennt, daß sie sich sehr gern um die Kindeskinder kümmert. Bewundernd hören Sie ihr zu, allerdings nur bis zu dem Moment, wo Sie Ihnen gesteht, daß sie sich am Ende der großen Ferien systematisch eine Woche lang ins Bett legen muß.

All dies bestärkt Sie im Gedanken, daß Sie mit gutem Recht den geheiligten Augenblick, wo Sie sich Ihrer eigenen Enkel annehmen, noch ein wenig hinauszögern dürfen.

Nur hat Sie dummerweise Ihr ganzes Leben hindurch ein schweres Handicap verfolgt: Ihre Erziehung. Eine Erziehung, die Ihnen drei Gebote eingeimpft hat:

1. Eine Frau hat eine gute Ehefrau zu sein.
2. Eine Frau hat eine gute Mutter zu sein.
3. Eine Frau hat eine gute Großmutter zu sein.

Jeder berufliche oder persönliche Aspekt ist dementsprechend sekundär.

Und so geschieht es, daß Sie sich eines schönen Morgens, ungeachtet Ihrer unumstößlichen Entschlüsse, dabei erwischen, daß Sie Älterer Tochter telefonisch mitteilen, daß Sie – im Rahmen der Operation »Großmutter auf Probe« – Bübchen über das ganze kommende Wochenende zu sich nehmen würden. Allerdings auch noch Prinzeßchen einzuladen, scheint Ihnen etwas zuviel verlangt für eine so wenig erfahrene Omi, wie Sie es sind.

Justine gibt keinerlei Kommentar zu Ihrem Gesinnungswandel ab.

»Ich werde ihn fragen, ob es ihm recht ist«, antwortet sie schlicht.

Sie sind geplättet. Als Sie, oder später Ihre Töchter, fünfeinhalb Jahre alt waren, wurde nicht lange gefackelt. Die Kinder hatten dorthin zu gehen, wo man sie hinschickte. Punkt und Schluß. Sie beginnen zu ahnen, was für eine altmodische und unbedarfte Großmutter Sie sind.

»Er freut sich sehr«, verkündet Ältere Tochter, als sie

zurückkommt. »Er war sogar bei einem seiner Spielkameraden eingeladen, aber zu dir kommt er viel lieber.«

Sie können nicht umhin, sich geschmeichelt zu fühlen.

»Er hat noch hinzugefügt, daß er unheimlich gerne in den neuen James-Bond-Film gehen würde.«

»In Ordnung«, sagen Sie, bereits bezwungen, »und was macht er noch alles gerne?«

»Einkaufen gehen.«

Jetzt steht es fest. Sie sind eine Verfolgte des Gottes der Einkaufsbummel. Trotzdem murmeln Sie:

»Wunderbar. Wir werden einen kleinen Bummel durch ein paar Geschäfte machen.«

Sie wußten nicht, worauf Sie sich eingelassen hatten.

Am folgenden Samstag sind Sie für die Schlacht gerüstet. Ihr Büro, Justines ehemaliges Jungmädchenzimmer, haben Sie zu einem Königreich für Bübchen umgewandelt. Wie nervös Sie sind! Ob er wohl schlafen wird?

Ganz alleine kommt er daher.

»Wo ist denn deine Mutter?« fragen Sie.

»Sie hat mich mit dem Auto unten abgesetzt, und heraufgekommen bin ich mit meinen Beinen«, antwortet er schlicht. »Ich bin noch zu klein, um den Fahrstuhl ganz alleine zu nehmen.«

Diese Einsichtigkeit scheint Ihnen ein gutes Vorzeichen.

»Und wo ist dein Schlafanzug?«

»Die Mami hat gesagt, daß du mir einen kaufen wirst, der dann immer bei dir bleibt.«

»Das ist eine sehr gute Idee«, sagen Sie feige. »Wir werden am besten auch noch eine Zahnbürste und Hausschuhe besorgen.«

Die Falle ist zugeschnappt.

Von nun an spielt sich jedes zweite Wochenende Ihr Leben mit Bübchen nach fest eingebürgerten Regeln ab.

Am Samstag wird zunächst einmal bei McDonald's zu Mittag gegessen. Das kommt Ihnen sehr gelegen. Immer schon hatten Sie eine geradezu perverse Leidenschaft für Hamburger. Doch für gewöhnlich wagen Sie es nicht, Ihrem Laster nachzugeben. Der Mann verweigert mit Entsetzen jede Begleitung dorthin, und Klein-Schätzchen, die mit ihren Freunden hinzugehen pflegt, käme nicht auf die Idee, Sie mit einzuladen. Durch Bübchens Eintreffen ist das Problem endlich gelöst. Seite an Seite verschlingen Sie beide, im besten Einverständnis und so unmanierlich wie möglich, riesige, ketchuptriefende Big Macs. Einfach göttlich!

Nachdem der letzte Bissen unten ist, steuern Sie auf ein Kino zu. Sie werden sich mit Bübchen einen dieser Filme anschauen, welche die Pariser Kritiker entweder naserümpfend übersehen oder schroff verwerfen: James Bond, Belmondo, amerikanische Abenteuerfilme, Komödien und vieles mehr. Vom ersten Bild an, das über die Leinwand flimmert, will Bübchen informiert werden. Wer ist der Gute? Wo sind die Bösen? Und Sie erteilen ihm redlich Auskunft. Wenn der Gute gesiegt hat, streunen Sie dann alle beide, gestärkt von dieser optimistischen Lebensvision, durch die Geschäfte.

Ältere Tochter hat Sie nicht belogen. Bübchen ist verrückt danach, einkaufen zu gehen. Vermutlich ist das auch der Grund, weshalb Sie an ihm nie die Kleidungsstücke wiedersehen, die Sie ihm vierzehn Tage zuvor gekauft haben. Was aus denen wohl wird? Großes Geheimnis. Als Sie Sébastien die Frage stellen, verhält er sich sehr ausweichend. Doch wenn er zu Ihnen kommt, trägt er unweigerlich eine alte, ausgefranste Bluejeans, einen zerrissenen Pulli und viel zu kleine Turnschuhe – für die Sie Ersatz finden sollen, wie er Ihnen ungerührt erklärt.

Bübchen wählt seine Kleidung selbst aus. Ihm würde

keine Verkäuferin der Welt irgend etwas aufschwatzen können. Dagegen sind die oberen Fächer Ihrer Schränke nur so vollgestopft mit unnützem Krempel, den Sie irgendwann einmal gegen Ihren Willen gekauft haben. Sébastien kann das nicht passieren. »Dieser Pulli kratzt«, stellt er streng fest. Oder: »Ich brauche Stiefel und keine so kleinen Schuhe.« Oder, mit einer Bestimmtheit, um die Sie ihn beneiden: »Diese Jacke werde ich nicht anziehen, ich will eine blaue mit rotem Futter.«

Die von seinem eisigen Blick gezähmten Verkäuferinnen sausen los, um ihm das Gewünschte zu holen. Keine wagt es, ihm mit dem Spruch zu kommen: »Aber das trägt man doch nicht in diesem Jahr!«

Immerhin hat Bübchen eine große Sorge, die ihn durchaus ehrt: »Bist du reich genug, um das bezahlen zu können?« murmelt er Ihnen ängstlich ins Ohr. In der Regel geben Sie ihm eine beruhigende Antwort. Daß Sie nur die Geschäfte aussuchen, die sich mit Ihrem Budget vereinbaren lassen, binden Sie ihm lieber nicht auf die Nase. Als Sie wieder einmal einen Laden verlassen, kann er es sich nicht verkneifen und stellt Ihnen die Vertrauensfrage:

»Omi, bist du eigentlich reich?«

Sorgfältig überlegen Sie sich die Antwort.

»In den Augen vieler armer Leute, ja. Aber für eine ganze Menge sehr viel reicherer Leute, nein.«

Diese Antwort muß er erst verarbeiten. »Ist Maschka reicher als du?«

»Wer ist Maschka?«

»Meine andere Großmutter.«

»Und weshalb nennst du sie Maschka?«

»Weil sie es nicht mag, wenn ich sie Großmutter nenne.«

Zum erstenmal haben Sie mitfühlendes Verständnis

für Superwoman, die sich gegen ihr Älterwerden sträubt. Haben Sie doch selbst festgestellt, wie sehr einen das Markenzeichen »Großmutter« altern läßt. Wie war das denn, als Sie kürzlich gemeinsam mit Bübchen einen Journalisten trafen, der Sie zu so einem kleinen und charmanten Sohn beglückwünschte? Geschmeichelt von der Verwechslung, haben Sie ihn lieber nicht belehrt, daß es sich hier um Ihren Enkelsohn handle. Dafür hat Bübchen – sehr zum Leidwesen Ihrer Eitelkeit – schonungslos die Klarstellung besorgt:

»Das ist nicht meine Mami, sondern meine Großmutter. Und sie hat auch nicht denselben Namen wie ich.«

Nach einem Augenblick des Zögerns rief der Journalist nun aus:

»Unglaublich! Sie, eine Großmutter? Wer hätte das gedacht?! Haben Sie denn mit sechzehn geheiratet?«

Zu spät! Sie hatten in seinen Augen das verhängnisvolle Aufleuchten eines Taschenrechners bemerkt und – wumm! Schon waren die zehn Jahre, die Sie eben noch davonfliegen gesehen hatten, wieder unbarmherzig auf Ihre Schultern zurückgeplumpst. Es ist schon hart, wenn man sich, wie Anouilh so schön sagt, manchmal noch wie ein kleines Mädchen fühlt, aber in der Hülle einer Großmutter steckt. Trotzdem widerstehen Sie siegreich der Versuchung, sich auch beim Vornamen ansprechen zu lassen. Sie sind nun einmal eine Oma, und das werden Sie auch bleiben. Sébastien jedenfalls kümmert sich nicht um Ihre Altersprobleme. Er ist immer noch bei seinen Finanzsorgen:

»Maschka hat mehr Geld als du«, versichert er Ihnen, »sie hat ein Telefon im Auto und du nicht.«

Der Teufel soll sie holen, diese Superwoman samt ihrem Telefon im Auto.

»Sie braucht es für ihre Arbeit«, protestieren Sie gereizt. »Und außerdem, das Wichtigste ist schließlich nicht, reich zu sein, sondern im Leben ein gutes Auskommen zu finden, und zwar mit einer Arbeit, die einem Spaß macht. Was willst du denn später werden?«

»Morgens Konditor und nachmittags Uhrmacher«, antwortet Bübchen wie aus der Pistole geschossen.

»Warum Konditor?«

»Weil ich Schokoladenkuchen so gern mag und weil ich dann so viel davon essen kann, wie ich will.«

Was den Uhrmacher angeht, kennen Sie bereits die Antwort. Bübchen hat eine Leidenschaft für Uhren. Drei Armbanduhren trägt er am Handgelenk. Eine hat er von seinen Eltern, eine von Superwoman und eine von Ihnen. Ganz klar, daß die von Dolly/Marcelle, genannt Maschka, die protzigste ist. Mit eingebautem Computer. Doch Bübchen ist ein zartfühlender Psychologe: Er hat Sie nicht darauf aufmerksam gemacht. Im übrigen erzählt er fast nie von Superwoman, die sich, ob nun aus Eifersucht oder weil Herr Schwiegersohn sie erpreßt, inzwischen auch dazu aufgerafft hat, ihre Nebenrolle als Großmutter zu spielen. Sie beide tragen nun heimtükkisch einen unerbittlichen Wettkampf aus. Wer ist die bessere Oma? Sie wissen zum Beispiel, daß ihre Apfelkuchen traumhaft schmecken, während die Ihren einem unförmigen Klumpen Teig ähneln (15 zu 0). Aber Sie wissen auch, daß sie keines der alten französischen Lieder kennt, die Bübchen so liebt und die Sie ihm beim Autofahren immer vorsingen müssen (15 beide). Maschkas Landhaus hat einen Swimmingpool zu bieten (30 zu 15), das Ihre dagegen Schafe (30 beide), etc.

Jedesmal wenn Sie, alle beide schwer beladen, von Ihrem Rundgang durch die Geschäfte nach Hause kommen, pflegt Bübchen befriedigt festzustellen:

»Ich finde, wir haben unsere Zeit gut genutzt!«

Ältere Tochter allerdings kann augenscheinlich diese Meinung nicht ganz teilen, wenn ihr Sohn am Sonntagnachmittag seine Einkäufe begeistert vor ihr auspackt. An ihrem starren Blick können Sie erkennen, daß ihr Geschmack in keinster Weise mit dem ihres Sohnes oder dem Ihren übereinstimmt. Feige murmeln Sie ihr zu, daß Sébastien selbst seine Wahl getroffen hat und daß Sie nichts dazu können. Getreu ihrem Grundsatz, ihre Kinder zur möglichst frühen »Selbstverantwortlichkeit« zu ermutigen, sagt Justine keinen Ton. Aber Sie spüren, daß sie Bübchen und Sie schrecklich konservativ findet und daß Sie im Verdacht stehen, einen schlechten Einfluß auf ihren Sprößling auszuüben. Das gefällt Ihnen nicht übel. So sieht Omas Rache aus.

Kaum ist Bübchen wieder oben in Ihrer Wohnung und hat seine Schätze in der Nähe des Bettes abgestellt (damit er sie vor dem Einschlafen betrachten kann), saust er auch schon an den Fernseher. Es war ganz unnötig, daß Sie sich anfangs die Frage gestellt hatten, mit welchen Spielen Sie wohl einen jungen Mann von fünfeinhalb Jahren beschäftigen könnten. Murmeln hatten Sie bereitgestellt, Lego-Bausteine, Farbstifte, Malkästen und Spielkarten (obgleich Sie als einziges Spiel das »Mogeln« kennen). Alles ohne Erfolg. Bübchen liebt einzig und allein das Fernsehen, wobei seine besondere Leidenschaft der Werbung gilt. Er kennt sämtliche Werbespots auswendig und sagt ihre Texte laut und entzückt lächelnd auf. Keinen läßt er aus, weder den für die Tampons noch den für die Deodorants. Und Zahnprothesenkleber preist er genauso an wie Gummihosen für alte Leute. Ihnen wird übel dabei, er ist begeistert. (Eines Tages werden Sie noch einmal eine Kampagne starten gegen die Werbung, die zu den Essenszeiten paßt wie die Faust aufs Auge.)

Die einzigen Fernsehsendungen, die Bübchen mißfallen, sind die Nachrichten. »Politik, immer nur Politik!« grummelt er dann vor sich hin.

»Du mußt lernen, tolerant zu werden«, bemerken Sie. »Dich interessiert nun mal die Werbung, mich aber die Politik. Jedem das Seine.«

Bübchen erkennt das nur widerstrebend an, zumal Sie beide verschiedene politische Neigungen haben, wobei Sébastien die seiner Mutter wiedergibt. Heimtückisch nutzen Sie die Gelegenheit, um an ihm politische Arbeit zu leisten und des langen und breiten Ihren Standpunkt zu vertreten. Es sieht so aus, als hätten Sie Erfolg, denn Justine macht Ihnen bittere Vorwürfe:

»Du politisierst meinen Sohn! Und nicht gerade in eine Richtung, die ich gutheiße.«

»Wenn du darauf Wert legst, daß ich meine Aufgabe als Großmutter erfülle«, antworten Sie erhaben, »dann muß ich meinen Enkeln auch meine Auffassungen vermitteln. Du machst und sagst, was du willst, bei dir. Und ich mache und sage, was ich will, bei mir. Kinder begreifen so was sehr gut.«

Und Bübchen besonders gut.

Denn bereits zu Beginn Ihrer Beziehung ließ er es zur Kraftprobe kommen. Als Anlaß war ihm ein Schokoladenhörnchen recht.

»Ich werde der Mami erzählen, daß ich mit dir nicht zufrieden bin«, kündigte er Ihnen an. »Sie wird dich schimpfen.« Aber mit seiner renitenten Mutter hatten Sie in Ihrem Leben schon oft genug zu tun.

»Von mir aus, junger Mann. Sie können gleich nach Hause gehen und petzen. Ich halte Sie nicht zurück«, lautet Ihre ganz entschiedene Antwort.

Bübchen zögerte.

»Wenn ich dableibe, mache ich lauter Dummheiten, über die du dich schrecklich ärgern wirst.«

Daraufhin haben Sie einen alten Spazierstock aus dem Schirmständer geholt.

»In diesem Falle werde ich dir zu meinem Bedauern ein paar Hiebe über deinen hübschen kleinen Po geben müssen. Ich bin nämlich eine ganz böse Omi vom alten Schlag, die kleine, schlecht erzogene Männer nicht ausstehen kann. Kapiert?«

»Kapiert!« sagte Sébastien.

Seitdem ist die Lage geklärt: Der Boß, das sind Sie.

Bübchen ist nicht nur fernseh-, sondern auch videobesessen. Mit einem Videorecorder kann er besser hantieren als ein japanischer Ingenieur. Aufnehmen, einprogrammieren, abspielen, ein Bild festhalten – mit alldem kommt er weitaus besser zurecht als Sie. Sonntag morgens, wenn er früher aufwacht als Sie, erwischen Sie ihn manchmal, wie er sich mit größtem Vergnügen einen der um Mitternacht ausgestrahlen Spielfilme ansieht.

»Nein! Das nicht! Am Vormittag wird noch nicht ferngesehen!« rufen Sie aus (auch eines Ihrer guten alten Prinzipien, deren Sie sich nicht entledigen können). »Und außerdem bin ich mir nicht ganz sicher, ob dieser Film für einen kleinen Jungen wie dich geeignet ist.«

Bübchen seufzt.

Schließlich findet er sich damit ab, eine ganze Reihe von Zeichnungen anzufertigen, die er Ihnen mit außerordentlichem Talent verkauft: »Haste das gesehen, schön, gell? Toll! Und schau dir nur die Farben von dem Bild hier an! Phantastisch! . . .« Sie sehen sich zu zähen Preisverhandlungen mit Ihrem Jung-Picasso gezwungen.

Eines Morgens bringt Ihnen Sébastien, lieb, wie er ist, Ihr Frühstück ans Bett, was Ihnen seit langer, viel zu langer Zeit nicht mehr widerfahren ist. Gerührt danken Sie ihm. Ihre Verwunderung über den kalt servierten Tee können Sie allerdings nicht verbergen. Sollte dies ein neues, persönliches Rezept sein?

»Du erlaubst mir ja nicht, zum Wasserkochen das Gas anzuzünden«, wirft er Ihnen mit strenger Miene vor.

Eine von Bübchens bevorzugten Beschäftigungen besteht darin, als erster den Telefonhörer abzuheben. Sobald es klingelt, spurtet er los und schlägt dabei jedesmal die wutschnaubende Joséphine.

»Hallo«, posaunt er in den Hörer hinein. »Wer ist denn am Apparat? Nein, ich bin kein Herr, ich bin ein kleiner Junge!«

Und entrüstet hängt er wieder ein. Sämtliche Familienmitglieder fragen ihn jetzt aus. Wer war das? Ein Krokodil, antwortet er kühl. Ja, aber wen wollte dieses Krokodil denn sprechen? Großes Geheimnis. Natürlich gibt es daraufhin ein Drama mit Klein-Schätzchen. Sie erwartet wieder einmal den wichtigsten Anruf ihres Lebens. »Aber das ist ja allen hier scheißegal!«

Überhaupt sind Josehine und Sébastien wie Hund und Katze. Bübchen läßt nämlich keine Gelegenheit aus, ihr ihre Fehler vorzuhalten.

»Die Omi sagt immer: ›Mach das Licht aus und sei nicht so verschwenderisch!‹ Und du läßt trotzdem alle deine Lampen im Zimmer brennen.«

Darauf Joséphine ganz von oben herab:

»Misch dich nicht in Angelegenheiten ein, die dich nichts angehen, du ekelhafter kleiner Idiot.«

Doch der ekelhafte kleine Idiot läßt sich nicht so leicht beeindrucken. Eines Morgens nähert er sich seiner jungen Tante, die gerade vor dem Spiegel steht und sich hingebungsvoll schminkt. Und mit voller Wucht haut er ihr aufs Hinterteil.

»Klasse Hintern«, urteilt er beifällig.

Klein-Schätzchen indessen hätte fast ihren Lippenstift verschluckt.

»Kaum fünfeinhalb Jahre alt und schon ein echt geiler Strolch!« brüllt sie. »Beim nächsten Mal kriegt er von mir eine geklebt, an die er sich erinnern wird.«

Sie suchen Ihre Jüngste zu beruhigen. Sie nehmen an, das heißt, Sie hoffen doch schwer, daß Bübchen nur eine Geste seines Vaters gegenüber Älterer Tochter nachgeahmt hat.

Manchmal benimmt sich Bübchen allerdings tatsächlich wie ein mit allen Wassern gewaschener Verführer.

Sie sind gerade dabei, Ihr Schränkchen mit der Hausapotheke aufzuräumen, wo – ob das wohl wieder typisch für Ihren Haushalt ist? – die Medikamente ständig und ohne Ihr Wissen den Platz wechseln, als Bübchen sich plötzlich direkt vor Ihnen aufpflanzt und mit ehrlicher Begeisterung ausruft:

»Du hast aber wirklich wunderschöne Augen, Omilein!«

Das Kompliment schmeichelt Ihnen sehr. Welch goldigen Enkel Sie doch haben! Und intelligent. Na ja, vielleicht ein wenig zu intelligent. Da ertönt eine Alarmglocke in Ihrem Hinterkopf. Wie war das doch? Welchen einschlägigen Tip hat Ihnen Ältere Tochter noch gegeben? Ach, jetzt erinnern Sie sich! »Wenn dir Sébastien eines Tages sagen sollte, daß du schöne Augen hast, dann nimm dich in acht. Dann hat er nämlich gerade etwas ausgefressen. Mir kommt er jedesmal mit diesem Spruch.«

»Sébastien!« kreischen Sie los. »Du wirst mir sofort sagen ...«

»Ich bin es nicht gewesen«, protestiert er, »es war das Badewasser, das übergelaufen ist.«

Und durchgesickert auf die wertvollen Möbel des unter Ihnen wohnenden Antiquitätenhändlers. Die Versicherungsgesellschaften werden sich zwei Jahre lang mit der Schadensermittlung herumstreiten.

Die Zeit vergeht. Und mit ihr entwickeln Sie sich langsam, aber sicher doch noch zu einer passablen Großmutter. Bübchen kommt in die Schule und erscheint nunmehr mit seinen Schulbüchern und Heften bei Ihnen. Ihr Sonntagnachmittag wird also weiterhin, wie schon seit zwanzig Jahren, durch Schulisches verpfuscht sein. Und wieder haben Sie es mit Ihrer alten Feindin zu tun: der Ganzwortmethode.

Bübchen (über sein Lesebuch gebeugt, liest stockend): »Das kleine Mädchen klettert den Bohnenstengel hinauf ...«

Er stutzt.

»Unmöglich. Ein kleines Mädchen kann keinen Bohnenstengel hinaufklettern.«

»Aber das ist doch ein Märchen, mein Liebling, es geht da nicht um eine wirkliche Bohne.«

»Ja, aber warum nennt man es dann Bohne?«

Weil die vom Schulministerium alle Holzköpfe sind und besser daran täten, in ihren Schrebergärten zu bleiben.

Bübchen (liest weiter): »Das Baby ist in der Teekanne ...«

»Nein, Sébastien, lies noch mal; du mußt dich getäuscht haben.«

»Ganz sicher nicht.«

Er hat recht.

Was kann das für ein Idiot sein, der solche Sätze erfindet? Beim Anblick Ihrer Wut versucht Bübchen, Sie zu besänftigen:

»Vielleicht ist das Baby klitzeklein und die Teekanne

normal groß, oder das Baby ist normal groß und die Teekanne riesengroß.«

Und weiter liest er: »Fannys kleiner Bruder liest das Getreide auf, das sein Papa mit der Sichel geschnitten hat.«

Sie sehen auf dem Land keine Menschenseele mehr das Getreide lesen, aber es ist durchaus möglich, daß die Verfasser dieses fesselnden Textes ihren Fuß niemals dorthin gesetzt haben und somit vom Gebrauch von Mähdreschern nichts wissen.

Als Bübchen von seinen Eltern abgeholt wird, beschweren Sie sich bei Älterer Tochter. Ob man Ihnen denn wirklich nicht den Anblick von Schulbüchern ersparen könnte? Aber Justine läßt sich nicht erweichen.

»Immerhin«, hebt sie hervor, »die Beschäftigung mit den Multiplikationstafeln habe ich mir persönlich auferlegt. Und ich kann dir sagen, allein das System zur Erlernung ihrer Erlernung ist komplizierter, als sie zu erlernen.«

Sie können nur noch hoffen, daß man die Reformer noch rechtzeitig reformiert, bevor sämtliche Schulkinder Frankreichs Analphabeten und unfähig geworden sind, eine Addition zu bewältigen.

Gelegentlich begleitet auch der Mann Bübchen nach Hause zurück.

Die Beziehungen zwischen ihm und Bübchen sind von gegenseitiger zärtlicher Sorgsamkeit geprägt. Vor allem seit dem Tag, an dem ersterer seinen Enkel im Lebensmittelladen Ihres Dorfes im Périgord einfach vergaß und ohne ihn, allerdings nicht ohne die eben gekaufte Zeitung, wieder heimfuhr. Bübchen kam seelenruhig zu Fuß nach Hause. Sie hatten sich so geängstigt, daß Sie dem Großvater mit Ihren Vorwürfen die

Hölle heiß machten. Edelmütig übernahm Bübchen dessen Verteidigung:

»Schimpfe ihn nicht«, warf er Ihnen vor, »du weißt doch, daß er schon sehr alt ist.«

»Was denn, was denn? So alt bin ich auch wieder nicht«, begehrte der Mann auf. »Ich dachte, du hast ALLE Kriege mitgemacht«, ließ Bübchen verlauten.

»Nein«, sagte der Mann, »einen einzigen, und der hat mir gereicht. Vom Ehekrieg wollen wir jetzt nicht reden.«

Und er verließ Türen knallend den Raum.

Bübchen schaute Sie neugierig an.

»Als du geheiratet hast, hast du geglaubt, daß er netter ist, gell?«

»Er hat schon seine guten Seiten«, versichern Sie ihm.

»Hat er ein Herz aus Liebe?«

»Was ist denn das?«

»Ein ganz rotes Herz, so wie das von Papi, das für die Mami schlägt.«

»Ich glaube, daß dein Großvater auch ein Herz aus Liebe hat. Nur zeigt er es nicht gerne.«

»Und ein Gewissen?«

»Auch ein Gewissen. Zumindest hoffe ich das.«

Bübchen wird oft von seinem Gewissen gepeinigt, was ihm sehr zur Ehre gereicht. Wenn er davon spricht und es beschreibt, hat man das Gefühl, es handle sich um Jiminy Criquet, der Pinocchio folgt, um ihn am Dummheitenmachen zu hindern. Doch Bübchens Jiminy Criquet ist ausgesprochen wohlwollend:

»Wer hat dir erlaubt, um elf Uhr vormittags drei Riegel Schokolade zu essen, Sébastien?«

»Mein Gewissen!« ruft er in kindlicher Natürlichkeit aus.

Die schwerwiegenden Fragen des Lebens können Bübchen nicht erschrecken.

»Glaubst du eigentlich, daß es Gott gibt?« fragt er Sie aus heiterem Himmel, genau im Augenblick, wo Sie dem Nudelwasser Salz beigeben müssen.

Sie glauben, sich mit einem Scherz aus der Affäre ziehen zu können.

»Gott? Das weiß ich doch nicht. Aber den Teufel gibt es sicherlich.«

Bübchen teilt da Ihre Meinung nicht so ganz.

»Du hast ja keine Ahnung! Mit dem Teufel ist es genauso wie mit dem Weihnachtsmann. Irgendwann entdeckt man, daß es nur die Eltern sind.«

»Ja, und der liebe Gott? Soll das dann der Papi sein?«

Bübchen zögert.

»Ja, das ist der Papi«, murmelt er voll Bewunderung.

Da geben Sie ihm gerührt einen Kuß. Die Zeiten werden noch früh genug kommen, wo ein pubertärer Sébastien Gott als alten Deppen bezeichnen wird.

Bübchen nimmt nunmehr wirklich teil an Ihrem Leben in Paris. Und so treffen Sie eine große Entscheidung. Sie werden ihn die Faschingsferien über mit aufs Land nehmen. Ganz allein werden Sie beide sein, da der Mann zuviel Arbeit hat, um Sie zu begleiten, und Joséphine sich zum Skifahren absetzt.

Plötzlich kommen Ihnen Bedenken. Wird er sich nicht langweilen, ohne die Gesellschaft eines seiner kleinen Spielkameraden? Sie schlagen ihm also vor, einen mitzunehmen. Mit gesenktem Kopf überlegt er hin und her.

»Vielleicht David«, meint er, »den will nie jemand einladen.«

»Na so was! Und weshalb nicht?«

»Er hat Läuse.«

Ihren Entsetzensschrei können Sie nicht zurückhalten. Nein, das können Sie nicht verantworten, daß Klein-Davids Läuse in Südwestfrankreich Einzug halten.

»Und vor allem, weil seine Läuse dauernd auf seinem Kopf Turnübungen machen«, bekräftigt Bübchen. »Er kratzt sich die ganze Zeit.«

»Weißt du keinen anderen Freund?« erkundigen Sie sich entschieden.

»Doch, Polo. Aber der kennt alle die kleinen Zauberworte nicht, die du gerne hörst.«

»Was denn für Zauberworte?«

»Bitte, danke, Entschuldigung ... na ja, du weißt schon.«

»Das ist natürlich ärgerlich, da ich tatsächlich eine Oma bin, die sehr viel von diesen Zauberworten hält.«

»Und außerdem wirst du fuchsteufelswild werden. Bei Tisch ist er ein richtiges Ferkel. Er ißt mit den Fingern und wischt sie sich danach an der Tischdecke ab.«

Bei Älterer Tochter holen Sie weitere Auskünfte über besagten Polo ein.

»Der Kleine wohnt unter uns. Bei Sébastiens letztem Geburtstagskinderfest kam er einfach rauf, ohne eingeladen zu sein. Und er ist geblieben. Da ihn auch niemand holen kam, habe ich ihn schließlich gleich mitgebadet und ihn zum Abendessen dabehalten. Erst um neun Uhr abends bin ich draufgekommen, wer er eigentlich ist. Sébastien ist richtig vernarrt in ihn. Zu meiner Schwiegermutter hat er ihn auch schon mitgenommen.«

»Und wie ging es mit den beiden?«

»Nun, Polo ist mit einem Kilo Bananen aufs Hausdach geklettert und hat von dort aus die Schalen über den ganzen Garten verstreut. Und mit der silbernen Soßenkelle hat er Löcher in die Blumenrabatten gebuddelt. Ich kann dir sagen ... eine Tragödie hat das gegeben ...«

Sie können nicht umhin, sich mit Genuß auszumalen, welches Bild Superwoman/Dolly/Marcelle/Maschka im Kampf gegen einen so reizenden Bengel abgegeben haben muß. Aber Sie legen Bübchen nun doch behutsam Ihren Wunsch nahe, irgendeinen anderen Kumpel mitzunehmen. Jetzt ist er ratlos. Vielleicht Jacques?

»Aber weißt du, Omi, der ist auch CHAOTISCH! Er ist so schlimm, daß sich seine Eltern nicht scheiden lassen können, seinetwegen. Keiner der beiden will ihn behalten.«

Zu guter Letzt beschließen Sie einstimmig, nur zu zweit wegzufahren. Und schon sind Sie wieder mittendrin in der modernen Völkerwanderung. Ihr Flugzeug wimmelt von Kindern, die alle ihr Schild vor dem Bauch baumeln haben. Und Sie, die sich geschworen hatten, ab dem Zeitpunkt, wo Klein-Schätzchen die Schule verläßt, die Hauptreisezeiten zu meiden – prompt sind Sie wieder mit von der Partie beim Aufbruch der Massen.

Die paar Ferientage mit Bübchen verlaufen traumhaft. Keine Menschenseele weit und breit, die Sie beide stören könnte. Nach Herzenslust stopfen Sie sich voll mit Hamburgern aus dem Gefrierfach, mit Schokoladenkuchen und Coca-Cola. Abends sehen Sie sich gemeinsam Dallas an, ohne dem vereinten Spott der Älteren Tochter und Klein-Schätzchens ausgesetzt zu sein. Und natürlich auch eine Unmenge alter Western, die Sie heiß lieben, die aber mit ihren lassoschwingenden Cowboys Sébastien sehr bald langweilen. Die Spanier fangen so einen Stier mit roten Handtüchern, gibt er blasiert zu bedenken.

Tagsüber hütet Bübchen mit Ausdauer die Schafe, oder er klettert auf den Traktor des Nachbarn. »Er hat mir gesagt, daß ich ein echter Landarbeiter bin«, teilt er Ihnen begeistert mit. »Eigentlich müßtest du mich bezahlen.«

Um eventuellen Ärger mit der Gewerkschaft aus dem Wege zu gehen, gestehen sie ihm einen Mindestlohn von zwei Francs pro Stunde zu, und Bübchen trägt – dank seiner drei Armbanduhren – seine Arbeitszeiten peinlich genau in ein extra dafür angelegtes Heft ein.

Kurz und gut, Sie beide verleben glückliche Tage – gemeinsam mit der kleinen Maus.

Die frech unter Bübchens Kopfkissen kriecht und sich dort den Zahn holt, den er beim Knabbern eines Stückchens Salami verloren hat.

»Wieviel wird sie mir wohl dafür geben?« fragt er.

»Fünf Francs vielleicht.«

»Also sehr großzügig ist sie ja nicht, diese kleine Maus«, findet Sébastien. »Zehn Francs wären mir lieber.«

»Ich habe den Eindruck, du wirst dich später besser zum Finanzminister eignen als zum Konditor«, antworten Sie empört.

Doch so geldgierig Bübchen auch ist, er weiß das Geld großzügig wieder auszugeben. All seine Ersparnisse kratzt er zusammen, um Ihnen zum Geburtstag eine Karte mit einem Herzen obendrauf und ein Päckchen Kaugummi ohne Zuckerzusatz zu kaufen. Sie haben nämlich beschlossen, diesen Tag mit ihm gemeinsam zu feiern. Sie ziehen also Ihr schönstes Kleid an, Sie schminken sich, Sie bestellen beim Bäcker eine richtig schöne Torte, Sie zünden Kerzen an und entkorken feierlich eine Flasche »Blanquette de Limoux«. Die Sie mit vereinten Kräften genüßlich trinken.

»Die Omi war besoffen!« kräht er am nächsten Tag seiner Mutter begeistert in den Telefonhörer. »Mann, haben wir gelacht! So viel, daß sie es nicht geschafft hat, alle ihre Kerzen auf einen Schlag auszupusten! Aber es waren ja auch sooo viele!«

Als Sie nach Paris zurückkehren, sind Sie ein unzertrennliches altes Paar geworden. Und bereits am Flughafen eröffnet Bübchen seiner Mutter:

»Meine Ferien bei der Omi waren ganz toll. Im Juli fahre ich mit Isaure wieder hin.«

»Wer ist denn Isaure?« erkundigen Sie sich.

»Meine Freundin. Wir sind verliebt.«

»Ach so! Und wie alt ist sie?«

»Och, sie ist schon alt: sieben Jahre.«

»Dann ist sie viel zu alt für dich«, erklären Sie wütend. »Jedenfalls wirst du deine kleinen Freundinnen nicht zu mir mitbringen, bevor du nicht viel, viel größer bist.«

Sie haben soeben den giftigen Biß der Eifersucht im Herzen verspürt.

Irgendein Wochentag. Es klopft. Sehr vorsichtig, zaghaft. Aha, die Meinungsforscher erproben eine neue Technik. Aber nein.

Bübchen ist es, der da, die Mütze windschief auf dem Kopf, mit verkehrt zugeknöpftem Mantel und einer monströsen Schultasche unter dem Arm, vor Ihnen auf dem Fußabstreifer steht.

»Ich ziehe jetzt zu dir«, eröffnet er Ihnen. »DIE DAHEIM geben sich nur noch mit Prinzeßchen ab.«

»Aber doch nur, weil sie noch so klein ist. Man beschäftigt sich immer etwas mehr mit den Babys, die sich noch nicht selbst zu helfen wissen, als mit cleveren kleinen Buben.«

Doch Bübchens Zorn ist nicht so schnell zu besänftigen. »Ununterbrochen machen sie ihr Komplimente«, knurrt er erbittert.

»Mädchen hören eben gerne Komplimente. Das wirst du später schon noch merken.«

»Also ich habe keine Lust, mir weiter anzuhören, was für hübsche blaue Augen sie hat, und überhaupt den ganzen Quatsch. Mir sagt doch auch keiner, daß ich hübsche blaue Augen habe.«

»Weil sie gar nicht blau, sondern grün sind. Und wenn ich ehrlich sein soll, junger Mann, dann haben Sie die wunderschönsten grünen Augen, die ich je gesehen habe.«

Für einen Augenblick wird Bübchen schwach bei diesem Kompliment. Er lächelt und zeigt dabei zwei allerliebste Grübchen. Aber gleich erinnert er sich wieder an seinen Kummer:

»Ich will DIE DAHEIM nie wiedersehen. Als ich Samstagabend bei dir war, haben sie sie sogar ins chinesische Restaurant zum Essen mitgenommen. Ich darf nie mit.«

»Hat sie auch chinesisch gegessen?« fragen sie interessiert nach.

Bübchen schüttelt verneinend den Kopf.

»Bis jetzt ißt sie nur ihren ekligen Schlabberbrei.«

»Na, dann ist das Übel doch nur halb so groß«, versuchen Sie ihm einzureden.

Leider hat Bübchen von seiner Mutter und Ihnen den Dickschädel eines Mulis geerbt.

»Sie nennen sie Prinzeßchen, obwohl sie ein so häßliches kleines Mädchen ist. Ist sie denn wirklich eine Prinzessin?«

»Für eine Mutter sind ihre Kinder immer Prinzen und Prinzessinnen.«

»Sie macht der Mami auf jeden Fall keine Zeichnungen zum Muttertag, so wie ich. Und wenn es so weitergeht, dann werde ich mir alle meine Bilder wieder zurückholen.«

»Ein Mann, der weiß, was sich gehört, nimmt seine Geschenke nie zurück«, sagen Sie streng.

»Kann ich trotzdem bei dir bleiben?« wiederholt er etwas verunsichert. »Ich habe auch alle meine T-Shirts und Unterhöschen mitgebracht und für dich Zucker.«

»Oh, vielen Dank, Zucker kann man immer brauchen.«

Und was den Rest angeht, so schlagen Sie ihm vor, alles bei einer gemütlichen Tasse Schokolade und Toast mit Butter und Honig – darauf ist er ganz verrückt – zu bereden. Da kann er nicht widerstehen, und schon sitzt er in Ihrer Küche.

Indessen stürzen Sie ans Telefon, um heimlich Ältere Tochter zu informieren, die am anderen Ende der Leitung wie ein Schloßhund heult. »Seit einer Stunde suche ich das ganze Stadtviertel nach ihm ab – mit seiner Klassenlehrerin und Louis; der hat alles stehen- und liegenlassen. Wir wollten gerade die Krankenhäuser anrufen und die Polizei benachrichtigen. Ausgerissen . . . so klein, wie er ist! Aber weshalb denn?«

»Eifersucht. Offenbar ein Charakterzug, der in der Familie liegt.«

»Aber er war doch ganz verrückt nach Prinzeßchens Geburt. Als ich in die Klinik mußte, hat er mir noch versichert, ich brauchte mich nicht zu beunruhigen. Wenn ich dabei sterben sollte, würde er mich einbalsamieren lassen wie die alten Ägypter.«

»Ja, der junge Mann denkt wirklich an alles«, sagen Sie zustimmend.

»Und als ich mit Emilie aus der Klinik nach Hause kam, war er lediglich enttäuscht, daß ich nicht in einem Rollstuhl saß, den er hätte herumschieben können. Niemals, wirklich niemals schien er seither etwas gegen seine Schwester zu haben.«

»Weißt du, dieser kleine Mann ist eben viel zartbesaiteter und sensibler, als es den Anschein hat«, seufzen Sie. »Mit vielen wesentlich älteren Herren der Schöpfung soll es ja ähnlich sein.«

Das Wiedersehen zwischen Sébastien und seiner Mutter war rührend. Ältere Tochter weinte immer noch, und Bübchen brach ebenfalls in Tränen aus. Sie fielen sich in die Arme und küßten sich ungestüm. Mit einem Küchentuch bewaffnet, mußten Sie zwei von Schokolade, Butter und Honig verklebte Gesichter abwischen. Dann zogen sie engumschlungen ab, ohne Sie noch eines Blickes zu würdigen.

Prinzeßchen wurde seither schlicht Emilie (also wie jedermann beim Vornamen) genannt, und Sébastien luden die Eltern feierlich ins China-Restaurant ein. Wo er übrigens schwer enttäuscht wurde. Die Frühlingsrolle schmeckte fade im Vergleich zu einem Hamburger, und die Sojakeime ähnelten scheußlichen weißen Maden.

Die Tatsache, daß gerade Sie in Krisenzeiten als Zuflucht auserwählt worden waren, hat Sie sehr bewegt. Sie sind sogar von nicht geringem Stolz darüber erfüllt – bis zu dem Tag, an dem Sie Bübchen zu seinem Freund David (inzwischen ist dieser von seinen Läusen befreit) sagen hören:

»Also ich mag meine Omi, weil sie so einen dicken Busen hat. Der ist richtig bequem.«

Was man nicht alles braucht, um geliebt zu werden! Zum erstenmal haben Sie Grund, Ihre sieben Kilo Übergewicht zu segnen. Es sieht ganz so aus, als machten sie aus Ihnen eine wahrhaftige, eine echte Oma.

Kapitel 1a

Sie schauen sich gerade den Sonntagabendfilm an. Der Mann ist auf Geschäftsreise – ohne seine Sekretärin und ohne den Steuerbeamten. Das hoffen Sie zumindest. Und nun wird brutal die Wohnungstür aufgerissen. Unmittelbar darauf ertönt der Schrei des Säugetierchens: MAMAAAAAH!!! Sie plärren den Erkennungsruf des Muttersäugetieres zurück: JA-AAAH!!!

Klein-Schätzchen kommt von einem Wochenende bei ihrer Freundin Laurence zurück. Diese plötzlich eingetretene Liebe zum Landleben hat Sie zwar ein wenig erstaunt. Aber Joséphine hat Sie belehrt, die grüne Normandie würde ihr armes, von intensiven Abiturvorbereitungen ach so strapaziertes Hirn mit frischem Sauerstoff vollpumpen. Von einem derart vernünftigen Programm haben Sie sich schließlich überzeugen lassen.

Die Wohnzimmertür geht einen Spalt auf.

Klein-Schätzchen steckt den Kopf herein.

Ein strahlendes Gesicht.

Das fällt Ihnen sofort auf.

»Pierre-Henri ist da ...«

Besagter Pierre-Henri tritt herein und bricht fast zusammen unter der Last der unzähligen Reisetaschen, in denen Joséphine den Inhalt ihres Kleiderschranks glaubte mitschleppen zu müssen – für sechsunddreißig

Stunden Landaufenthalt. Freudestrahlend deutet sie auf den Unglückseligen und erklärt hastig:

»Gestern hat mir Pierre-Henri den Kanonenaufschlag beigebracht. Ungeheuer! Er studiert Jura, um seinen Eltern einen Gefallen zu tun, aber er will Profi-Tennisspieler werden. Er sagt, mit McEnroe, Connors und Lendl geht's bergab.«

Der künftige französische Björn Borg betrachtet Klein-Schätzchen mit verzücktem, Ihrer Meinung nach etwas dämlichem Lächeln.

»Ge-nau!« bestätigt er.

»Ge-nau!« wiederholt Joséphine.

Mit einem Blick, den Sie kennen.

Klein-Schätzchen ist verliebt. RASEND VERLIEBT.

In einen Komantschen aus der vornehmen Sippe der lacostegestilten Tennisjünglinge.

Na wunderbar. Nun geht's los mit den endlosen Diskussionen über verlorene Tie-Breaks, über den überrissenen Lob, die unterschnittene Vorhand, den hoch links angesetzten Schmetterball und weitere faszinierende Techniken, von deren Existenz Joséphine sechsunddreißig Stunden zuvor keinen blassen Schimmer hatte. Sie können jetzt schon wetten, daß Ihr Fernseher fortan blockiert sein wird, wenn die großen Turniere übertragen werden: Wimbledon, Roland-Garros, Flushing-Meadows, Davis-Cup, Fünf-Nationen-Cup (halt, das letzte hat wohl mit Rugby zu tun, oder?). Hör mal, Joséphine, es ist entsetzlich spät. Seit fünf Stunden hockst du vor der Glotze mit offenem Mund. Deine Augen bewegen sich schon wie das Pendel einer alten Standuhr. Ach, Mama, das verstehst du nicht, so ein Endspiel ist einfach umwerfend! Der Erwerb eines Tennisschlägers und einer kompletten Ausrüstung steht Ihnen ins Haus, nicht zu vergessen das Frotteestirnband und die Handgelenksbandage. (Das ist ein Vorausgeschenk zu meinem nächsten Geburtstag, nicht wahr, Mamilein?) Die Sache mißfällt Ihnen eigentlich nicht, denn das Ausbleiben von sportlichen Neigungen bei Ihrer Tochter hat Sie stets mit Sorge erfüllt. Aber Sie befürchten natürlich, daß ihre Hochleistungen hauptsächlich darin bestehen werden, den Auserwählten anzuhimmeln, wenn er seinen Bällen nachläuft. Während sie sich auf den eisigen Tennisplätzen Bronchitis und Angina holt.

Aber das ist bei weitem nicht Ihre größte Sorge.

Vier Monate vor dem Abitur geht's wieder los

- auf der Achterbahn der Verführung,
- im Riesenrad der Leidenschaften,
- im schaukelnden Traumboot auf dem Zauberfluß,
- im Autoscooter auf Kollisionskurs gegen die Eltern,
- vielleicht auch – leider – mit der Geisterbahn durch die chaotische Seelenlandschaft der Trennungen,
- auf jeden Fall die große Rutschbahn der Zensuren hinab.

Hereinspaziert, hereinspaziert! Die Vorstellung beginnt!

Bitte beachten Sie
die folgenden Seiten

Ein Roman für Frauen – wie Sie und alle Ihre Freundinnen!

Haben Sie auch schon grundlos Eifersuchtsanfälle bekommen, sich nicht mehr die Haare gewaschen, morbide Gedanken gehegt und sich ausschließlich von Schokolade und Rotwein ernährt? Na, dann können Sie sich ja bestens in die Heldin dieses Romans hineinversetzen... Mit spitzer Zunge (und ebensolcher Feder) widmet sich hier die französische Bestsellerautorin Nicole de Buron der Jahrhundertkrankheit ›Alltagsdepression‹.

Nicole de Buron
Du hast doch alles, um glücklich zu sein!
Roman
Deutsche Erstausgabe
208 Seiten
Ullstein TB 24118

Ullstein Taschenbuchverlag